LLADD ARTH

Diolch i bawb yn Y Lolfa, ond yn arbennig i Lefi, am fentro rhoi siawns i awdur amhrofiadol a newydd sbon, ac i Cedron am ei waith golygu trylwyr ac amyneddgar.

Diolch i'r Cyngor Llyfrau am ariannu'r llyfr, ac i Tŷ Newydd am ei holl gefnogaeth dros y blynyddoedd. Ar gwrs undydd yno cefais gefnogaeth gan Llŷr Titus a chriw o sgwennwyr talentog, brwdfrydig a meddylgar; Gwenno Gwilym, Rhian Evans, a Megan Elenid Lewis. Diolch o galon i chi i gyd am helpu i siapio'r nofel hon ar y diwrnod tyngedfennol hwnnw – roedd hud a lledrith Tŷ Newydd ar waith, fel arfer!

Diolch i Gruff am y clawr eiconig!

Diolch i Dr Nia Wyn Jones am gael benthyg ei henw.

Diolch i'r Kathod, am yr hyder.

Diolch i fy ffrindiau a fy nheulu am eu cariad a'u cefnogaeth, yn enwedig Joe, Emily, a Dad.
Ac wrth gwrs, y diolch pwysicaf oll –

I Mam

KAYLEY ROBERTS
LLADD ARTH

Argraffiad cyntaf: 2025

Cynllun y clawr: Gruffydd Ywain

Rhif Llyfr Rhyngwladol: 978 1 80099 704 2

Dymuna'r cyhoeddwyr gydnabod cymorth ariannol
Cyngor Llyfrau Cymru

Cyhoeddwyd ac argraffwyd yng Nghymru
ar bapur o goedwigoedd cynaliadwy gan
Y Lolfa Cyf., Talybont, Ceredigion SY24 5HE
e-bost ylolfa@ylolfa.com
gwefan www.ylolfa.com
ffôn 01970 832 304

O'dd hi'n barti gwaith. Parti Dolig, felly o'dd pawb yna yn eu dillad gorau. Bron i fi beidio â nabod rhai o'r merchaid heb eu blowsys poliestyr, yn gwisgo ffrogiau sequins, gwallt i lawr a'u mêc-yp yn ddel. Pawb yn teimlo braidd yn swil, er ein bod ni i gyd wedi arfer siarad a bwyta efo'n gilydd yn ddyddiol. Do'dd o ddim 'run peth rŵan ein bod ni yn ein dillad ni'n hunain, efo bwyd poeth ar blât yn lle bechdan mewn llaw, a miwsig, goleuadau lliwgar a chydig o ddiodydd dan ein capiau'n barod.

Yng nghanol y byrddau o fwyd heb ei glirio, a hetiau papur wedi'u hen rwygo yn eu hanner, o'dd 'na dancefloor, a rhai o'r staff o'r offisys eraill wedi dechra'i lenwi. Dwi'n ama bod y DJ ddim 'di clwad miwsig ers 1995, ond dyna o'dd ora gin bawb, miwsig o'n hieuenctid, a phawb yn canu a rhyw neidio o un droed i'r llall efo'u breichiau'n chwifio, yn smalio downsio. O'dd un dyn yn dal darn o mistletoe uwch ei ben ac yn downsio tuag at rai o'r merchaid, ond hwyl o'dd o, bach o sbort, o'dd o'n medru cymryd 'na' fel ateb gan chwerthin.

Do'n i ddim yn andros o agos at weddill y staff, ro'n i bach yn fengach a, no offence, efo gradd ac yn chwilio am ffordd i adael y job yn aml, pan o'n i i fod yn gweithio. Ond ro'ddan nhw'n bobl neis, digon clên, ac yn edrych ar f'ôl i. Wrth y bar, o'dd 'na ddyn do'n i ddim yn ei nabod, yn edrych yn ddigon hamddenol yn gwylio'r downsio, ac yn yfed Guinness. Not gonna lie, o'dd o'n hot, ia. Gwallt brown wedi'i dorri'n fyr ar yr ochrau a bach yn hirach ar y top, barf fach daclus, dros sics-ffŵt yn hawdd. Crys tyn gwyn a throwsus glas tywyll, sgidiau brown. Dwi'n licio dynion sy'n edrych ar ôl eu hunain, ond o'dd o'm yn edrych yn rhy styc-yp chwaith, bron fel tasa fo'm yn gwybod pa mor dda o'dd o'n edrych.

Dwi'm isho i neb feddwl 'mod i'n arfer mynd draw at ddynion randym mewn pybs a gofyn iddyn nhw am eu rhifau ffôn, neu wbath crinj fel'na. Dim dyna nesh i, bai-ddy-wê! Ond mi nesh i fynd draw at y bar. A gofyn am Guinness, am ei fod o'n yfad Guinness, a dyna dw innau'n licio eniwe, iawn! A dyna pryd nath *o* ddechrau siarad efo *fi*. Jyst i glirio hynna fyny reit o'r cychwyn!

"Iechyd da!"

Dyna'r geiriau cyntaf ddudodd o wrtha i, gan daro'i Guinness yn erbyn un fi.

"Nadolig Llawen!" atebais innau, mewn llais – o'n i'n gobeithio – o'dd yn swnio'n eironic. O'dd rhaid iddo fo wybod 'mod i ddim wrth fy modd yna'n gwrando ar Abba efo merchaid canol oed yn eu ffrogia Primark. "Nia dw i, gyda llaw."

"Dwi'n gwybod, o'ddan ni'n 'rysgol efo'n gilydd."

Do'n i 'rioed 'di gweld y boi 'ma yn fy mywyd, a fyswn i'n sicr yn cofio'i wyneb o, felly am funud o'n i'n siŵr fod 'na gamgymeriad mawr 'di digwydd. Gas genna i pan mae rh'wun yn mistêcio fi am r'wun arall, neu'n deud fod genna i doppelganger, chos pan maen nhw'n dangos llun i fi maen nhw o hyd yn r'wun hollol blaen a boring, a dwi'n goro smalio fod 'na debygrwydd (a ma'shwr bod 'na does?). Ffêr inyff, ond pam 'di o byth yn llun o fodel neu actores ddel? Nawn ni ddim meddwl am hynny 'rhy gormod', ia?

"Na, dwi'm yn meddwl bo' fi'n nabod chdi, 'sti," medda fi gan gymryd swig mawr o'r Guinness.

"Huw. Huw Bowen? O'n i 'di gadael erbyn chwechad, esh i i coleg instéd?"

O'dd bob brawddeg yn swnio fel bod 'na farc cwestiwn ar y diwedd.

"Naci?! Dim Huw Pi-Pi-Gwely w't ti?"

Ofiysli, ddylswn i ddim fod wedi deud hynna, chos ddaru fo gochi a sbio i ffwrdd. Ond fo o'dd o, sylwais i wedyn, o'dd o 'di cael rhyw growth sbyrt hwyr ma'rhaid, a 'di bod yn mynd i'r gym a throi yn gyhyrog, ac mae pawb yn gwybod fod barf yn gweithio fel mêc-yp i ddynion.

"Waw, ti di cal glow-yp go-iawn!" medda fi.

Edrychodd Huw nôl i fyny ar hynny, efo hanner gwên, ac estyn ei beint tuag at fwrdd gwag yn agos atan ni.

"Ti'sho ista'n fanna?" medda fo.

Ro'n i'n gweld merchaid yr offis yn sbio arnan ni ac yn rhannu edrychiad bach slei ar ei gilydd. Deilwen efo'i gwallt a'i lipstic coch, a Nerys o'dd wedi stwffio'i hun i ffrog fach ddu am y noson, yn rhoi thumbs up i fi. Thumbs up! Crinj, ond do'dd Huw ddim i'w weld wedi sylwi.

"Be ti'n neud ŵan, ta?" gofynnodd y dreaded question, gan dynnu'i gadair yn agos ata i. O'dd ei ben-glin o bron â chyffwrdd un fi. Do'dd ganddo fo ddim modrwy briodas, nac oel gwyn lle fysa 'na un 'di arfer bod.

"Jyst gweithio'n y sbyty." Nesh i sort of pointio at ferchaid yr offis fel esboniad o ryw fath.

"O, da iawn chdi, o'chdi wastad i fewn i dy wyddoniaeth, beiól a ballu, do'ddat? Nest ti neud maths lefel A?"

Sut o'dd y boi ma'n cofio gymaint amdana i? Stalker vibes, rhaid fi ddeud, ond hefyd o'n i 'di meddwi ac o'n i chydig bach into it.

"Ti'n cofio lot amdana i," mentrais, i drio newid y sybject a hefyd i sysio allan a o'dd o am fod yn gwisgo 'nghroen i fel jaced erbyn diwedd y noson (a dim mewn ffordd dda).

"Wel," plygodd i fewn a rhoi ei wefusau bron ar fy nghlust i, "oedd genna i uffar o grysh arna chdi pan o'ddan ni'n ysgol, ma'n rhaid fi gyfadda."

Os fysa chdi 'di deu'tha fi ddeg mlynadd yn ôl fod Huw Pi-Pi-Gwely efo crysh arna fi, fyswn i 'di deu'tha chdi stopio bwlio fi. Ond, adag yna, o'dd pawb yn ei alw fo'n Huw Pi-Pi-Gwely – am ei fod o 'di bwyta blodyn dant-y-llew ar dêr un tro, dwi'm yn meddwl nath o acshyli pi-pi-gwely – a do'dd o ddim yn boblogaidd iawn ac yn ista ar ei ben ei hun yn y cantîn amser cinio. Bechod, ma'shwr na dyna pam a'th o i coleg a ddim chwechad.

Ond erbyn heddiw, o'dd ei glwad o'n deud fod ganddo fo grysh arna i yn codi gŵs-bymps ar fy mreichiau i. Huw Bowen, efo crysh arna i. A do'dd merchaid yr offis, o'dd yn sbio'n dal i fod – mewn ffordd hollol an-subtle – ddim yn gwybod na "Pi-Pi-Gwely" o'dd enw fo o'r blaen nag'ddan? Edrych arnan ni'n llawn edmygedd o'ddan nhw rŵan. Ac eniwe, o'dd o'n neud pethau eraill yn gwely, erbyn hyn. Coeliwch chi fi.

"Ti'n meddwl nei di wario diwrnod Dolig efo fo, cyw?"

O'dd Iona wastad yn rhoi enwau bach ar ddiwedd ei brawddegau, dim ots pwy o'dda chdi. Fyswn i'n medru bod yn cyw, blod, cariad bach – a fysa Mr Hassan, ei chonsyltant hi, yn cael yr un enwau ganddi 'fyd. O'dd o i'w weld yn mwynhau, ond fiw i fi alw 'nghonsyltant i yn unrhyw beth heblaw am ei enw, Mr Rhys-Jones. Yr unig un Cymraeg yn y sbyty, chos pam uffar fysat ti'n aros yn y rhan yma o'r byd i drio gneud gyrfa i chdi dy hun? Llundain fyswn i 'di mynd os byswn i 'di mynd yn ddoctor, fanna mae'r big bycs.

"Na, efo Mam a Dad fydda i ma'shwr, ond dwi'n gobeithio nawn ni new years," medda fi, yn trio bod yn casual i gyd, ond wir yn mwynhau cael bod yn rhan o'r sylw, am unwaith.

Chwarae teg i ferchaid yr offis, o'ddan nhw wastad 'di trio'n galed efo fi, ond o'ddan nhw wrth eu boddau'n sôn am beth ddigwyddodd ar *Pobol y Cwm* neithiwr, neu a o'ddwn i'n nabod y cwpwl diweddaraf ar *Priodas Pum Mil*, neu'n siarad am eu plant. Can't relate, sori gens, ond o'ddan nhw i'w gweld yn ddigon bodlon efo'u bywydau. Fyswn i 'di licio'r teimlad yna 'fyd, ond 'mod i ddim am ddechrau gwatsiad y soaps er mwyn cyrraedd y ffasiwn nirfana.

"Wel, ti'n gwybod be maen nhw'n ddeud," meddai Nerys, o'dd wedi tynnu'i headphones i ffwrdd er mwyn gwrando mor astud â phosib, "how you spend new years is how you spend the rest of the year!" A rhoddodd ei headphones yn ôl 'mlaen yn browd i gyd a chario 'mlaen i deipio'i llythyr.

"O, dwi'm yn un am new years, 'sti," meddai Deilwen, yn dal i wisgo'i lipstic coch, o'dd yn rhan o'i phersonoliaeth erbyn hyn, ac yn ei siwtio hi'n dda, chwarae teg. "O'n i'n arfer aros i fyny er mwyn y plant, iddyn nhw gael gweld y fireworks, ond yn gwely fydda i erbyn un ar ddeg ma'shwr. It's just another day, dydi?"

"Ma'n wahanol os gei di new year's kiss, dydi..." meddai Nerys, o'dd yn amlwg 'di rhoi gif-yp ar y llythyr o'dd hi'n ei deipio, felly ma'shwr na 'pleased to inform you of the results of your latest investigation...' o'dd o, chos o'dd hi'n un o'dd yn rili apply-io ei hun i'r llythyrau 'ma. Pam do'ddan ni ddim yn cael jyst ffonio pobol i ddeud hynny, yn lle'u cadw nhw'n aros am wythnosau? Dyna o'n i'n ei ofyn bob meeting, cyn zone-io allan eto am weddill yr awr.

"Mwy na 'kiss' fyswn i'n gobeithio!" medda fi. O'n i'n gwybod y bysan nhw'n mwynhau hynny, ac mi aeth y dair yn un haid o chwerthin a dwylo dros eu cegau mewn sgandal. Cymerais i swig o 'mhanad i longyfarch fy hun tra ro'ddan nhw'n dod nôl at eu coed. "Na, bosib fyddan ni'n gwely'n fuan, hefyd, chi. Na, dim fel'na!"

Ond o'dd hi'n rhy hwyr, o'dd hi'n noswyl Dolig, bron iawn, a phawb mewn hwyliau diwedd tymor, er na 'mond chydig o ddyddiau bob un o'ddan ni'n eu cael fel gwyliau. Mwythais y tinsel o'dd rownd fy nghyfrifiadur, yn dychmygu sut fysa Dolig efo Huw. Ella, erbyn y flwyddyn newydd, fysan ni'n ein tŷ ni'n hunain. Fysa 'na blentyn ar y ffordd?

Ffocinél, o le ddoth hynna? Do'n i 'rioed 'di bod yn un am blant. O'dd awyrgylch heteronormatif y lle ma'n dechrau deud arna i. Agorais i dab newydd, gan fod yn ofalus i beidio â chau'r un efo termau meddygol wedi'u sillafu'n gywir arno fo, a dechrau teipio. Mond yr 'i' o'dd angen i fi ei roi fewn cyn i'r search bar gynnig 'indeed dot com'. O'dd gwir raid i fi ffeindio'n ffordd allan o'r lle 'ma cyn i 'mrên i ddechrau pydru.

"Hei, genna i syrpreis i chdi," meddai Huw. O'ddan ni'n gorwedd yn y gwely ar Ionawr y cyntaf, ac os o'dd Nerys yn gywir, o'n i'n ddigon bodlon i dreulio gweddill y flwyddyn fel hyn. Yn y gegin, o'dd cwpwl o'i housemates o'n chwerthin ac yn cwcio fry-up yn swnllyd, ac o'dd hi mor braf clwad rh'wun arall yn gweithio tra o'n i'n cael rilacsio. Fysa 'na blatiad i fi, o'n i'n gwybod hynna'n barod, criw bach da o'ddan nhw i gyd, chwarae teg, 'di neud i fi deimlo'n welcomed go iawn.

"Go on ta," medda fi, gan dynnu'r cwilt yn glyd o'n cwmpas ni, "paid â gadal fi mewn sysbéns!"

"Ocê, wel…" Cododd Huw ar ei ista, gan adael yr aer cynnes allan o'r gwely. O'n i dipyn bach yn pissed off, ond yn amlwg o'dd 'na announcement pwysig ar fin dod, felly steddais innau i fyny, hefyd, ac edrych arno fo'n iawn, reit i fewn i'w ll'gadau brown tywyll o, efo'i amrannau mawr gorjys. God, o'dd o'n ddel, ia.

"Ti'n grando?"

"Yndw, dwi'n grando, be sy?"

Cliriodd ei wddw, wedyn, fel rhyw bregethwr cyn cychwyn ei araith.

"Wel, ti'n cofio fi'n sôn fod Nain 'di marw cwpwl o fisoedd yn ôl, cyn ni ddechra…wel…"

O'dd hyn yn ocwyrd rŵan, chos do'ddan ni ddim 'di cael 'y sgwrs' a rhoi label ar ein perthynas ni, eto. Nesh i adael i'r foment fynd, gan obeithio y bysa fo'n gneud yr un peth.

"Wel, dechra 'canlyn' o'n i am ddeud, ond, ta waeth. Ar ôl iddi farw, o'dd na ewyllys a bob dim fel'na, ac a deud y gwir, ma hi 'di gadael y tŷ i fi. Fi sy pia fo rŵan, felly. As of ddis wîc!"

Edrychodd arna i, ond do'n i'm yn siŵr sut o'n i i fod i ymateb. O'n i'n dal i fyw efo Mam a Dad, ac o'dd o 'di cael tŷ cyfan am ddim! Cenfigen o'dd y teimlad cyntaf gesh i, sori deud.

"O, da iawn chd–" dechreuais i siarad, ond ddaru fo dorri ar fy nhraws i, ac am unwaith do'n i ddim yn flin am hynny, chos ddaru fo ddeud:

"Os ti'sho, gei di helpu fi i sort of decoretio a ballu? Dwi'n gwybod ti'n licio'r math yna o beth, fel ar y fideos 'na ti'n gyrru i fi ar Instagram? Ac, os ti'sho," (o'dd o 'di mynd yn swil i gyd rŵan ac yn gwrthod edrych arna fi) "wel, os ti'sho, gei di ddod i fyw yna efo fi?"

"Huw, ti'n siriys?"

O'n i 'di gwirioni'n lân i ddeud y gwir. Tŷ newydd i'w ddecoretio, byw efo Huw, symud allan o lle Mam a Dad – o'r blydi diwedd!

"Dwi'n gwybod fod hi'n early days, paid â teimlo preshyr! Ond o'n i jyst yn meddwl, wel, dwi 'rioed di byw ar ben fy hun bach a does genna i ddim rili awydd neud hynny chwaith. A dwi'n gwybod ti 'di bod yn sôn bo' chdi isho symud allan, felly fysa hyn yn beth da iddan ni, ella? Gei di stafell wely dy hun os ti'sho!"

Ella fysa rh'wun arall 'di bod isho bach o ramant, ond o'dd hyn yn swnio fel nefoedd i fi.

"Neu, ma'n thrî-bed, felly os ti'sho, gei di swyddfa bach dy hun? Ti 'di bod yn sôn am neud PhD, fysat ti'n medru gweithio o fanna, neu neud cwrs OU ne wbath, os ti'sho?"

"Huw," medda fi, gan roi sws hir iddo fo i gau'i geg o, "dora eiliad i fi ddeud 'iawn', nei di?"

"Iawn? Go wir, ti'sho symud fewn?" O'dd o'n edrych mor hapus, ei ddannedd bach gwyn, perffaith o i gyd yn sgleinio arna i.

Daeth sŵn platiau'n taro'r bwrdd o'r stafell fwyta. O'n i newydd ddeffro drws nesaf i'r boi mwyaf del a chlên o'n i 'rioed di'i gyfarfod yn fy mywyd, 'di cael cynnig tŷ newydd, ac o'dd 'na fry-up yn aros amdana i. O'dd hon am fod yn flwyddyn newydd ffocin dda!

"A dyma Huw, 'n hogyn bach i, eto yli – o'dd o ar y tîm pêl-droed fan hyn!"

Nesh i neud sioe o edrych ar y llun yn yr hen albwm o'dd ei fam o'n ei ddangos i fi, ond a deud y gwir, hwn o'dd y trydydd llyfr lluniau iddi'i nôl allan o'r seidbord, a do'dd na'm diwedd mewn golwg eto. Do'dd genna i'm llawer o awydd gweld cant a mil o luniau o 'nghariad (cariad! O'ddan ni 'di deud y gair!) pan o'dd o'n hogyn bach ac yn cael ei alw'n "Pi-Pi-Gwely", ond o'dd rhaid gneud iddi weld 'mod i ddim yn rhyw gold-digger o'dd 'mond ar ôl ei dŷ fo a ddim byd arall. A toeddwn i ddim, siŵr iawn, ond mae mamau yn hen graduriaid suspicious, dydyn? O'n i'n gwybod lle o'dd hi'n mynd efo'r lluniau babi 'ma 'fyd – isho gofyn pryd fyswn i isho babis, a dechrau hintio i Huw broposio. 'Mond un waith o'dd hi 'di neud hynny, so-ffâr, a do'n i 'rioed 'di gweld golwg flin arno fo tan y diwrnod yna – yn cael ei roi ar y sbot ac yn cael jaman o 'mlaen i a'i frodyr.

"Fyddi di isho mynd â hwn efo chdi, byddachd Huw?" cynigiodd yr albym i'r bocs 'CADW' o'dd ar lawr, drws nesaf i'r un 'AILGYLCHU' a'r un 'DONATE' o'dd bron yn llawn erbyn hyn. Do'dd arno fo ddim isho'r rhan fwyaf o'r pethau ysgol 'ma, ond o'dd ei fam o 'di symud rhai i'r bocs 'CADW' heb iddo fo weld, ac o'n i'm yn mynd i ddeud dim byd. Wel, dim tan o'ddan ni ar ein pennau'n hunain, eniwe.

"Be am i ni fynd â nhw i gyd, a gawn ni sbio arnyn nhw'n iawn pryd bynnag 'dan ni isho, wedyn?" O'n i'n siŵr fod hyn am gael llwyth o browni points gan y fam, ond yn amlwg o'n i 'di deud y peth rong.

"O, fydda i isho cadw rhai, siŵr, i gal cofio fo'n hogyn bach!"

Rhoddodd hyg ocwyrd i Huw wrth ddeud hyn, ac mi gymerodd yntau'r hyg fel cath o'dd isho bwyd ond am ei heglu hi o'na unwaith o'dd hi 'di cael beth o'dd hi isho.

"Be am banad, Mam?" gofynnodd Huw.

Ac fel shot, ro'dd hi ar ei thraed, yn brwsio cryms o'dd ddim yn bodoli oddi ar ei ffedog (dwi ddim yn jocian, o'dd hi acshyli'n gwisgo ffedog) ac i lawr y grisiau i roi'r teciall 'mlaen.

"Clyfar ti," medda fi, ac mi gafodd o sws bach fel diolch. "'Dan ni am fynd â'r albyms 'ma, felly?"

"Paid â mwydro," chwarddodd Huw, gan roi bob un heblaw un yn ôl yn y cwpwrdd. "Awn ni ag un, a wedyn os ma hi'n demandio gweld o pan fydd hi draw, geith hi sbio ar hwn."

Do'n i ddim 'di rili meddwl am hyn, ond o'dd o'n wir, doedd, mi fysa hi *yn* dod draw. I fusnesu ar dŷ ei mam, i weld beth o'dd ei mab bach annwyl yn ei neud, a sut o'n *i* yn cadw tŷ. Rhywbeth o'n i heb ei neud erioed, chos pan o'n i'n y brifysgol, o'n i'n byw efo slobs – ac o'dd neb yn neud y llestri, bron iawn byth. Dwi'n cofio crafu hen lygredd coch oddi ar rhyw blât o'dd 'di bod yn ista wrth y sinc am ddyddiau, chos hwnnw o'dd yr unig blât o'n i'n medru'i gyrraedd heb ddymchwel y pentwr llestri. Jocian nesh i, ar y pryd, 'mod i am astudio'r llwydni ar gyfer fy nhraethawd hir; ond 'mond hanner jocian o'n i, chos o'n i wrth fy modd yn dysgu am ecoleg ac amrywiaeth organaidd.

Am eiliad bach, dyma fi'n dychmygu bywyd gwahanol i fi'n hun, lle yn hytrach nag ista ar lawr efo Huw Pi-Pi-Gwely, o'n i 'di mynd ymlaen i neud PhD mewn Bioleg, ac rŵan yn ymchwilio neu'n darlithio – neu'r ddau, mwy na thebyg. Neu 'di sgwennu llyfr, neu'n cyflwyno'n ymchwil mewn cynhadledd bwysig. Ond 'mond am eiliad. Chos beth o'dd yn bod efo symud i fewn efo 'nghariad, a gweithio i fyw, yn hytrach na byw i weithio? Do'dd swydd ddim yn gorfod bod yn yrfa bob tro. A fyswn i'n medru bod yn hapus. O'n i yn hapus!

Daeth Julie yn ôl i fewn efo'r paneidiau a rhoi'r hambwrdd bach i lawr rhyngthan ni. O'dd 'na ddesgil bach o siwgr a jwg o lefrith rhwng y cwpanau. Bechod, odd'i 'di gneud ymdrech.

"Ew, 'dach chi'n neud panad dda, Julie," medda fi'n frwdfrydig, yn fy llais siarad-efo-rhieni gorau.

Gwenodd hithau o glust i glust, y tro cyntaf i fi wir ei gweld hi'n gwenu. O'n i 'di deud y peth iawn, am unwaith.

Cerdded o gwmpas y tŷ o'n i, yn tywys Henry'r hwfer y tu ôl i fi fel hen gi ffyddlon, y tro cyntaf i fi deimlo'n teicyn-ffor-grantid. Daeth Huw adra o'r offis, a ddaru fo'm hyd'noed cydnabod 'mod i'n llnau. Am 'mod i'n neud shifft 8-4 a fyntau'n neud 9-5, o'dd o wastad adra'n hwyrach, ac yn actio weithiau fel taswn i heb fod yn gwaith o gwbwl, a 'di bod adra'n cael chill drwy'r dydd yn lle. 'Mond rhyw glînar bach ffyddlon o'n i, fel yr Henry pinc – yr un efo'r amrannau fel bo' chdi'n gwybod na hogan o'dd hi. Henrietta? Naci, Hetti o'dd honno. Hwfyr bach pinc efo amrannau o'r enw Nia o'n i. Yn dilyn Huw o gwmpas y tŷ, yn llnau ar ei ôl o.

Ond eto, ar ôl iddo fo gerdded heibio heb gyfarch Henry druan, mi ro'th o'r teciall 'mlaen. O'n i'n gwybod 'mod i'n bod yn rhy sensitif, dyna o'dd merchaid yr offis yn ei ddeud.

"Fel'na ma dynion, 'sti" meddai Deilwen. "'Dyn nhw'm yn gweld gwaith 'run fath â ni ferchaid."

"Dwi'n meddwl," dyma Iona rŵan, efo un o'i chyhoeddiadau digon hyderus i r'wun nad o'dd 'rioed 'di priodi na chael cariad, "fod bob un perthynas yn endio fyny'r un ffordd, a 'dan ni jyst yn goro byw efo hynna."

Dim esboniad o ba ffordd, na pham fod rh'wun yn gorfod byw efo hynny, chwaith.

"Fydd hi'n wahanol unwaith ma'r plant yn dod, gei di weld," meddai Nerys yn ddigon caredig, cyn troi nôl at y llythyr o'dd hi'n ei deipio.

A dyna beth arall o'dd rhaid i fi fod yn ddiolchgar amdano fo. Do'dd Huw ddim i'w weld ar frys i gael plant, a gan 'mod i'm yn siŵr a fyswn i byth isho, do'dd na'm ffraeo am hynny.

Dyma fi'n tynnu plwg Henry o'r wal a dechrau weindio'r cord yn ôl i fewn i'w berfeddion. Ella na 'di cael diwrnod gwael yn gwaith o'dd Huw, felly o'dd rhaid i fi beidio â meddwl yn ddrwg o'na fo. O'dd o wrthi'n neud paned neu rywbeth, 'di dod â bagiau siopa efo fo ac wrthi'n y gegin. Y gegin o'n i 'di cael ei dewis, yn y lliw o'n i ei isho. Felly, ella bod 'na ran o'na fi ddim yn gwerthfawrogi pethau gymaint ag y dylswn i, chwaith. Pa mor hir ers i ni gael secs, dyma fi'n meddwl wedyn? Ella bod hi'n hen bryd rhoi trît bach i Huw. Es i drwadd i'r gegin i weld sut fŵd o'dd arno fo, a sylwi fod 'na flodau mewn fâs ar y bwrdd.

O, 'rhogan wirion, medda fi wrtha fi'n hun, 'nath o'm sylwi ar yr hwfrio am ei fod o'n planio syrpreis efo'r blodau! Es i i roi hyg iddo fo tra o'dd o'n tynnu'r bagiau te allan o'r cwpanau, a ddaru o bron â neidio allan o'i groen.

"O lle dd'ost ti, rŵan?!" O'dd o'n ymbalfalu yn ei bocad yn sydyn. "O'n i'n meddwl bo' chdi'n hwfrio?"

Do'n i ddim 'di disgwyl iddo fo snapio fel'na – ac esh i'n flin, do.

"O, ti 'di sylwi bo' fi'n llnau, felly? Er bo' fi byth yn cael thanciw am neud?"

"E? Be ti'n sôn am?"

"'Nest ti gerddad heibio fi rŵan a ddim îfyn deud diolch am hwfro, a ti heb neud y llestri ers wythnos!"

O'dd bob dim yn dod allan ar unwaith, yr union beth o'dd Nerys 'di deu'tha fi beidio'i neud.

"Hei, granda," meddai Huw yn tawelu dipyn, "'nest ti jyst dychryn fi, iawn? O'n i'n bell i ffwrdd. Genna i rwbath ar yn meddwl."

"O, iawn." Do'n i ddim 'di disgwyl hyn. O'dd o am orffen efo fi? Ond pam y blodau, felly?

"O'n i isho ni gal noson bach neis efo'n gilydd, a ddim ffraeo. Dwi 'di cal presant bach i chdi. Ond granda, os ti am fod fel hyn, gei di fo'n fuan i cheer-io chdi fyny!" Ac wedyn o'dd o i lawr ar un ben-glin. Ddaru 'ngheg i ddisgyn mewn sioc wrth ei weld o'n tynnu bocs bach allan o'i boced. Bocs efo modrwy yn disgleirio'n y glustog fach felfed tu fewn.

"Nia," dechreuodd, ond nesh i sboilio pethau braidd.

"Ia! Ia iawn, na i briodi chdi!" Tynnais y fodrwy o'r bocs a'i rhoi hi 'mlaen wrth i Huw godi ar ei draed eto. "O, mai God, Huw!"

O'dd o'n chwerthin, er ei fod o di'i siomi, ma'rhaid, bod y foment heb fynd fel o'dd o di'i obeithio.

"Wel, o'dd genna i sbîtsh yn barod, ond ma'shwr o'dd o'n cheesy eniwe!" Tynnodd o fi i fewn i hyg masif, cyn rhoi snog hir i fi. "Nia, dwi methu blydi disgwyl cael chdi fel gwraig!"

Dwi'n siŵr bod na'm rhaid i fi ddisgrifio'r reactions gesh i gan ferchaid yr offis. O'ddan nhw i gyd 'di gwirioni'n lân, a 'di prynu cerdyn a'n hoff fisgedi fi fel presant bach o'r siop WRVS. Nath Mr Rhys-Jones ddeud llongyfarchiadau, chwarae teg, wrth roi pentwr o nodiadau i fi'u teipio. Nesh i estyn amdanyn nhw efo'n llaw chwith er mwyn iddo fo gael gweld y fodrwy.

"Fydd rhaid ni gael hetia, bydd genod?" meddai Deilwen yn wên i gyd, er do'n i'm yn rili siŵr a fysan nhw'n cael gwahoddiad, gan ein bod ni ddim 'di gweld ein gilydd tu allan i gwaith erioed o'r blaen (parti Dolig ddim yn cyfri). Ella i'r parti nos, fyswn i 'di meddwi erbyn hynny, a ddim yn gorfod neud lot efo nhw. Chwarae teg, o'ddan nhw i gyd yn lyfli, ond do'ddan ni ddim yn ffrindiau. Cyd-weithwyr o'ddan ni.

O'dd Nerys 'di bod yn hintio, am ein bod ni'n priodi ar ôl jyst dros flwyddyn a hanner, 'mod i'n disgwyl. No offence, ond os fyswn i'n feichiog, fysa cyfadda "o yndw acshyli" wrthi hi *ddim* y ffordd fyswn i'n licio cyhoeddi rhywbeth fel'na.

A fysa hynny'n rhywbeth mor ddrwg â hynny, 'dwch? Fysa 'na maternity leave da ar gael gan y sbyty, a swydd yn aros amdana i wedyn, dim probs. Ond wedyn, 'na fo, de? Bywyd 'di gorffen wedyn, tan bod y plant yn 18 a 'di symud allan, a fi a Huw yn mynd ar cruise neu rywbeth. Symudais i'r ll'goden fach at y llinell gwefan a dechrau teipio 'indee–', ond wedyn nesh i ailfeddwl a theipio 'biology jobs Wales UK postgrad experience'. Werth trio, doedd?

O'dd 'na un i wneud efo ecoleg yng Nghaerdydd, ond wedi edrych arno fo, dysgu gneud arolygon i gwmni mawr o'dd o. Mwy o waith swyddfa. Allan yn y maes o'n i 'sho bod. Neu, yn arfer bod isho. A beth o'dd y point edrych, os o'n i'n mynd i briodi mewn blwyddyn? O'dd angen safio pres rŵan, dim wastio amser ar rhyw swydd dros dro, dim ond i ddod yn ôl i briodas a bywyd normal, eto. O'n i'n 27, o'dd 'na flynyddoedd ers i fi raddio, beth fysa genna i i'w gynnig?

Dyma rywbeth diddorol, Gardd Fotaneg Genedlaethol Cymru yn cynnig ymchwil ar DNA barcoding. Mewn coed a phlanhigion, rhan fwyaf, ond anifeiliaid o'dd fy niddordeb i'n bennaf. Ac o'dd rhai o'r rhein mewn fforestydd glaw yn ben draw byd. I beth fyswn i'n mynd i fanna heb gysylltiad efo Huw am fisoedd, a ninnau isho planio'r briodas a finnau angen dewis ffrog? Na, breuddwyd o'dd hyn.

Er hynny, nesh i sgrolio drwy'r cynigion am dipyn, tra o'n i ar fy nghinio. O'dd 'na un o'dd yn tynnu'n sylw i, 'mond am ei fod o'n eitha doniol...

Merched ym maes STEM

Rydym yn falch o gael cynnig rhaglen ymchwil
arbennig, i ferched sydd yn y maes gwyddonol.
Mae cyfle i gymryd rhan mewn prosiect hollol
arloesol, ar ynys ychydig filltiroedd o dir
mawr yr Arctig. Mae'r ynys yn gartref i
ecosystem sydd heb ei chyffwrdd gan fodau
dynol, gyda phlanhigion ac anifeiliaid unigryw.
Bydd y prosiect hwn yn edrych yn benodol ar
ymddygiadau'r snípur, creadur sydd wedi esblygu
a ffynnu ar Ynys Safísk, ac nad yw'n bodoli yn
unlle arall yn y byd.

Mae caniatâd arbennig wedi'i roi i'r prosiect
hwn i ddewis ymgeiswyr ar sail rhyw, o dan y
rhagdybiaethau y byddai achos o feichiogrwydd
a genedigaeth ar ynys fach anghyfannedd yn
peri risg i'r fam a'r babi. Mae prosiect un rhyw
yn sicrhau na fydd achos o'r fath yn digwydd.
Rhaid i bob ymgeisydd llwyddiannus gael prawf
beichiogrwydd cyn ymroi i'r prosiect ymchwil.

O'dd 'na rywbeth am y prosiect yma'n fy nenu fi, ac mi
ddarllenais i'r hysbyseb drosodd a throsodd. Yn y diwedd,
nesh i gymryd sgrîn-shot a'i yrru fo i Huw, 'mond er mwyn
ni gael rhywbeth i siarad amdano fo.

Dim rhyw ar y prosiect gwyddonol
os gwelwch yn dda xx

Dyma sgwennais i yn y tecst, yn deud wrthaf fi'n hun
na jyst cael laff o'n i, neud hwyl am y peth, ddim acshyli'n
dychmygu'n hun yn cerdded ar draws y rhew efo grŵp o
ferchaid diarth.

Ti'n gwybod fod merchaid yn
medru cael rhyw efo'i gilydd, wyt? Xx

Dyna o'dd yr ateb gesh i nôl. Wel, o'ddan, ofiysli, ond o'n i'm yn siŵr sut i ateb Huw wedyn. O'n i 'di hanner disgwyl 'Haha. Edrych fel prosiect diddorol xx' ond 'na fo. Amser cinio drosodd, back to work.

Rhois i'r sbag-bol i Huw, ac un llinyn o basta'n trio denig oddi ar y plât ac yn disgyn ar y bwrdd wrth i fi neud. Cododd Huw y darn o basta efo'i fysedd a'i fwyta gan slyrpio'n swnllyd. Chwarddais i'n gwrtais, ond a deud y gwir, o'dd fy meddwl i'n rhywle arall. Rhywle oer a rhewllyd.

"'Nest ti ddarllen yr adfyrt na, wedyn?" gofynnais, mewn ffordd hollol gynnil, dwi'n siŵr.

Nodiodd Huw efo llond ceg o fwyd. "Dwi'n meddwl ddaru NASA neud rwbath tebyg, do, i nadu cael babis yn y gofod. O'ddan nhw'n meddwl fod grŵp o ferchaid yn mynd i gydweithio'n well na grŵp o ddynion. Dim alffa-mêls yn trio cwffio'i gilydd, a ballu."

Dyma fi'n meddwl am ferchaid yr offis. O'dd na alffa'n fanna? O'dd hi'n wir bod 'na 'rioed rhyw lawer o reifalri 'di bod rhyngthan ni. Pawb efo'u swyddi eu hunain, do'dd na'm achos i godi ffrae.

"Pwy di'r alffa yn gwaith chdi, felly?" gofynnais. Tynnu coes o'n i, chos no wê na Huw o'dd o. Er ei fod o 'di troi'n hync go iawn, o'dd o'n dal i fod yn swil – fel o'dd o'n 'rysgol.

"Stella, wrth gwrs," gwenodd gan estyn am ddarn o fara garlleg.

Stella o'dd y ddynas hŷn o'dd yn ateb y ffôn ac yn cadw pawb mewn trefn. Chwarae teg, o'dd hi tua 70, ond o'dd pawb yn ei pharchu hi a do'dd hi ddim yn un i gymryd shit gan neb. Esh i â bocs bwyd i Huw un tro pan o'ddan ni'n dal yn canlyn, ac o'n i'n meddwl y bysa fo'n ciwt, a gesh i 'nhrîn fath â rhyw selebriti ganddi – o'dd hi mor falch bod Huw 'di cael cariad.

"Dwi'n wonderio os na i–" dechreuais, ond torrodd Huw ar fy nhraws i.

"Granda, os ti isho–"

"Be? Dos di."

"Os ti isho trio am y prosiect ymchwil 'ma, pam ddim? Gawn ni briodi unrhyw bryd. Dwi 'di gweld chdi'n sbio ar y cynigion ma online yn ddiweddar, a dwi'n meddwl bo' chdi 'di bod yn breuddwydio am gael rhyw antur fawr cyn 'setlo lawr'." Rhoddodd y dyfyniadau o gwmpas 'setlo lawr' efo'i fysedd. "Os na dyna fysa'n neud chdi'n hapus, wel, dyna fysa'n neud fi'n hapus hefyd. Os ti'n cael lle ar y project 'ma yn yr Arctic, grêt, ac os ddim, be am i ni chwilio am gyfleoedd er'ill?"

O'n i'm yn gwybod beth i'w ddeud.

"Ti'n gedru darllen meddwl fi, ta be?"

"Dwi'n mynd i fod yn ŵr i chdi, dwi'n nabod chdi ddigon da erbyn hyn! A pa fath o bartner fyswn i 'swn i ddim yn cefnogi breuddwyd chdi? Dwi'n cofio chdi'n 'rysgol, o'dda chdi wastad efo dy drwyn mewn rhyw lyfr, yn gofyn cwestiynau non-stop yn clàs gwyddón. Hwn 'di passion chdi. Dos amdana fo, a gawn ni briodi pan ti nôl. Neu, os ti'sho mynd am wbath agosach i adra, fysan ni'n dal yn medru priodi blwyddyn yma, fel o'ddan ni 'di sôn."

O'n i'n cael y teimlad, rywsut, ei fod o isho i fi gael y busnes biol 'ma allan o'n system cyn setlo i lawr. Ond, doedd 'na ddim dipyn bach o wirionedd yn hynny? Isho antur o'n i, rhywbeth ecseiting cyn i fi golli'r cyfle neu'r brwdfrydedd am byth. Di o'm mor hawdd hel dy bac pan ti yn dy thyrtis efo gŵr a babis yn cropian rownd dy draed, na'di?

"Wel, well ti frysio i orffan y bwyd ma, felly. Gei di helpu fi sgwennu application!" medda fi.

Gwenodd Huw arna i dros ei fforc, a'r pasta-sôs yn goch rownd ei geg.

Pan gesh i wahoddiad i'r cyfweliad, doedd 'na neb o'dd yn fwy syrpreisd na fi. Wel, ocê, dydi hynny ddim cweit yn wir – dwi'm yn meddwl fod Huw di'i ddisgwyl o chwaith. Na merchaid yr offis, oedd methu credu 'mod i isho neud y ffasiwn beth.

"I be ti'sho neud ffasiwn beth?" gofynnodd Iona. Unrhyw esgus i beidio â gorfod plygu llythyrau. Dwi 'di gweld hi jyst yn ista yna'n symud y ll'goden o gwmpas y sgrin cyn heddiw. "Fyddi di 'sho priodi cyn bo hir, a cael dy blant a ballu, be mae Huw yn mynd i neud tra ti i ffwrdd?"

O Huw druan, meddyliais, ond do'n i ddim yn teimlo drosto fo rhyw ormod, chwaith. Fysa Huw yn iawn, o'dd o'n ddigon hapus efo *Pobol y Cwm* a panad cyn gwely. Doedd o'm fy angen i i neud hynny. Ond dim dyna ddudish i wrth ferchaid yr offis.

"Ma Huw mor gefnogol, chi, mae o am aros amdana i." Waeth mi fwydo'r ffantasi ddim, ac o'ddan nhw 'di gwirioni'n lân efo hynna.

"Hei, na i gadw fo'n gynnes i chdi, os ti'sho," meddai Deilwen, gan neud i ni i gyd chwerthin. Bechod, o'n i'n mynd i fethu Deilwen, dipyn bach. O'dd hi'n gês.

Codais a rhoi 'nghôt neis ymlaen, a rhoi munud bach i bawb ganmol y gôt. Doedd 'na ddim rili lot i siarad amdano fo yn y swyddfa fach lwyd, felly o'dd hi'n bwysig cymryd y moments yma pan o'ddan ni'n medru gneud hynny. Wedyn i ffwrdd â fi i'r cyfweliad.

Ar Zoom o'dd o, a do'n i'm yn siŵr beth i'w ddisgwyl. Fyswn i ar rhyw sgrin fawr o flaen panel, a phawb yn yr un stafell? Ta pawb ar eu cyfrifiaduron eu hunain? Dau berson o'dd yna'n diwedd, ar sgrin bob un, dynes wyn efo gwallt hir, coch, a dyn Du efo pen moel ond barf absolwtli ymeising. Fel hyn aeth hi:

"Wel, yn gyntaf, mi fydd hi'n andros o oer yn yr Arctig, fel y gwyddost ti. Ac yn dywyll iawn dros gyfnodau'r hydref a'r gaeaf. Mae astudiaethau yn dangos fod hyn yn gallu peri i rai ddioddef efo'u hiechyd meddwl. Sut wyt ti'n disgwyl delio â hyn?"

O'ddan nhw'n cael gofyn y ffasiwn beth? Pa fath o gyfweliad o'dd hwn yn mynd i fod? Wel, 'fake it till you make it' amdani. Awê, bois bach.

"Dwi wastad wedi bod yn ffodus iawn efo'n iechyd meddwl," (dechrau cadarn, o'n i'n falch o ddeud), "ac yn medru ymddiried yn fy rhwydwaith cymorth, pan dwi angen. Er y bydd hi'n oer ac yn dywyll, dwi wastad 'di bod yn un am y gaeaf, ac yn medru aros yn optimistaidd hyd yn oed dan amodau anodd." Nailed it.

"Diolch, Nia," meddai'r ddynes gwallt coch. "Rhan bwysig o dy waith fydd cadw nodiadau trylwyr ynglŷn â phatrymau'r snípur." Mi ddywedodd y gair 'snípur' mewn acen fath â tasa hi'n dod o'r Ffindir, neu Wlad yr Iâ, a falla'i bod hi. "Sut brofiad sgen ti yn y maes yna?"

"Wel, fel y gwnes i sôn yn fy nghais, o'dd fy nhraethawd hir yn seiliedig ar brosiect ymchwil o'dd yn ymwneud ag ymatebion swyddogaethol adar lleol i ddatgoedwigo, a dwi'n amau y bydd rhan fawr o'r sgiliau yna'n trosi i'r gwaith fydd yn mynd ymlaen ar Ynys Safísk." O'n i'n swnio'n lot rhy coci, a rhy posh, ond dyna ma rhywun yn gorfod ei neud mewn cyfweliadau, ia? "Hefyd, yn fy ngwaith o ddydd i ddydd, dwi'n cadw cofnodion trylwyr o gyfarfodydd rhwng ymgynghorwyr yn yr ysbyty, yn ogystal â thrawsgrifio llythyrau yn gywir a chadw nodiadau cleifion cynhwysfawr." O'n i 'di Gwglo lot o'r geiria 'ma cyn y cyfweliad, a di'u rhoi nhw ar Post-its ar fy laptop i neud siŵr 'mod i'n eu cael nhw'n iawn.

Os oes 'na un peth sy'n waeth na gorfod ista trwy gyfweliad fel hyn (a ma'shwr bod 'na lot mwy nag un peth), gorfod ista'n gwrando ar brêc-down manwl o'r cyfweliad 'di hwnnw. Felly, 'na i jyst deud hyn... Gesh i'r ffocin job.

O'dd pobol yn hapus drosta i? Anodd deud. Nesh i fanijo i gael secondment yn gwaith, fel bod hwnnw'n aros amdana i. Un peth yn llai i stresio amdano fo, a diolch byth fod Mr Rhys-Jones yn licio fi go-iawn ac isho dal ei afael arna i. O'dd o'n parchu'r ffaith 'mod i'n mynd i neud rhywbeth gwyddonol, dwi'n meddwl.

Doedd mam Huw ddim yn hapus, yn amlwg. Er iddi smalio'i bod hi, a deud "fydd rhaid ni gael te-parti bach yn bydd?" drwy wên stiff. Ond o'n i'n gweld yr edrychiad yn ei llygaid. *Ti'n gadael babi bach fi ar ben ei hun? Ti fod i'w briodi fo ac edrych ar ei ôl o, ddim ei adael o i ffendio drosto'i hun. Dwi sho'r grandkids 'na dwi 'di bod yn breuddwydio amdanyn nhw ers iddo fo ddod â chdi adra!* Dyna o'dd y llygaid na'n ei ddeud.

Dim llawer o ymateb gan Mam a Dad, maen nhw'n low maintenance, ond o'ddan nhw'n hapus i ngweld i'n hapus, dwi'n meddwl.

A merchaid yr offis? Wel:

"O, fydd hi mor oer yna, dyna sy'n poeni fi," meddai Nerys, gan lapio'i chardigan yn dynnach o gwmpas ei sgwyddau, er ei bod hi'n gynnes yn y sbyty 24/7.

"Gei di weld y Northern Lights ma'shwr," meddai Iona wrth symud ei ll'goden o gwmpas y sgrin. "Welish i nhw'n Norwy unwaith. Ond maen nhw'n deud bo' chdi'n gweld nhw o Penmon weithia tydyn, ti'm angen mynd mor bell â'r Arctic."

Dwi'm yn siŵr iawn o'dd Iona yn dallt pwrpas yr ymchwil, ond o'n i'm am drio esbonio eto.

"O leia 'mond merchaid fydd yna, fydd na'm rheswm i Huw fynd yn jelys, na fydd?" meddai Deilwen efo winc.

"'Di Huw ddim yn un i fod yn jelys, chi," medda fi, ac o leia o'dd hynna'n wir.

O'dd Huw yn hapus drosta i. Gesh i gadwyn ganddo fo fel presant, efo llwynog bach aur yn hongian ar y gadwyn denau.

"Arctic fox ydi o," meddai Huw, gan gau'r gadwyn o

gwmpas fy ngwddw wrth i fi ddal fy ngwallt o'r ffordd.
"Good luck charm bach i chdi tra fyddi di i ffwrdd. Ti'n
meddwl nei di weld rhai yna?"

"Dwi'm yn siŵr pa fath o anifeiliad fydd yna, ond na i
ffeindio allan!" medda finnau. Mi fyswn i yn methu Huw,
er i fi smalio 'mod i mor indipendant a rhesymegol, o'n i wir
yn caru'r boi.

Y peth cyntaf o'n i angen ei neud o'dd gwario llwyth o bres.
O'dd y rhestr o bethau angenrheidiol i fynd efo ni yn masif.

```
Anorac a throwsus gwrth-ddŵr/gwynt
Siwmperi gwlân trwchus a/neu fflîs
2 x het/balaclafa
Sgarff
Esgidiau cerdded/dringo a gaiters
Sliperi/clocsiau (ni chaniateir gwisgo esgidiau
    dan do)
Mits a menig (sawl pâr)
Sanau gwlân trwchus
Dillad isaf thermol
Gwisg smart ar gyfer cinio nos Sadwrn
Crysau awyr agored
Trowsus awyr agored
```

Gwisg smart ar gyfer cinio nos Sadwrn. O'ddan ni i
gyd am gwarfod ar Ny-Ålesund, y stesion ymchwil enwog
ar archipelago Svalbard, a chael wythnos yna i addasu i'r
tywydd a gweld o'dd angen i ni brynu unrhyw beth arall.
Ro'dd rhestr bellach o bethau o'dd yn angenrheidiol i'w cael
yn ein sachau teithio:

Map (gellir ei brynu yn Ny-Ålesund)
Pecyn dillad sbâr (het, menig, sanau)
Cwmpawd
Pecyn bwyd argyfwng
Pecyn cymorth cyntaf
Sbectol haul a/neu gogls
Papur a phensil
Bag bivvi
Cyllell boced
Gwisg allanol lawn (onis gwisgir eisoes)
Chwiban
Fflasg Thermos (dewisol)

O'dd hefyd angen rhywun o'dd yn medru saethu reiffl fel rhan o unrhyw grŵp fyddai'n gadael y labordy tra o'ddan ni'n aros ar Ynys Safísk. Mi ges i wybod gan y cwmni fod 'na ddigon o'r criw yn medru saethu ac efo caniatâd i fod yn berchen ar ddryll, ac na fyswn i angen un, a bod genna i hawl i saethu gwn fflêr 'yn y digwyddiad annhebygol' o fod angen saethu neu ddychryn arth wen. Yn ôl bob sôn, doedd dim eirth gwynion wedi cael eu gweld ar Ynys Safísk, ond mi o'dd y labordy yn dod o dan reolaeth Ny-Ålesund ac felly ro'dd angen cadw at yr un rheolau. O'dd hyn yn cynnwys cyfyngiadau caeth ar ein defnydd o donnau radio, Wi-Fi, a Bluetooth, oni bai eu bod nhw'n gwbwl angenrheidiol ar gyfer ein hymchwil – ac hyd'noed wedyn, o'dd angen gneud cais arbennig! Not gonna lie, o'dd 'na lot o reolau i'w dysgu cyn mynd, ond o'n i mor ecseited, o'dd o'n eitha hwyl mynd drwyddyn nhw, a nesh i ddechrau neud rhestri bach yn fy notebook newydd, fel taswn i nôl yn uni.

Yn ystod y cyfnod hwnnw yn y brifysgol, fel rhan o 'ngradd MSc, nesh i ddewis neud semester yng Nghanada, ac er fod hynny flynyddoedd yn ôl, a finna 'mond yna am chydig wythnosau, o'n i'n cofio sut beth o'dd bod yn oer drwy'r dydd, bob dydd, a sut i ddod i arfer efo hynny.

O'dd genna i Thermos tro'ma hefyd, côt gall, a digon o bethau cynnes i'w gwisgo. O'n i'n prepared.

Un peth am Ny-Ålesund – mae'n oer. Mae'r vibes yn od yna, fath â bod pawb 'di byw yna 'rioed ac i gyd yn nabod ei gilydd, fel un teulu mawr, er ei bod hi bron yn wag yno hanner y flwyddyn. Pawb yn ffurfiol iawn efo'i gilydd, a'r chydig o blant ysgol o'dd yna'n helpu efo ymchwil yn cael eu trin 'run fath â'r gwyddonwyr hynaf o'dd yn mynd a dod i'r lle ers blynyddoedd. O'dd rhai o'r plant yn mesur pa mor drwchus o'dd darnau o rew, ac ymchwilwyr go iawn yn neud pethau fel astudio gwyfyn arth gwlanog yr Arctig, o'dd yn aros fel lindysyn am tua saith mlynedd cyn troi'n wyfyn. O'dd hi'n swnio fel ymchwil ddiddorol pan o'dd Helge, y person o'dd yn gofalu am ein tîm ymchwil ni tra o'ddan ni'n Ny-Ålesund, yn ei esbonio i ni, ac o'n i bach yn gyted 'mod i'm yn cael aros yn fanno yn rhan o'r gymuned glòs yn ymchwilio i wyfynod, yn lle gorfod mynd i ryw ynys fach anial efo criw o ddieithriaid. O'n i'n dechrau cael cold feet, no pun intended.

Gesh i gyfarfod â'r tîm, ond am fod 'na gymaint o ymchwil ddiddorol yn mynd ymlaen, ches i ddim siarad efo nhw'n iawn tan y cinio ffurfiol nos Sadwrn. Peth rhyfedd o'dd hwnnw, ond sort of rili neis hefyd, mewn ffordd pobol capel. O'dd pawb 'di gwisgo'n ddel mewn siwmperi gwlân neis neu cashmere neu siacedi posh. O'n i mewn cashmere du, ac o'dd yr Arctic fox yn hongian ar ei gadwyn fach ddel rownd fy ngwddw. Mor soffistigedig! O'n i'n cael ista i lawr yn iawn, o'r diwedd, efo'r criw o'dd am ddod efo fi i Ynys Safîsk.

Dyna i chi Martha, o'dd yn hŷn ac efo gwallt hir, llwyd. O'dd hi'n edrych fel rh'wun fysa'n torri drwy'r rhew ar wyneb Llyn

Padarn er mwyn nofio'n y dŵr rhewllyd ar ddiwrnod Dolig, ac ar ôl siarad efo hi am chydig, dyna'n union y math o beth o'dd hi'n ei neud, heblaw ei bod hi ddim yn dod o Lanberis, obvs. O'dd hi 'di bod yn ddarlithydd bioleg am flynyddoedd, ac o'dd ei rhestr ymchwil hi'n andros o hir. Dw i'n cofio reference-io un o'i phapurau hi'n fy nhraethawd hir. Eiconig!

O'dd 'na ddynas arall hŷn, Julie, a phan nesh i sôn na dyna o'dd enw fy soon-to-be mam yng nghyfraith, chesh i bron ddim ymateb o gwbwl. O'dd hi mor ddistaw, jyst yn pigo ar ei bwyd fel deryn bach. O'n i'n wonder-io o'dd hi acshyli isho bod yna o gwbwl, ond ella na jyst swil o'dd hi. Nesh i drio peidio ignore-io hi'n llwyr, ond o'dd hi'n anodd, o'dd hi fel bod geiriau a llygaid pawb jyst yn sleidio oddi arni, fel morloi yn sleidio oddi ar floc o rew.

Wedyn mi ddaeth Morgan, efo punk vibes go iawn, o'dd hi'n cŵl ac o'n i'n smalio peidio bod yn intimidated, ond nath'i ofyn am fwyd figan a wedyn dybl-tjecio efo'r dyn roddodd y plât iddi bod y bwyd "deffinitli yn figan", ac o'n i'n meddwl fod hynna'n gytsi mŵf chos fyswn i, probybli, jyst di'i fwyta fo a wedyn teimlo'n sâl yn ddistaw, os nad oedd o. Gwallt byr, tywyll, ac eyeliner, ac o'n i'n meddwl 'mod i'n gweld tatŵs yn sbecian arna i dan lewys ei siwmper, er ei bod hi'n anodd deud efo'i chroen tywyll.

Yn olaf, ond nid lleiaf (er, hi o'dd y lleiaf, ma'shwr ei bod hi tua 5'2"), o'dd Eigra. O'dd hi'n rhy hot i fod yn wyddonydd, doedd o bron ddim yn deg. O'n i, yn dawel bach, yn gobeithio ei bod hi ddim yn mynd i fod yn dda iawn efo'r ymchwil ac y bysa'n rhaid i fi ddangos iddi sut i neud petha'n iawn, wrth i fi'i gwylio hi'n bwyta halibyt mewn ffordd hollol elegant, efo'i gwallt hir du yn disgyn yn berffaith o amgylch ei sgwyddau. Nid 'mod i'n jelys, o gwbwl. Ac, er syndod, o'dd hi'n un o'r rhai o'dd yn cael defnyddio'r reiffl. Mae rhai pobol yn cael bob dim, dydyn?

Sut fedra i ddisgrifio'r wythnosau cyntaf 'na ar Ynys Safísk? O'dd hi'n ddechrau'r gaeaf, a'r oerni fel poen gynnes ar ein hwynebau ni, bob tro ro'ddan ni'n mynd allan i archwilio'r snípur. Which do'ddan ni ddim yn medru ei ffeindio, gyda llaw. I'r point lle o'n i'n dechrau meddwl fod yr holl beth yn rhyw fath o jôc. Bob dydd, mi fysan ni'n mynd mewn grŵp o dair, un efo'r reiffl (Eigra neu Martha) a'r gweddill ohonan ni'n cymryd twrn yr un efo'r gwn fflêr, ond doedd 'na ddim golwg o'r un creadur byw. Yn araf bach, ro'ddan ni'n mapio'r ardal o amgylch y labordy/ein cartref bach newydd ni, sef dau adeilad efo golau y tu allan fel bod modd brysio o un i'r llall gan afael yn ein sgidiau-tu-fewn i newid iddyn nhw'n sydyn. O'ddan ni'n sodro darnau bambŵ hir i fewn i'r eira i greu llwybrau, er mwyn i ni allu dilyn yr un rhai bob tro, a medru nodi unrhyw fanylion am y tirlun o'n cwmpas ni.

Ar y cychwyn, o'ddan ni'n cymryd bob math o ragofalon wrth fynd o un adeilad i'r llall, ond ar ôl sawl trip lle ddigwyddodd 'na ddim byd o gwbwl, o'ddan ni'n brysio o un i'r llall yn chwit-chwat, heb hyd'noed wisgo'n layers i gyd weithiau, a wedyn treulio amser yn curo'n dwylo efo'i gilydd a stampio'n traed yn y slipars meddal. Martha gafodd y syniad i ni i gyd roi pâr o slipars yn y 'tŷ', fel o'ddan ni 'di dechra'i alw fo, a'n Crocs yn y labordy, fel bod dim angen cario'r rheini efo ni wrth symud rhwng yr adeiladau. Un practical iawn o'dd Martha.

Ar ôl chydig o wythnosau o fapio'r ardal, o'ddan ni'n dechrau cael syniad go lew o le o'dd yn llithrig, lle o'dd na elltydd serth, pa mor bell o'ddan ni o'r 'traeth' (fel o'dd Eigra di'i alw fo unwaith, a'r enw 'di sticio). Mewn rhai llefydd o'dd y rhew yn rhy drwchus i dorri trwyddo fo, ond mewn llefydd eraill o'ddan ni'n medru mesur ei drwch, felly dyma ni'n naddu twll a chael y syniad o fesur trwch y rhew, a chymryd dŵr o'r un twll bob dydd, a chofnodi sut o'dd y rhew yn toddi a pha fwynau o'dd yn y dŵr, ac yn y blaen. 'Mond er mwyn cael rhywbeth i'w wneud.

O'dd Julie 'di dod â phaced o Marlboro Golds efo hi, ac am smocio un bob nos tan y byddan nhw'n rhedeg allan. O'n i'n meddwl fod hyn yn sort of poetic, ond o'dd Morgan yn meddwl y dylsa hi fod wedi stopio smocio'n iawn adra, cyn iddi ddod yma, er mwyn i ni beidio â gorfod diodda ei mŵds hi. O'ddan ni 'di penderfynu gadael iddi smocio nhw'n y tŷ, chos no wê fysa hi'n cael gneud yn y labordy, ac o'dd hi jyst rhy oer tu allan. Nathon ni benderfynu na 'mond ugian noson fysa hi, ac os bysa rh'wun isho osgoi'r ogla, 'san nhw'n cael aros yn y labordy. Ond ar ôl cwpwl o ddiwrnodau, o'dd 'na rywbeth reit gysurus mewn ista o gwmpas y bwrdd bwyd – 'rôl i bawb fwynhau pryd o bysgod sych neu reis a phys – yn yfed paneidiau efo'n gilydd ac yn siarad am ein bywydau, efo'r mwg yn chwifio'n araf bach o gwmpas ein pennau ni.

"Lwcus bod neb yn disgwl, de genod," meddai Martha gan chwerthin yn hwyliog ar ei jôc ei hun, wrth i Julie estyn y bocs bach melyn o'i phoced.

"Acshyli..." cychwynnodd Morgan. Am eiliad, rhewodd pawb, gan ddisgwyl iddi ddeud ei bod hi'n disgwyl, er i ni gyd orfod gneud prawf cyn dod yma (hyd'noed Martha a

Julie, o'dd yn amlwg 'di bod drwy'r menopos). "Dwi ddim yn hogan. Dwi'n non-binary."

"O ia, ma hogan yn chwaer yn un o heini," meddai Martha heb sylwi beth o'dd hi newydd ei ddeud. *"Nhw* w't ti felly, ia?"

"Wel... ia! Diolch."

O'dd Morgan 'di mynd yn goch, yn amlwg o'ddan nhw 'di bildio'u hunain i fyny. Ond pwy well na grŵp o wyddonwyr i ddallt fod rhywedd yn beth hyblyg, ac ddim wastad yn rhywbeth amlwg. Ymysg sawl teulu o bysgod, o'ddan ni'n ei gysidro fo'n anomali os do'ddan nhw *ddim* yn draws!

"Wel, gen–, ym, pawb," meddai Julie gan gywiro'i hun, "hon di'r ola." Daliodd y smôc fel pilar, y pilar o'dd yn cynnal ein cymdeithas fach newydd ni. "Be am i ni smocio hon efo'n gilydd?"

Er ei bod hi'n amlwg nad o'dd pawb yn cîn ar y syniad, o'dd o'n teimlo'n bwysig, rhywsut.

Cymerodd Julie y llond sgyfaint cyntaf, a chwythu'r mwg allan yn araf bach fath â'i bod hi'n smocio joint. Pasiodd y smôc i Eigra. O'n i'n disgwyl rhyw fath o Audrey Hepburn moment – a hitha'n ei fflîs du, tynn a'i gwallt mewn byn efo headband bach cynnes, del ymlaen – ond tagu 'nath hi fel tasa hi 'rioed 'di smocio o'r blaen. Rhoddodd Julie fwythau bach i'w chefn hi, wrth i Eigra gynnig y smôc i fi.

O'dd y ffilter bach yn damp efo'i phoer hi, ond o'ddan ni i gyd 'di gorfod neud pythefnos o hunan-ynysu cyn dod yma, ac wedyn 'di bod ar Ny-Ålesund am wythnos, felly o'n i'n eitha sicr fod ganddi ddim germs. Tynnais yn ddyfn ar y smôc, wrth i Julie wingo o weld y papur yn llosgi i lawr, a wedyn chwythu'r mwg allan i gyfeiriad Julie fel rhyw fath o ymddiheuriad.

Cymerodd Morgan y smôc wedyn, a'i dal hi rhwng eu bys a bawd a'i chodi i'r awyr. "'Dan ni'n diolch i Hepheastus am y fendith hon," meddai, cyn llusgo'r mwg i'w geg. Ni chwarddodd neb, ond dwi ddim yn meddwl eu bod nhw wedi bwriadu i ni chwerthin. O'dd y foment wedi troi o ddifrifwch smâl i ddifrifwch go iawn, rhywsut.

Tro Martha o'dd hi wedyn, a dyma hi'n rhoi ei llaw yn gysurlon ar ysgwydd Morgan wrth godi'r smôc i'r awyr. "Dyma fendith ar ein brawd-chwaer Morgan, gan eu chwiorydd i gyd." Cymerodd lond sgyfaint wrth i Morgan edrych i lawr ar y bwrdd, eu llaw ar un Martha. Dyna'r tro cyntaf ac olaf i fi eu gweld nhw'n gneud unrhyw beth tebyg i grio.

Do'n i'm yn siŵr, am eiliad, o'dd Julie am basio gweddill y stwmp rownd y cylch eto, ond mi gymerodd hi'r smôc yn ôl a sugno gweddill y peth mewn un anadl, bron, felly o'dd y seremoni ar ben.

"I'n teulu bach ni," meddai Martha, gan godi ei chwpan o de.

"Teulu bach ni," gwaeddodd pawb, gan glincian ein cwpanau yn un clwstwr yn y canol.

A dyna ddiwedd arni.

Ar ôl i Julie redeg allan o smôcs, o'dd hi'n ddistawach nag erioed, ond eto'n snapio ar bawb, allan o nunlle, hefyd. Doedd na'm in-bitwîn efo hi. Yn anffodus o'dd y rhai ohonan ni o'dd yn dal i gael periods wedi dod ar yr un pryd, a doedd 'na fawr o hwyl arnan ninnau chwaith. O'n i'n gwthio'n ffordd drwy'r eira efo Eigra un diwrnod, yn wonder-io o'dd 'nhampon i 'di dechrau gollwng, pan nesh i ddisgyn i fewn i'r eira trwchus. O'dd o mor oer, a'r gwynt yn chwythu plu eira i bobman. Nesh i, bron, ddim sylwi am funud 'mod i 'di disgyn, tan i fi deimlo breichiau Eigra o 'nghwmpas i'n fy nhynnu fi i fyny. O'dd hi'n gryfach nag o'dd hi'n edrych, ac o'dd rhaid iddi ddal gafael arna fi am funud wrth i fi sefydlu'n hun yn iawn ar y llwybr eto.

O'n i 'di gwirfoddoli i fynd allan heddiw er mwyn osgoi Julie a'i mŵds, ond erbyn mynd, o'n i 'di blino, o'dd gen i gramps, ac o'n i isho bwyd.

"Dwi'n ffed yp o'r ffocin eira 'ma," gweiddiais i'n ofer, gan deimlo'r dagrau'n cronni. "Dwi'm 'di gweld 'run snípur uffar, a dwi'n ffed yp o farcio llwybra a stydio cyflwr blydi dŵr. Dwi'sho mynd adra!"

"Paid â crio," meddai Eigra, ond ddim mewn ffordd gysurlon. Yn hytrach, gwaeddodd y geiriau fel tasa hi'n demand-io i fi beidio. "Paid, Nia. Neith y dagra rewi ar dy focha di a llosgi chdi."

Edrychais i'n syn i fewn i'w llygaid. O'ddan nhw'n frown tywyll, bron â bod yn ddu, ac yn edrych yn gynnes, rhywsut, yng nghanol yr holl wyn a llwyd. Doedd yr eira ddim bob tro'n lân ac yn ddel, yn aml iawn o'dd o'n llwyd neu'n frown, chos rhywle dan yr haen oeraidd, o'dd 'na bridd.

"Mae'n rhaid i ni gario 'mlaen," meddai. Rhoddodd hi'r reiffl, o'dd wedi llithro i lawr at ei chesail, yn ôl dros un ysgwydd. "Cadw dy lygad allan am unrhyw oel traed neu farciau yn yr eira. Gynnon ni ryw hanner milltir i fynd a wedyn gawn ni droi nôl a mynd adra am swpar, ar ôl i ni hel dŵr."

"Dwi'n meddwl... Dwi'n meddwl bo' fi'n gollwng," medda fi.

Trodd Eigra ac edrych i lawr ar drowsus fy siwt eira, yna ysgwydodd ei phen. "Anodd deud, maen nhw'n goch eniwe, a ti'n eira drostat." Dechreuodd rwbio 'nhrowsus i'n drwyadl, ac mi adewais iddi neud. O'dd o'n reit gysurus. "Ti'sho tynnu dy fanag i jecio?"

"Na, dim ots," medda fi. O'n i'n teimlo'n wirion, a jyst isho gorffen ein gwaith am y diwrnod er mwyn cael mynd 'adra'.

"Mae 'na ots, os w't ti'n wlyb. Neith y gwaed 'na oeri, a rhewi, ella, os daw o drwy'r defnydd neu redag i lawr dy goes di. Ti'm isho i hynny ddigwydd."

Safodd yn llonydd a throi, fel bod ei chefn hi bron iawn tuag ata i. Mi wthiais i un law i fewn i'r trowsus trwchus. Wrth i fi lacio'r band gwasg oddi ar fy nghroen, daeth aer oer i fewn i'r siwt, gan neud i fi deimlo 'mod i isho pi-pi. Meddyliais am Huw. Stwffiais i'r faneg i fewn i fand gwasg fy thermals, a tynnu'n llaw allan ohoni y tu fewn i 'nillad isaf, wedyn dyma fi'n gwthio bys archwiliadol i fewn i'n nicyrs. Ond sut o'n i am edrych i weld o'dd 'na waed arno fo? Taswn i'n estyn fy llaw allan i'r oerfel, 'sa 'na beryg i'r croen rewi mewn eiliadau.

Tu fewn i'r faneg o'dd 'na wlân cynnes, gwyn. Rwbiais i'r bys jyst tu fewn i'r faneg, cyn gwasgu'n llaw yn ôl i mewn. Wedyn, ar ôl adjystio bob dim, edrychais i'n ofalus ar ymyl llawes y faneg, gan ddinoethi darn bach, bach o'n arddwn i'r oerni.

"Iawn?" gofynnodd Eigra.

"False alarm. Sori."

Rhoddodd hi nòd bach cadarn, cysurlon i fi, ac aeth y ddwy ohonan ni ymlaen.

O'dd Eigra a finnau ar y ffordd yn ôl, efo ffiol bach o ddŵr o'r twll, a dim golwg byth o'r snípur; un glust ac un llygad wastad yn edrych allan am yr eirth gwynion chwedlonol 'ma, *jyst rhag ofn*, pan welais i'r golau rhwng y tŷ a'r labordy yn dechrau fflachio. Ers i ni gyrraedd Ynys Safîsk o'dd y golau llachar wedi bod yn rhyw fath o oleudy i ni. Ar adegau pan o'dd yr eira'n disgyn yn rhy drwchus neu pan o'dd hi'n rhy dywyll i weld y ffordd adra'n iawn, o'ddan ni bob tro'n medru teimlo'n ffordd efo'r polion bambŵ ac anelu am y golau. Er ei fod o'n dal yna, o'dd o'n fflachio rŵan... golau, tywyllwch, golau, tywyllwch, chos doedd y golau o'dd yn treiddio allan o'r ffenestri bach yn yr adeiladau ddim yn ddigon cryf i ni fedru eu gweld nhw o bell.

"Be 'di hyn, rŵan?" gofynnodd Eigra yn ddiamynedd.

"Bylb 'di mynd ma'shwr," medda fi wrth frysio tuag at adra a'r toiled a'r dŵr cynnes o'dd yn aros amdana i.

"Be?!" gwaeddodd Eigra, o'dd yn un o'r bobol 'ma o'dd yn mynd yn pissed-off os oedd hi'n methu dy glwad di'r tro cyntaf.

"Bylb 'di mynd," medda fi eto, yn uwch.

"Pwy sy 'di mynd?!"

"O, mai God y bylb – y ffocin bylb!"

"Oce, sy'm isho gweiddi nagoes?" meddai hi'n ddi-hid. A mewn â hi i'r labordy.

Chwarae teg i fi, nesh i fanijo i beidio â cholli'n shit. O'dd Eigra yn lyfli fel arfer, a jyst mor ddel a bob tro'n hapus. O'dd hi fath â labrador bach, Andrex puppy. Felly nesh i faddau iddi'n ddistaw bach, a dechrau tynnu'n sgidia-tu-allan.

"Be sy'n mynd 'mlaen efo'r gola?" gofynnais i Morgan, pan ddaru nhw ddod draw efo diod poeth bob un i ni. Na i ddim galw beth o'ddan nhw'n ei neud yn banad, ond o'dd o'n ddŵr o'dd wedi clwad am teabag mewn rhyw hen stori, unwaith, a bron iawn yn cofio'r blas. O'dd hi 'di dod yn draddodiad gynnon ni i roi panad i'r rhai o'dd newydd ddod i fewn o'r oerni, ac o'dd o'n setlo'r mŵd bob un tro.

O'n i 'nghanol wiglo allan o'n siwt eira, felly Eigra atebodd, "Bylb 'di mynd ma'shwr?"

Fuodd bron mi dorri daint wrth orfod brathu 'nhafod mor galed.

"A i i chwilio am fylbs," meddai Morgan, a ffwrdd â nhw i gefn y labordy i ddechrau chwilio drwy rai o'r bocsys do'ddan ni'm yn rhy gyfarwydd efo'u cynhwysion nhw eto. Daethon nhw'n ôl yn fuddugoliaethus tra ro'dd Eigra a finnau'n ista ar y fainc wrth ymyl y cotiau a'r sgidiau a'r hetiau, yn gorffen ein diodydd cynnes.

"Ga i wisgo dy siwt eira di?" gofynnodd Morgan, wrth dynnu eu sgidia tu-fewn, "fydd hi dal bach yn gynnas ar ôl chdi fod yn gwisgo hi."

"Gwatsia dy hun, mae hi'n covered mewn gwaed," chwarddodd Eigra.

"Gelan," medda fi'n wyneb sych i gyd, wrth godi i fynd am y toiled.

"Di hi'n ocê?" clywais Morgan yn gofyn wrth fi fynd fewn.

Pan ddosh i nôl allan, o'dd Morgan yn dal jyst yn sefyll yna. Aeth Eigra i fewn ar fy ôl i.

"Ti 'di rhewi ne wbath?" dyma fi'n gofyn.

"Wel, dwi'n gwybod fydd hyn yn swnio'n nyts. Ond, ma'i mor crîpi a distaw allan yna, dydi bêbs? Pan fydd y bylb na'n mynd off, fydd hi mor dywyll... a dwi jyst yn teimlo, weithia,

fod 'na rwbath yn watsiad ni allan yna. Fath â bod 'na ryw
foi crîpi jyst yn sefyll yna'n gwatsiad ni drwy binociwlars.
Dau gachiad fyddan ni allan yna, dwi'n gwybod, felly gei
di ddeud 'na'. Ma Julie a Martha yn trio setio fyny'r cameras
fel bod ni'n gedru mynd â nhw allan fory, felly dwi'm isho
gofyn iddyn nhw."

"Ti'sho fi ddod efo chdi?" holais i. O'n i rili, rili ddim efo
mynadd mynd yn ôl allan, ond o'ddan nhw'n amlwg isho i
r'wun fod yna.

"Nei 'di?" meddan nhw gan wrido.

"Iawn, ocê, ond ti'm yn cael siwt eira fi felly."

Ond o'ddan nhw di'i rhoi hi ymlaen yn barod, doeddan!
Felly o'dd rhaid i fi roi un Eigra ymlaen. O'dd hi siedan yn
rhy fach, ond o'dd hi'n oglau'n neis. Ydi rhai merchaid jyst yn
oglau fel'na drwy'r adag, yndyn? Dwi'n eitha siŵr ei bod hi
ddim 'di ddod â perffiwm efo hi i'r Arctig.

O'n i'n dal yr ystol ac o'dd Morgan ar fin tynnu'r bylb, pan
ddechreuais i feddwl ella eu bod nhw'n iawn. Mi o'dd 'na
ryw deimlad crîpi os o'dda chdi'n aros yn llonydd tu allan
i'r adeiladau fel hyn. Teimlad fath â bod 'na r'wun yn cuddio
rownd y gongol neu'n gwylio chdi o bell, yn barod i neud
rhywbeth. O'dd 'na chydig o wyfynod yn hofran o gwmpas
y bylb.

"Ti'n meddwl na'r un rhai ag o'dd Helge yn astudio 'di
hein, bêbs?" gofynnodd Morgan. Tynnodd y bylb diffygiol
a'i basio i lawr i fi, ac mi basiais i'r un newydd iddyn nhw.
Neidiais i allan o 'nghroen pan ddisgynnodd o heibio 'mhen
i a malu'n racs wrth fy nhraed.

"Shit! Ffocin idiot. Sori!" meddai Morgan.

"Hei, paid â poeni, a i i nôl un arall," medda fi, gan droi am y labordy.

"Na! Paid â gadael fi fyny fa'ma ben fy hun yn y t'wllwch!" O'dd Morgan yn swnio'n wirioneddol ofn, ond c'laen ia, oedolion o'ddan ni, gwyddonwyr, biolegwyr.

"Mogs, tŵ-secynds fydda i. Cana gân i chdi dy hun, fydda i nôl cyn chdi orffan."

Er 'mod i'n teimlo'n ddrwg, mi redais i nôl i'r labordy gan sefyll wrth y drws.

"Ga'i fylb arall, plis?" gwaeddais, fel 'mod i'm yn gorfod newid fy sgidiau a rhyw falu cachu.

"Be s'di digwydd?" Daeth Julie allan i fusnesu.

"Bylb 'di mynd ar y gola mawr tu allan, a ddaru Morgan dorri'r replacement. Oes 'na un arall?"

"O na, 'dyn nhw allan yna, ben eu hunain?"

"Yndyn, dyna pam dwi'n trio brysio." O'dd hynna'n mwy na chyfri fel hint, dw i'n meddwl. Daeth Martha i'r golwg wedyn fel arwr efo bylb newydd.

"Dwi'n meddwl na 'mond un sy ar ôl, felly bydd yn ofalus efo'r un yma, cyw," meddai hi. Ond, ecsgiws mi, ddim fi ddaru ollwng y llall!

Allan yn y tywyllwch eto, doedd dim sôn am Morgan yn canu. O'dd y gwynt 'di distewi, ac o'dd sŵn y môr yn sisial yn y cefndir. Distawrwydd, a llonyddwch pur. Cymerais i anadl oer drwy'r sgarff o'dd o gwmpas fy ngheg. Dim yn aml iawn o'dd rh'wun yn medru cael munud o heddwch iddyn nhw'u hunain ar yr ynys 'ma. O'n i'm 'di cysgu mewn stafell ben fy hun ers cyhŷd, o'dd sŵn chwyrnu pedwar o bobol eraill 'di dod yn rhyw fath o ASMR i fi erbyn hyn.

"Mogs? Ti dal yn fyw?" gofynnais i, fel jôc. Ond doedd dim golwg o neb ar ben yr ystol. "Morgan?" Clywais i'r panig yn codi'n fy llais. Calm down, Nia, ma'shwr eu bod nhw rownd y gongol, yn barod i neidio allan arna chdi.

"Dwi fa'ma." Daeth y llais o gyfeiriad uwch nag o'n di'i ddisgwyl. Sbiais i i fyny, a dyna lle o'dd Morgan, yn gorwedd ar ben to fflat y tŷ. "Sbia faint o sêr fedri di weld heb y gola 'na!"

Ffyc it. Esh i i fyny'r ystol. Tro fi o'dd hi i goginio heno, a do'n i rili ddim yn mwynhau, felly o'n i'n hapus i postpone-io hynny am dipyn bach. Gorweddais i ar ben y to efo Morgan, gan obeithio ei fod o'n medru dal ein pwysa ni. O'dd o'n g'nesach nag o'n i 'di meddwl y bysa fo, efo'r gwres yn codi o'r adeilad o danodd. Ac o'dd Morgan yn iawn... heb y golau, o'dd y sêr mor amlwg. Ar y gorwel, o'dd 'na fflachiau gwyrdd yn crynu drwy'r awyr.

"Aurora borealis!"

O'n i di'i weld o o'r blaen, ond o'dd 'na rywbeth reit sbesial am y ffaith ei fod o i'w weld fel 'tae o 'di ymddangos rŵan, fath â tasa fo'n display bach jyst i ni. "Llewyrch yr Arth 'dan ni'n ei alw fo adra. Swnio'n mysterious dydi?"

"Waw, dw i'n lyfio'r enw yna!" meddai Morgan. Wedyn, ar ôl saib, "Joint sa'n neis rŵan, de?"

"Ti'n goro sboilio'r foment, dwyt?" medda fi. Ond mi estynnais i un fanag allan tuag at eu llaw nhw, a nathon ni ddal dwylo a gwylio'r sêr a'r Llewyrch tan i ni ddechrau rhynnu gan oerfel.

"Faint o wyddonwyr ma'n cymryd i newid lightbulb?" gofynnodd Eigra efo gwên, pan gerddon ni i fewn i'r labordy.

"Di'r jôcs jyst ddim yn stopio'n y lle ma," medda fi, gan gymryd y banad roddodd hi i fi. Panad go iawn, efo blas te arni hi, a'r siwgwr 'di'i gymysgu i fewn yn iawn.

"Mae'r cameras yn barod i fynd, at fory," meddai Martha, gan ddechrau tynnu'i Chrocs. "Call it a day, hogia? Awn ni am fwyd?"

Cytunodd pawb. Martha o'dd matriarch y grŵp, dwi'n meddwl, er na fysa hi byth yn cyfeirio at ei hun felly. "Reis, a be, gawn ni heno?"

Reis a tsili o'dd o, efo bîns 'di'u sychu. O'dd bob dim yn rhyw fersiwn 'di'i sychu ohono'i hun. Dim ond y cig o'dd yn ffres, mewn pecynnau vacuum-sealed yn y ffrîsyr. Pigo bwyta o'dd Julie, fel arfer.

"Ydi o'n ocê, Julie? Duda os ti'm yn licio fo, fedra i neud wbath arall i chdi," medda fi'n glwyddog i gyd. No blydi wê o'n i'n mynd i gwcio rwbath arall rŵan.

"Na, ma'n iawn, 'sti, diolch Nia." Gwelais ei llaw hi'n codi at ei cheg wrth gnoi.

"Julie. 'Di daint chdi'n brifo?"

Nesh i deimlo'r tensiwn yn syth. Dim ei fod o'n orfodol, ond o'ddan ni 'di cael y cyfarwyddyd y dylsan ni i gyd fynd at y deintydd cyn dod i Ynys Safîsk, rhag ofn bod rh'wun efo problem allai waethygu dros y misoedd i ddod.

Daeth dagrau i lygaid Julie druan. "'Di o'm yn bad, 'sti," meddai hi, ond doedd neb yn coelio gair.

"Gad i fi sbio," meddai Martha, gan estyn tortsh bach allan o'i phoced.

Yn y diwedd, cytunodd Julie. Edrychodd Martha i fewn i'w cheg am gwpwl o eiliadau, ac o'n i'n gweld o'r olwg ar ei hwyneb hi fod pethau ddim yn dda.

"'Di o'm byd i boeni amdano fo," meddai Julie, yn trio perswadio'i hun, dwi'n meddwl.

"Ond mae o dydi, Julie?" meddai Morgan, o'dd byth yn bwlshitio ni.

"Wel, be ti'sho fi neud am y peth?" brathodd Julie. O'n i'n dechrau sylwi fod 'na reswm da am iddi fod yn ddistaw ac yn snapio arnan ni, a ddim achos ei bod hi 'di rhedag allan o smôcs.

"Be 'nath ddigwydd i dy ddant di, Julie?" gofynnodd Martha. "Ma 'di cracio."

O'dd Julie yn ddistaw am dipyn bach yn rhy hir. Tyfodd y tensiwn yn y stafell.

"'Sna r'wun 'di... Oes 'na r'wun 'di hitio–"

"Jyst 'di byta rwbath caled ydw i ma'rhaid," meddai Julie yn gadarn. Ond mi o'dd yr un deigryn a ddisgynnodd i lawr ei boch yn gyffes ynddo'i hun. O'n i'n cofio'r adeg yn Ny-Ålesund, pan o'n i'n methu peidio ag anwybyddu Julie, pan o'dd hi'n medru g'neud iddi hi'i hun fod mor anweledig, rhywsut. O'n i'n dallt, rŵan. 'Di dysgu'r grefft honno adra o'dd hi. 'Di dysgu sut i guddio rhag ei gŵr. Dychmygais i wyneb cas, yn poeri geiriau creulon yn ei hwyneb hi'n ddyddiol. Yn ei tharo hi. Ei brifo hi. Dyma pam ei bod hi yma ar yr ynys bellennig 'ma... yn bell oddi wrtho fo, yn saff efo'i theulu newydd.

Ac, rŵan, o'ddan ni am orfod ei brifo hi.

O'dd 'na un botel o fodca yn y tŷ, a dyna'r unig alcohol o'dd gynnon ni. Gwasgarwyd cynhwysion y bocs cymorth cyntaf ar hyd y bwrdd. Digon o gauze, menig plastig, pâr o bleiars yn sgleinio dan y goleuadau.

"Pwy sy am neud o?" gofynnodd Julie, efo cryndod yn ei llais.

O'n i 'di meddwl y bysa Martha yn cymryd drosodd, ond, fel ma'n digwydd, o'dd hi'n rhy squeamish.

"Fysa fo'm yn well neud hyn yn y lab? Mwy sterile?" gofynnais i.

"Be, a cael gwaed a poer yn bob man?" gofynnodd Morgan.

Gwelwodd Julie.

"Morgan, paid â bod mor ddramatig," medda fi, gan roi edrychiad 'cau dy geg' iddyn nhw.

Tolltodd Morgan ddiod arall i Julie. "Lawr y lôn goch, Jules, ty'd rŵan."

O'dd pawb yn actio fath â tasan ni mewn drama lwyfan, neb cweit yn medru prosesu'r ffaith ein bod ni am orfod tynnu dant Julie druan. Un peth pwysig, o'ddan ni di'i drafod pan o'dd Julie yn cymryd 'moment' yn y bathrwm, o'dd fod rhaid iddi fod yn chwil gachu, ond ddim mor chwil nes ei bod hi'n chwdu ac yn risgio cael inffecsiyn yn y soced. O'dd 'na antibac mouthwash, ond dim llawer o antibiotics, ac o'ddan ni isho cadw'r rheini tan 'san ni rili angen nhw.

"Na i neud," clywais fy hun yn deud, "ond dwi angen un o hein, hefyd."

Tolltodd Julie y glasiad o fodca i fi, fel ffordd o roi caniatâd.

O'dd y pleiars yn oer yn fy llaw i.

Agorodd Julie ei cheg, a gafaelodd Eigra yn ei breichiau tu ôl i'w chefn. Safodd Morgan efo'r tortsh mawr yn pwyntio am i lawr uwch ein pennau ni.

"Ten-secynds fydd hi, Julie, cyfra di i lawr yn dy ben."

O'dd hi'n bod yn andros o ddewr. Agorodd ei cheg led y pen.

Mi rois i fachau'r pleiars o gwmpas y dant.

"Deg!" meddai Morgan yn galonogol.

Naw. Ysgwydais i'r dant yn arbrofol. O'dd y cnawd o'i amgylch o yn goch a 'di chwyddo.

Wyth. Caeodd Julie ei llygaid yn dynn.

Saith. Siglais i'r daint yn galetach. O'dd o fel goriad yn erbyn paent car.

Chwech. Dechreuais i dynnu.

Pump. Gwaeddodd Julie.

Pedwar. O'dd hi'n rhy hwyr i droi nôl. Tynnais i'n galetach.

Tri. O'dd hi'n gweiddi.

Dau. Yn sgrechian.

Un. Dant melyn yn nannedd y pleiars, a llinell gul o ddüwch yn dechrau lledaenu drwyddo fo. Gwaed ar hyd wyneb Julie, ar fy nwylo i, ar y llawr...

Peidiodd y sgrechian.

Mi ddoth y dant yn rhyw fath o dotem neu fasgot bach gôri ar ôl hynny. Do'ddan ni ddim yn gwybod beth i'w neud efo fo, a doedd Julie ddim isho'i daflyd o i ffwrdd na'i adael o ar yr ynys, felly mi gafodd gartra mewn petri dish wrth ochr ei gwely. Ar ôl cael y dant allan, o'dd hi fath â bod 'na rywbeth 'di cael ei ryddhau yn Julie, a chawson ni'r hanes i gyd am ei gŵr, a sut o'dd hi 'di bod yn diodda mewn distawrwydd ar hyd y blynyddoedd, hi a'i phlant – o'dd wedi tyfu, rŵan, ac yn gwrthod siarad efo hi. Julie druan. Neb yn ei bywyd yn gwybod beth o'dd yn mynd ymlaen, ac o'dd hi 'di manijo i gael lle ar yr ynys yma, yn ddistaw bach, a 'di mynd a'i adael o, gan smalio ei bod hi'n piciad at y doctor am smear test!

"Do'n i 'rioed 'di meiddio deud clwydda wrtho fo o'r blaen... Ond dwi'm yn meddwl bysa fo 'di 'nghoelio fi, eniwe, hyd'noed taswn i 'di deud lle o'n i'n mynd go iawn," meddai hi un diwrnod. "'Sa fo'm yn coelio 'mod i 'di medru dod i fa'ma. Do'dd o'm yn cymryd fi o ddifri, byth. Ac o'dd gas ginno fo 'ngweld i'n llwyddo."

"Wel, ti yma Julie. A ti'n llwyddo! Yn astudio..." Snípur o'n i am ei ddeud. Ond, o'ddan ni?

"Acshyli, dwi 'di bod yn meddwl am hyn," meddai Julie. "'Dan ni 'di cael ein lleoli lle cafodd y snípur ei ffeindio gyntaf, ond be os 'dyn nhw 'di symud? Ar ôl iddyn nhw gael eu ffeindio a'u styrbio, ella'u bod nhw 'di mynd i rwla saffach. Ella'u bod nhw ar ochr arall yr ynys! Fysa'n syniad neud rhyw alltaith fach, criw ohonan ni? Neu, pawb? I weld fedran ni ffeindio nhw. Fel arall, ma 'na beryg i ni wastio blwyddyn gyfa yn aros i weld ddôn nhw'n ôl o le bynnag maen nhw, a falla eu bo' nhw'm yn bwriadu dod yn ôl o gwbwl!"

O'dd o'n swnio mor amlwg unwaith i r'wun ei ddeud o!

"'Na i ddod, dwi'n barod am change of scenery," medda fi.

"A finna, ma hynna'n swnio'n class!" cytunodd Eigra.

Mi gafodd Julie ddod, wrth gwrs, am na'i syniad hi o'dd o, ac mi arhosodd Morgan a Martha i gadw golwg ar y lle, ar ansawdd y dŵr, faint o eira o'dd yn disgyn, a'r pethau hynny ro'ddan ni wedi bod yn eu cofnodi jyst er mwyn cael rhywbeth i'w wneud. O'dd o i gyd yn ddata digon defnyddiol 'fyd, chos doedd neb yn siŵr pa fath o dirlun o'dd orau gan y snípur – a sut o'ddan nhw wedi esblygu yma.

Un dent o'dd yna, a'r consensws oedd y bysan ni'n g'nesach yn cysgu i gyd efo'n gilydd. Sach gysgu bob un, ein sachau teithio, a'r reiffl gan Eigra. Mi benderfynwyd ei bod hi'n bwysig i ni ddod â fo, am ein bod ni'n mynd yn bellach i ffwrdd o 'adra' nag erioed o'r blaen. O'dd Morgan a Martha 'di cytuno i aros yn agos at y golau, ac i beidio â mynd yn bellach na'r twll dŵr tra ro'ddan ni i ffwrdd, efo gwn fflêr bob un.

O'dd Eigra yn un dda efo mapio, felly wrth i ni gerdded ar hyd y llwybr o'dd wedi cael ei greu dros ein cyfnod ar yr ynys, hyd yma, gwnaeth hi'n siŵr ein bod ni'n anelu at ganol yr ynys. Lle ro'dd y llwybr yn dod i ben, ddaru ni gario 'mlaen gan osod ffyn a marcio lle o'ddan ni'n mynd ar y map o'dd yn cael ei lunio wrth i ni greu'r tirwedd. Nathon ni ddewis y diwrnod yna i fentro ymhellach chos o'dd y tywydd wedi dechrau gwella, yn yr ystyr fod y blizzards i'w gweld wedi distewi, a'r tymheredd wedi codi fymryn lleiaf.

"Be nawn ni, cael cinio rŵan a wedyn mynd bach pellach cyn iddi nosi?" gofynnodd Eigra.

"Syniad da, dwi bron â marw'n cario hon!" medda fi, cyn rhoi'r dent i lawr ac ista arni.

"Ddylsa chdi 'di deud! O'dda chdi'n neud 'ddo fo edrych mor hawdd. 'Na i 'i chario hi weddill y ffordd, os ti'sho? Fydd rhaid chdi ddefnyddio'r cwmpawd, ddo," gwenodd Eigra.

Not my strong suit, ond o'n i'n eitha sicr o 'ngallu i ddefnyddio cwmpawd ddigon da i arwain y ffordd.

Yn y pecynnau trwm, o'dd 'na stof fach i gwcio bwyd, ond mi benderfynon ni ei bod hi'n llai o hasl bwyta'n energy bars ni rŵan a chael pryd cynnes pan fyddan ni'n setio'r camp gyda'r nos. Hwn o'dd y tro cynta i ni fyta'n rhywle heblaw am y tŷ neu'r labordy, ac o'dd o'n deimlad rhyfedd, cael picnic yng nghanol yr Arctig. O'n i'n tywallt o'n Thermos pan welais i symudiad o gongol fy llygad.

"Be o'dd hwnna rŵan?" gofynnodd Julie yn ddistaw.

Am 'chydig, doedd dim symudiad. Cododd Eigra'r reiffl a'i roi dros ei braich, un llygad wrth y sgôp wrth iddi graffu'n fanwl ar yr eira yn y pellter.

Yna, symudiad sydyn, hyderus.

Llwynog bach gwyn, yn gwibio tuag at dwmpath yn yr eira ac yn neidio i fewn iddo fo, cyn rhwygo a llyncu beth bynnag o'dd o newydd ei ddal.

"Leming, ma'shwr," meddai Julie.

"Na, llwynog o'dd hwnna, yn amlwg!" meddai Eigra.

"Leming ddaru fo'i fyta, y lembo," chwarddodd Julie, a dyma ni i gyd yn chwerthin efo hi.

"O'n i bron yn siŵr yn bod ni am weld arth ne rwbath," medda fi, gan godi a brwsio'r eira oddi ar fy nhrowsus.

"Dwi'm yn meddwl nawn ni, 'sti, os na bod 'na un yn llwyddo i gael ei chario ar ddarn o rew... Ond fysa'n rhaid iddi deithio milltiroedd ar y môr i'n cyrraedd ni. Dwi'm yn meddwl y bysa'r rhew yn aros yn ddarn digon mawr."

Julie efo'i pearls of wisdom. Sbot on, fel arfer.

Ar ôl cerdded 'chydig hirach, o'dd hi wir yn nosi, felly ddaru ni gychwyn y broses o godi'r dent. Efo tair ohonan ni, a headtorch bob un, doedd hi'm yn joban anodd o gwbwl, tan y daeth hi'n bryd i ni orfod rhoi'r pegs i fewn. Un ai o'dd yr eira'n rhy feddal, fel powdwr, neu o'dd y tir oddi tano'n galed a 'di rhewi, ond y naill ffordd neu'r llall, doedd yr un o'r pegiau isho mynd fewn i'r tir. Doedd neb wedi pacio malet, ac o'dd hynny'n fai ar bawb arall ym mhen bob un ohonan ni. Wedi blino'n lân, yn dal i fod angen c'nesu pryd o fwyd, dim ffordd i molchi, a'r tywyllwch wedi cau amdanom ni'n gyflym, o'dd tempar arnan ni i gyd.

"Pam bo' ni'n neud hyn, eto? Syniad clyfar pwy o'dd o?" Edrychais i i gyfeiriad Julie wrth ddeud hyn, a dyma Julie – o'dd wedi cael blynyddoedd o ddyn yn siarad efo hi'n union fel hyn, bob dydd, mae'n siŵr – yn mynd i'w chragen fel crwban. Mi welish i o'n digwydd, ddaru 'na rywbeth byw ddiffodd yn ei llygaid hi ac o'dd hi fel tasa hi 'di diflannu. Cofiais i am y noson gyntaf honno yn Ny-Ålesund, pan o'n i'n ei chael hi'n anodd ei gweld hi a chofio ei bod hi yna. O'dd y clogyn anweledigrwydd wedi disgyn am ei hysgwyddau hi, eto, ar ôl iddi weithio mor galed i'w dynnu fo'n ei ffordd dawel, gref ei hun.

O'n i'n teimlo'n ofnadwy. Edrychodd Eigra arna i fel taswn i newydd dorri'i llaw hi i ffwrdd efo bwyell.

"Julie, dwi mor sori am snapio," medda fi. Dyma fi'n cyrcydu o'i blaen hi ac yn trio neud iddi edrych arna i. "Dwi jyst rili 'di blino, a dwi'n gwybod bo' ni i gyd 'di blino. Ddylswn i ddim fod 'di siarad efo chi fel'na."

Edrychodd hi arna i wedyn, ar y person o'dd 'di tynnu daint

o'i phen hi a hitha'n effro ac yn cofio bob eiliad, ma'shwr, er ein bod ni 'rioed 'di siarad am y peth wedi hynny.

"Mae'n iawn," meddai, ac o'dd hi i'w gweld yn ei olygu fo. "Ma'n ffrystreting, dwi'n gwybod. Be nawn ni, cysgu heb y pegs a gobeithio fod yr holl beth ddim yn disgyn ar ein pennau ni, ta'i symud hi?"

"Be am i ni fynd chydig pellach efo'r pegs, a ffeindio lle eith nhw i fewn, a symud y dent i fanna?" gofynnodd Eigra.

"Fysa rhaid i ni fynd yn eitha pell, dwi'n meddwl, i ffeindio rwla gwahanol i fa'ma. Ella, 'san ni'n medru ffeindio cerrig trwm, a rhoi heini ar ben y rhaffau, yn lle defnyddio pegs… Fysa hynny'n gweithio?" O'n i'n synnu fy hun weithiau, pan o'n i'n cael breit-eidîas fel hyn.

A dyna nathon ni. Gadael llusern lectrig wrth ymyl y dent a mynd mewn grŵp i hel cerrig. O'dd hi'n anodd ar adegau chos o'dd lot ohonyn nhw o dan yr eira, a trial and error o'dd trio'u ffeindio nhw. Weithiau mi fysa 'na garreg yn sticio allan o'r eira, ond rhan o'r tir o'dd hi ac yn da i ddim. Aethon ni â'r cerrig o'dd gynnon ni yn ôl, a thynnu'r rhaffau a rhoi'r cerrig am eu pennau nhw, ac o'dd hynny i'w weld yn gweithio'n eitha da.

"Be am jyst peilio eira dros y cerrig hefyd? Neith o rewi dros nos, a dal y rhaffau yn eu lle wedyn."

Dyna nathon ni, ac mi weithiodd o'n dda, rhaid i fi ddeud. Dwi'n medru bod yn reit innovative pan mae angen.

Gan nad o'dd 'na ddim clociau yn y dent, fel o'dd 'na yn y labordy, dwi'n amau bo' ni 'di cysgu'n hwyr, ond o'dd hi'n amhosib deud yn iawn. O'dd hi mor gynnes a chlyd yn y dent, efo tair ohonan ni, a'r holl leiars. O'dd hi'n anodd codi'n bore a pherswadio'n hunain i hel ein pethau a symud ymlaen.

"Do's na'm angen i ni symud yr holl dent, dwi'm yn meddwl," meddai Eigra. "Fedran ni ddefnyddio hwn fel base camp, mynd mor bell â fedran ni i ganol yr ynys erbyn amser cinio, wedyn dod yn ôl; a fory, ella, trio mynd i gyfeiriad gwahanol i weld be sy 'na, os 'dan ni'm yn ffeindio ddim byd."

O'dd 'chydig o olion traed bach o gwmpas y dent. Mwy o lwynogod, ella, ond dim byd allai fod yn oel aderyn. Ar ôl casglu polion i greu llwybr, aethon ni am ganol yr ynys, Eigra yn arwain y ffordd. O'dd y tir yn dechrau mynd yn galetach, efo mwy o eira 'di compact-io a rhewi dros fisoedd y gaeaf, heb wynt yn dod i fewn oddi ar y môr. Sylwais i ar fwy o olion bywyd hefyd, ond ddim byd fysa'n cynrychioli nyth neu hyd'noed ffynhonnell o fwyd i'r snípur.

"'Dyn nhw'n noctyrnal, 'dach chi'n meddwl? Dod allan i fwydo ar y gwyfynod?"

"'Dyn nhw'm yn fflio, na'dyn?" meddai Eigra yn garedig, gan fy atgoffa i o un o'r petha pwysicaf am y snípur. Dim adenydd go-iawn, dim fflio, dim ffordd i adael yr ynys. Yr holl reswm am yr ymchwil 'ma!

"Ella bod nhw'n bwyta'r lindys," cynigiodd Julie. Hi o'dd yn iawn ma'shwr.

Bob hyn a hyn o'dd y rhew dan draed yn crensian mewn ffordd hollol foddhaus, sŵn fath â r'wun yn cracio cnau yn 'gorad.

"Be di'r sŵn 'na?" holodd Julie.

"Dwi'm yn siŵr, mae o 'di digwydd i fi un neu ddwy

o weithia 'fyd. Mor satisfying 'ndi? Fydd rhaid ni chwilio dan yr eira tro nesa."

Ar ôl cinio, pan o'dd pawb 'di dechrau digalonni, dyma ni'n ei throi hi am y dent eto. Doedd 'run o'nan ni'n siarad rhyw lawer erbyn hyn. Oedd ein gobeithion ni o gael gweld y snípur 'ma, which o'ddan ni 'di disgwyl cael gymaint o wybodaeth amdanyn nhw a chyfleoedd i roi tagiau ar eu coesau bach nhw, mor isel erbyn hyn. O'dd traed pawb yn dragio, a ddaru ni ddim clwad mwy o'r sŵn crensian braf chwaith er ein bod ni 'di mynd yn ôl yr un ffordd.

Yn ôl wrth y dent, o'dd rhai o'r rhaffau wedi dechrau mynd yn llac, felly dyma fi ac Eigra yn mynd i hel mwy o gerrig tra ro'dd Julie yn c'nesu bwyd – a hi'i hun, ma'shwr – o flaen y stof fach. Jelys.

Gan bod y rhan fwyaf o'r cerrig amlycaf 'di cael eu defnyddio'r noson cynt, do'n i nac Eigra yn cael fawr o hwyl arni.

"Be am y twmpath bach na'n fanna? 'Sa hwnna'n medru bod yn bentwr bach o gerrig?"

"Paid â mwydro," meddai Eigra, "pwy fysa 'di roi o yna?"

"Ni, 'di teithio o'r dyfodol a 'di dod yn ôl i helpu ni heno?"

Chwarddodd hi, gan roi pwniad bach i fi.

"Ti'n ffyni, 'sti. Dwi'n falch bo' chdi yma."

"Dwi'n falch bo' chdi yma 'fyd. Ti'n rili clyfar. Gen ti bob tro syniada da."

"Wel, os 'swn i 'di dod yn ôl o'r dyfodol i helpu ni, fyswn i 'di dod â malet yn hytrach na jyst y pentwr bach o gerrig 'ma," meddai Eigra, gan blygu i lawr i ddechrau archwilio'r pentwr.

"'Di malets ddim yn bodoli yn y dyfodol. Ond mae 'na bob tro gerrig."

Chwarddodd eto, a dyma ni'n plygu i frwsio eira oddi ar y pentwr. Ond eira o'dd o i gyd. Eira, eira, eira, ac oddi tano, twll bach clyd. Ac yn y twll bach clyd, pelen fach frown a gwyn, bluog, efo pig hir, fain.

Snípur, yn cuddio o dan y ddaear.

Ista'n llonydd 'naeth y Snípur, a rhewodd Eigra a finna gan edrych i fewn i'w lygaid bach brown. Dwi'n cofio'r foment, ddaru bara ond eiliadau, fel darlun enfawr. Ehangder o eira am filltiroedd maith i bob cyfeiriad, a'r awyr serog yn ymestyn hyd'noed ymhellach, lleuad lawn, a goleuadau gwyrdd yn fflachio ac yn chwifio fel coedwig yn y gofod.

Nathon ni roi'r eira yn ôl o gwmpas y snípur, fel blanced, wrth iddo fo aros yn hollol lonydd.

"Ti'n meddwl fydd o'n ocê? Neith o'm marw o sioc, na 'neith?" gofynnais i i Eigra wrth i ni frasgamu yn ôl at y dent mor gyflym ag y medren ni.

"Dwi'n meddwl fydd o'n iawn. Ond rhaid ni fynd nôl a tagio fo."

Wrth y dent, o'dd Julie efo sosban ar y stof ac yn c'nesu un o'r pecynnau bwyd-di'i-sychu. Gwelodd hi ni'n dod, ac mi sylwodd hi fod rhywbeth 'di digwydd.

"Be sy? 'Dach chi 'di gweld wbath?"

"'Di gweld ffocin snípur, Julie, dyna be 'dan ni di'i weld!" O'n i 'di cynhyrfu'n lân, ond gwelais i Julie yn gwingo. "Sori am regi," ychwanegais i'n ddistawach.

"Hei, paid â poeni. Lle mae o, 'ta, fedran ni dagio fo?"

A'thon ni â hi'n ôl at y pentwr, a dechrau tyrchu yn ofalus. Ond o'dd y nyth yn wag. Dim golwg o'r snípur na'r un creadur arall. Doedd o'n fawr o 'nyth' chwaith, dim ond twll bach yn yr eira efo pentwr blêr o blu a blew a rhyw fath o fwsog yn'o fo.

"O'dd o yma, Julie, dau funud yn ôl!" meddai Eigra yn anobeithiol.

"Dwi'n coelio chi, a dwi'n gweld y nyth," meddai Julie yn garedig. "O leia 'dan ni'n gwybod , rŵan, eu bod nhw yma, a sut maen nhw'n nythu. A'u bod nhw'n medru cuddio'n dda. Ella bod nhw'n bob man, mewn nythod bach dan y ddaear!"

"O mai God. Y sŵn crensian 'na yn yr eira...'Dach chi... 'Dach chi'm yn meddwl..."

Gwelwodd Julie ac Eigra. Llyncais inna 'mhoer i atal fy hun rhag chwydu.

Roedd rhaid i ni olrhain ein camau.

"Ma'shwr na jyst gorfeddwl 'dan ni," medda fi, ond doedd neb i'w gweld yn coelio hynny, a do'n inna ddim chwaith.

"Sut 'dan ni am ffeindio lle ddaru ni grensian?" gofynnodd Eigra.

"Dwi'n meddwl bydd olion traed ni'n edrych yn wahanol."

Ond o'dd olion traed yn anodd i'w gweld, ac o'dd y dair ohonan ni wedi bod yn cerdded dros yr un llwybr beth bynnag.

"Dwi'n cofio rhoi polyn reit wrth ymyl un o'nyn nhw," medda fi, "ella fydd rhaid ni jyst edrych wrth ymyl bob polyn."

"Ti'n siriys?" meddai Eigra, o'dd yn amlwg wedi laru ar hyn.

"Polyn ar y chwith o'dd o. Ac o'dd o tua fan hyn, dw i'n meddwl?" Do'n i ddim yn meddwl y ffasiwn beth, ond o'n i'n trio codi'r hwyliau.

Awran o dyrchu yn ddiweddarach, a doedd yr hwylia, yn sicr, ddim mymryn uwch.

O'ddan ni wedi trio insbectio bob oel troed wrth bob polyn ar y chwith. Ond fi ddaru'i ffeindio fo'n diwedd, am 'mod i'n cofio fod yr eira 'di bod fwy trwchus a'r polyn 'di mynd yn ddyfnach nag o'n i 'di'i fwriadu.

"Dyma fo," medda fi, gan dyrchu'n ofalus.

Doedd dim rhaid mynd yn rhy ddyfn cyn i fi weld y llanast yn yr eira.

Plisgyn wy, hylif gwyn a melyn 'di hanner rhewi, fel cynhwysion omlet 'di cael eu lluchio ar lawr.

Dim snípur, ond wya o'dd, yn sicr, yn eiddo i'r creadur bach.

Heb rybudd, dechreuais i grio'n ddiddiwedd. O'dd fy wyneb i'n brifo, o'dd fy nghalon i a bob rhan ohona i yn brifo, ond o'n i'n methu stopio.

Safodd Julie ac Eigra yn fy ngwylio i'n ddistaw, ac wedi i'r dagrau orffen o'r diwedd, aethon ni'n ôl i'r dent heb ddeud gair.

Yn ôl yn y labordy, doedd neb yn siŵr iawn sut i dorri'r newyddion.

"Dach chi 'sho'r newyddion da 'ta drwg?" gofynnais efo chwerthiniad bach ffals.

"Yn ôl dy wyneb di, dwi'm yn meddwl bo' fi byth isho clwad y drwg," meddai Morgan.

"Ddaru chi ffeindio snípur?" holodd Martha, gan roi paned yr un i bawb.

"Do," meddai Eigra, gan hongian ei siwt eira a chymryd y ddiod boeth rhwng dwy law. "Ddaru ni weld un, wedi nythu dan yr eira."

"O dan yr eira? Wrth gwrs! Pam bo' ni'm 'di meddwl am hynny! Be di'r newyddion drwg, felly?" gofynnnodd Martha.

Edrychodd y dair ohonan ni ar ein gilydd, a doedd neb am fentro ateb.

"Be? Oes 'na rwbath 'di digwydd? Be sy?"

O'dd golwg boenus ar wynebau Martha a Morgan rŵan.

"Wel, yn un peth, dwi'n meddwl bo' ni 'di gweld llwynog yn bwyta un," meddai Eigra. "O'ddan ni 'di amau na leming o'dd o... Ond ma'n rhaid, o wybod be 'dan ni'n wybod rŵan, na snípur o'dd o."

"Mae gan bob anifail ysglyfaethwr, does? Wel, heblaw pobol, ella. Ond ti'n meddwl fod 'na ormod o lwynogod, ne rwbath, bod y snípur mewn perig 'lly?" gofynnodd Martha.

"Ddaru ni sathru ar lwyth o'u wya nhw," medda fi'n sydyn. Do'n i'm isho gorfod dragio hyn allan ddim mymryn pellach.

O'dd y distawrwydd yn llethol. Martha a Morgan wedi'u syfrdanu.

"Sut..." dechreuodd Morgan, yna gwelson nhw'r olwg ar ein hwynebau a distewi. "Ar ddamwain, mae'n rhaid?"

"Ofiysli ar ddamwain! Chos o'ddan nhw dan yr eira, a do'dd na ddim hoel anifail, dim ffordd i wybod fod 'na rwbath yna. Dim twll i anadlu na'm byd, jyst eira normal. A dim snípur byw yn y nyth, 'mond dau neu dri wy.

'Dan ni 'di dod â be ddaru ni lwyddo i'w gasglu yn ôl efo ni."
O'n i'n clwad fy hun yn gor-esbonio fel diawl, i drio cuddio'n euogrwydd.

"A'r snípur? Ddaru chi dagio hwnnw?" gofynnodd Morgan, yn ddigon caredig. Chwarae teg iddyn nhw, fyswn i 'di hollol colli'n shit erbyn rŵan. Ella eu bod nhw'n corddi ar y tu fewn.

"Oedd o 'di mynd, erbyn i ni fynd yn ôl at y nyth. Do'dd na'm hyd'noed hoel traed o gwmpas."

Cymerodd Morgan anadl ddofn, cyn chwythu allan yn araf a sythu eu cefn. "Wel, be am i ni weld be fedran ni ei ffeindio allan am yr wy, neu'r plisgyn, o leia. A gweld oes 'na rwbath ar y camera 'ma. Ddaru fi a Martha lwyddo i'w cael nhw i weithio tra o'ddach chi i ffwrdd."

O'dd cael y cameras i gyfathrebu efo'r cyfrifiaduron yn y labordy 'di bod yn hunllef llwyr, a do'ddan ni'm 'di llwyddo i gael unrhyw ffwtij o'r tu allan, o gwbwl, eto.

"A 'dach chi 'di aros nes i ni ddod nôl i'w tjecio nhw?" gofynnodd Eigra.

"Wel, na, newydd eu cael nhw i weithio rhyw awran yn ôl ydan ni. Ma'i 'di bod yn eitha tens yma, deud y gwir," chwarddodd Morgan. Gwenodd Martha arnyn nhw'n ddireidus. Yn amlwg, o'dd 'na rhyw in-jokes 'di bod yn cael eu datblygu tra ro'ddan ni i ffwrdd yn ffeindio, ac yn peryglu, y snípur.

Doedd na'm byd ar y ffilm, ond o leia o'dd o'n gweithio. Penderfynon ni rhoi cynhwysion yr wya yn y peiriant echdynnu dros nos i weld beth fysa'r cyfrifiadur yn ei ddangos i ni'r bore wedyn, a mynd i gael bwyd a di-briff yn y tŷ.

Rhois i gwpanau pawb yn y sinc yn y labordy, gan ddeud y

byswn i'n dal i fyny efo pawb ar ôl i fi orffen golchi'r llestri a rhoi'r goleuadau i ffwrdd. Mewn gwirionedd, angen breather bach i fod ar ben fy hun o'n i. Ond wedi golchi bob desgil a gneud yn siŵr fod y peiriannau'n rhedeg a'r cameras ymlaen, doedd na'm byd ar ôl i'w wneud. O'dd edrych ar y sgrin ddu a gwyn a gweld dim byd ond eira – a'r adeilad o'n i ynddo fo, ond o'r tu allan – yn codi crîps arna fi beth bynnag.

Newidiais i i'n sgidiau-tu-allan, a'i heglu hi am y tŷ, gan gau'r drws ar yr oerni efo clep. O'dd pawb yn ista rownd y bwrdd bwyd, yn rhannu straeon, a ma'rhaid fod unrhyw ddrwgdeimlad 'di cael ei roi i un ochr, am y tro. Er gwaethaf trychineb a siom yr 'alltaith', fel o'dd Julie di'i henwi hi, o'dd 'na deimlad 'mod i 'di cyrraedd adra.

Yn y bore, o'dd pawb ar bigau i weld beth o'dd y camera 'di'i ffeindio. Hwn o'dd y tro cyntaf ers amser maith i ni gael gneud unrhyw beth tebyg i wylio teledu, chos o'dd lectrig yn brin ar yr ynys a do'ddan ni ddim yn cael defnyddio'r rhan fwya o'n technoleg arferol, fel y we, Bluetooth, ac ati, rhag i ni amharu ar yr offer ymchwil a'r mesuriadau sensitif o'dd, i fod, yn mynd ymlaen yn yr ardal. Ond, wrth gwrs, o'dd hynny heb ddigwydd eto, gan nad o'dd yr un tag 'di cael ei roi yn agos at goes unrhyw snípur. Might as well i ni fod wedi bod yn ista o gwmpas yn gwylio Netflix ar ein ffonau, rownd y rîl, efo'n headphones Bluetooth.

Ond doedd dim pwrpas meddwl fel'na, yn enwedig rŵan bo' ni wedi ffeindio o leia un snípur, ac i fod yn deg, wedi ffeindio eu bod nhw'n dodwy wya ac yn eu gadael nhw ar eu pennau eu hunain – am gyfran o'r diwrnod, o leia – a bod llwynogod yn ysglyfaethu arnyn nhw. Mwy nag o'ddan ni'n ei wybod o'r blaen, doedd?

Oedd na'm llawer i'w weld ar y sgrin, am yn hir. O'dd Morgan yn ffast-fforwardio ac yn stopio'r ffilm bob hyn a hyn, i edrych yn fwy manwl ar y sgrin, ond doedd na'm llawer yn newid. Dim byd, a deud y gwir.

"Hang on," meddai Eigra, "dos yn ôl."

Aeth Morgan yn ôl yn ara bach.

"Fanna. Fanna, sbïwch!" O'dd Eigra yn pwyntio at y sgrin, ond doedd na'm byd i'w weld.

"Be 'dan ni'n sbio arno fo?" gofynnais i, gan syllu'n daer ar y sgrin lwyd, fath â r'wun yn trio gweithio allan llun 'Magic Eye'. Dim byd ond eira, a'r teimlad crîpi 'na eto, fath â bod 'na rywbeth yn mynd i neidio allan arnan ni, neu sleifio o flaen y camera. O'n i 'di gwylio gormod o horyrs, o lawer.

"Ocê, dos yn ôl un waith eto. Sbïwch ar y darn bach 'na o eira."

Syllodd pawb ac, ar unwaith, mi welson ni beth o'dd Eigra 'di'i weld.

Pen bach, bach yn popian allan o'r eira, ac yn pigo rhywbeth allan o'r awyr, cyn diflannu eto.

"No wê! O'n i'n ffocin–Shit, sori, Julie... o'n i'n *fflipin* gwybod bo' fi'n iawn!"

O'n i'n fwy diddorol na'r sgrin, mwya' sydyn, ac mi drodd pedwar pâr o lygaid tuag ata i.

"Ma hwnna newydd fyta gwyfyn, allan o'r awyr. Dwi'n deu'tha chi!"

O'dd na olwg o ddiddordeb ar wyneb pawb, ond ar ôl rhedeg y ffilm yn ôl ac ymlaen chydig o weithiau, doedd na'n dal ddim cadarnhad na dyna o'dd 'di digwydd.

"Be am i ni logio be fedran ni, am y tro, a gadael i'r cameras neud be maen nhw'n neud. Fedran ni jecio eto'n hwyrach ymlaen," meddai Martha, gan droi at ei chyfrifiadur.

"Dwi am drio gweithio ar y sensors eto," meddai Morgan, "i drio'u cael nhw i droi ymlaen pan mae 'na symudiad, yn unig, a peidio recordio fel arall. Ma'n rhaid fod 'na ffordd i'w cael nhw i weithio. Dwi'm yn gwybod pam 'dyn nhw'm yn neud fel maen nhw i fod!"

Yn amlwg, o'ddan nhw'n teimlo'n rhwystredig, felly arhosais i tan iddyn nhw fynd at y cyfrifiadur yr ochr arall i'r labordy, cyn holi Martha.

"Be ddudwn ni ddigwyddodd i'r wya?"

"Be ti'n feddwl?" gofynnodd, heb godi'i phen o'i chyfrifiadur.

"Wel, 'dan ni'm yn mynd i ddeud yn bod ni di'i sathru nhw, nac'dan! Fyddan ni'n edrych mor wirion. Ma'r ffaith bo' ni i gyd yn ferchaid... a Morgan... yn mynd i greu digon o stŵr fel ma hi. Ma'n rhaid i'r ymchwil 'ma edrych yn hollol broffesiynol."

"*Edrych* yn broffesiynol?" O'dd Julie wedi clwad. "Rhaid iddi fod yn broffesiynol go iawn! Ac yn onest, hefyd. Fydd rhaid ni gofnodi'n bod ni 'di sathru'r wyau, neu sut arall 'dan ni'n mynd i allu esbonio hanes y rhai sydd yn yr extractor?"

"Ia, iawn, ocê... Ond, oes rhaid ni ddeud mai ni sathrodd nhw?"

Meddyliodd pawb am chydig. Do'n i ddim 'di disgwyl hynny, o'n i 'di meddwl y bysan nhw i gyd yn anghytuno'n syth.

"Fysan ni'n medru'i sgwennu fo yn y stâd oddefol, am y tro, am wn i," meddai Martha o'r diwedd. "Dyna sut maen nhw'n sgwennu amdanan ni drwy'r amser, de? 'Cafwyd hyd i ddynes wedi ei lladd', neu 'Mae dros 30% o ferched wedi profi trais'. 'Dyn nhw'm yn nodi pwy sy'n gneud y lladd, a'r treisio, nac'dyn?"

Aeth Julie yn llonydd wrth fy ochr, a gwasgais i ei llaw. Teimlais hi'n tensio drwyddi i ddechrau, ond yna ymlaciodd a gadawodd i fi afael ynddi.

"'Cafodd yr wyau eu sathru'," medda fi, "yn hytrach na 'safasom ar yr wyau'?"

"Iawn, nawn ni drio hynny am y tro," dechreuodd Martha deipio, a gadawodd y dair ohonan ni hi wrthi.

Aeth Julie i weld os medrai hi helpu Morgan efo'r camerâu, felly troais i at Eigra.

"Ti'sho mynd i weld fedran ni ffeindio'r snípur 'na o'dd ar y ffilm? Trio rhoi tag arno fo?"

"Ti 'di darllen 'y meddwl i," gwenodd hi, gan droi am y drws.

O'dd y reiffl ar ei chefn, â'r offer tagio yn fy mag i. Doedd na'm pellter mawr i'w deithio, felly 'mond Thermos i'w rhannu oedd ei hangen arnan ni, a'n gwisgoedd cynnes 'di'u lapio o'n cwmpas.

O'dd ffeindio'r ardal lle welson ni'r snípur ar y camera yn ddigon hawdd, chos o'dd y camera yn dal yna, ac yn pwyntio i'r un cyfeiriad. Oherwydd y gwynt, o'dd yr eira'n pentyrru ac yn creu lluwchfeydd o gwmpas yr adeiladau, felly dyma ni'n mynd yn ofalus, gan ddefnyddio'n ffyn cerdded i jecio'r tir cyn rhoi'n traed ar y ddaear.

"Wedi meddwl, o'dd y nythod o wya ddaru ni eu sath–,

ddaru ni eu *ffeindio,* mewn rhyw fath o res, yn arwain o nyth y snípur cynta 'na, doeddan?" gofynnais i Eigra, er mwyn torri ar y distawrwydd.

"Ti'n iawn, acshyli. Mae hynny'n rhywbeth gwerth ei gadw mewn co'." Defnyddiodd ei ffon i symud chydig o'r eira, cyn rhoi ei throed i lawr yn ofalus. "Ma'r syniad o sefyll ar nyth eto'n troi'n stumog i, 'sti. Faint o nythod 'dan ni 'di'u sathru'n barod? Faint o'nyn nhw o'dd efo wya, neu hyd'noed..." Oedd hi'n methu â gorffen y frawddeg, ond doedd dim rhaid iddi.

Er i ni edrych yn ofalus, doedd dim golwg o gwbwl o'r snípur na'u nythod, nac unrhyw wyau chwaith.

"Be am i ni setio cameras lle o'dd y dent?" Un o'n syniadau gwych i eto. "'Dan ni'n gwybod fod 'na nyth yna, neu bod 'na ar un tro, a fedran ni ffeindio'n ffordd yna ac yn ôl yn ddigon hawdd. Fysan ni'n medru aros noson, setio'r cameras, dod yn ôl bora wedyn. 'Dan ni di'i neud o unwaith."

"Awn ni â malet efo ni tro'ma!" meddai Eigra efo gwên.

O'dd rhaid i ni roi cynnig i'r lleill, ond o'ddan nhw'n fwy na hapus i adael i ni fynd hebddyn nhw.

"Unig beth ydi, fydd hi bach yn anoddach os gawn ni broblem efo'r cameras. Fydd rhaid ni neud alltaith os bydd angen r'w fath o maintenence. Ond 'motsh, be arall 'dan ni'n mynd i neud de, bêbs?" meddai Morgan yn ddigon hwyliog. Rhoddon nhw'r camerâu i ni ac esbonio sut i'w setio nhw, a sut i wybod eu bod nhw'n gweithio.

"Hefyd," ychwanegon nhw, "dwi'n gwybod fod o'n ffwc o basic, ond nesh i roi'r darn mwya o'r plisgyn wy mewn finag dros nos, i weld faint o galsiwm sy yn'o fo. Mae 'na lot mwy na fysa chdi'n 'i ddisgwyl. Ddylsa'r wya na ddim, rili, fod wedi torri pan nathoch chi sefyll arnyn nhw... os na, ella, bod yr eira 'di compactio, efo bob cam, ac felly bod y trydydd person 'di finally torri nhw. Dwi'n meddwl bod nhw 'di addasu i fedru gwrthsefyll lot o sathru, ella gan anifeiliaid llai fel llwynogod neu snípur eraill, neu anifeiliaid sy'n gwasgaru eu pwysa'n well ar yr eira, fel morloi neu walrysod."

"Ffocinél, ti'n jiniys," meddai Eigra. Gwridodd Morgan. Doeddan nhw ddim yn immune i gompliment gan hogan ddel.

"Be ma hynny'n 'i olygu, felly? Sut maen nhw'n cael gymaint o galsiwm allan yn yr anialwch?" gofynnais i.

"Wel, fydd rhaid ni ffeindio hynny, bydd. Os 'dach chi'n gweld rhai ar yr 'alltaith' 'ma, triwch roi tagia arnyn nhw. Ella bo' nhw'n bwyta pysgod."

"'Swn i'm yn synnu eu gweld nhw'n 'sgota efo gwialen a pry genwair ar y point yma!" medda finna.

Wedi i Eigra a finnau rannu pwysa'r dent, y stof, bwyd, dillad cynnes, sachau cysgu, y malet a'r reiffl rhyngthan ni – a ffarwelio efo'r lleill – aethon ni ar ein ffordd, gan ddilyn y trywydd o'ddan ni di'i greu y tro dwytha.

"Os triwn ni sathru'r eira sydd fwy ffresh, neu heb olion, a trio peidio sefyll ar olion traed ein gilydd, ddylsan ni fedru osgoi sathru nyth, felly. Os 'di Morgan yn gywir," meddai Eigra.

"Dwi'n siŵr eu bod nhw, maen nhw i'w gweld yn gwybod eu pethau," medda fi'n obeithiol.

Pan ddaru ni stopio am ginio, mi ofynnais i i Eigra

a fyswn i'n cael saethu'r reiffl, neu o leia dysgu sut i'w ddefnyddio fo.

"Dim am unrhyw reswm penodol," medda fi, "jyst i weld sut mae'n teimlo. Dwi 'rioed 'di cael cyfle o'r blaen."

"Dwi'm yn rili gweld pam ddim. Gei di un shot, jyst i drio fo. Fydd o'n uffernol o swnllyd ddo, felly os oes 'na snípur neu rhyw greaduriaid bach o gwmpas, nawn nhw ddychryn."

"Neith o roi siawns i ni'u gweld nhw, o leia, gneith?"

Rhoddodd Eigra y reiffl i fi, ac o'dd o'n drymach nag o'n di'i ddisgwyl. "Ocê, be dwi'n neud?" Codais i drwyn y gwn i fyny, fel o'n i di'i weld mewn ffilmia, ac edrych drwy'r sgôp.

"Wel, gynta, rhaid chdi ddal o'n iawn." Daeth Eigra tu ôl i fi a dechrau symud fy mreichiau a 'nghefn i lle o'ddan nhw i fod. Er ei bod hi'n chwipio rhewi, o'n i'n dechrau teimlo'n gynnes, a bach yn chwyslyd, fel r'wun efo tymheredd neu dwymyn. O'dd 'na rywbeth am y reiffl, fel tasa fo'n meddu ar bŵer o ryw fath.

"Ocê, a be rŵan? Jyst saethu?"

"Jyst cymera wynt i fewn, a'i adael o allan yn slo bach, a gwasga'r sbardun yn araf, paid â'i bwyso fo fath â botwm. Neith o roi cic fawr yn ôl i chdi, felly 'na i ddal o efo chdi."

O'dd corff Eigra yn pwyso'n erbyn un fi, a'i dwylo hi'n dal fy mreichia i lle o'ddan nhw i fod, gan neud i fi deimlo fel rhyw eliffant mawr lletchwith. Cymerais i anadl fawr, ac mi deimlais i Eigra yn neud yr un peth. Pan anadlodd hi allan, o'dd ei hanadl poeth ar fy ngwddw i'n codi blew 'nghefn i. Gwasgais i'r sbardun.

Doedd Eigra ddim yn exaggerate-io'r sŵn, na'r gic chwaith.

Teimlais fy hun yn neidio'n ôl, a 'mond Eigra yn sefyll yn gadarn y tu ôl i fi nath fy nal i fyny.

Digwyddodd hynny mewn llai nag eiliad, a'r peth nesaf welson ni o'dd tua dwsin o smotiau bach yn codi allan o'r eira mewn sawl man wahanol, ac yn gwibio i ffwrdd.

Dechreuodd Eigra chwerthin. "Wel, pam ddaru ni ddim meddwl am hynna'n gynt? Snípur o'dd 'heina i gyd, de?"

Ond yr ofn oedd eu bod nhw 'di dychryn gymaint nes eu bod nhw ddim yn dod yn ôl, ac efallai yn gadael eu hwyau.

"Pam ei bod hi 'di cymryd y ffasiwn amser i ni'u ffeindio nhw? A rŵan, maen nhw'n bob man!" Ro'n i'n dechrau teimlo'n bod ni'n gneud petha'n waeth i'r snípur trwy fod yma, yn hytrach nag yn well. O'ddan nhw 'di bod yn byw bywyd bach heddychlon cyn i ni gyrraedd.

"A 'dan ni'n dal heb dagio'r un ohonyn nhw. Dyna o'dd y part hawdd i fod, ma'r fflipin petha methu hedfan!" Bachodd Eigra'r reiffl yn ôl, ag o'n i'n cael yr argraff ei bod hi bach yn pissed off efo hi'i hun am adael i fi ei saethu fo. Penderfynais i i beidio a sôn am y peth eto. Aethon ni'n ein blaenau, weddill y ffordd, i lle ddaru ni osod y dent y tro dwytha, heb siarad rhyw lawer.

Unwaith o'dd hi wedi'i gosod, which o'dd lot haws efo'r malet, dyma ni'n mynd ati i roi'r camerâu yn eu llefydd.

"Ti'n cofio lle welson ni'r nyth cynta un 'na?" gofynnais i Eigra, i drio ysgafnu pethau ar ôl yr incident efo'r reiffl.

"Yndw, dwi'n meddwl. Gynnon ni gamera'n pointio ato fo, ac un arall ar y llwybr lle o'dd y wya. Ti 'sho sbio os 'di o nôl yn y nyth?"

Do'n i'm yn obeithiol iawn, ond pan ddaru ni symud yr eira'n ofalus, dyna lle o'dd y cradur bach yn swatio'n ei nyth.

Yn ofalus iawn, nesh i ei godi fo i fyny. Doedd o'm yn teimlo fel dim, fel pluen eira ar faneg, ac ro'dd ei anadl bach yn cyflymu. Cwpanais i 'nwylo o'i gwmpas, a rhoddodd Eigra y tag ymlaen yn ofalus. Ddaru ni ei gladdu o nôl yn yr eira, ac ar y sganiwr bach hand-held, o'dd na ddot gwyrdd yn fflachio'n galonogol.

Gwenodd Eigra a finnau ar ein gilydd, yr holl sefyllfa efo'r reiffl wedi ei anghofio. Neu, o leia, o'dd 'na ryw bact distaw i beidio sôn am y peth eto wedi'i greu yn y foment honno.

Gorweddais i yn yr eira wrth y dent â'r stof fach, wrth i swpar g'nesu, ac edrych ar y Llewyrch, fel o'n i di'i neud efo Morgan ar ben to'r tŷ. O'dd hynny'n teimlo fel amser maith yn ôl, bellach. Doedd amser ddim i'w weld yn gweithio'n yr un ffordd ar Ynys Safîsk ag oedd o yng ngweddill y byd.

"Tyrd i sbio ar hwn efo fi," gwahoddais Eigra i orwedd wrth fy ymyl i.

"Ti'm yn bôrd o'no fo erbyn hyn?" meddai hithau, gan ufuddhau.

"Sut fedri di fod? Sbïa arno fo, a sbïa ar y sêr 'na... y Llwybr Llaethog."

"Enw rhyfedd pan ti'n meddwl amdano fo, dydi?"

"Be, neud chdi feddwl am far o siocled?" holais i, yn hollol ddiniwed, dwi'n siŵr.

"Swnio fath â ffordd grand o ddeud sbync, dydi?"

"Eigra! Rhag dy gwilydd di!" medda fi gan chwerthin a chochi.

"Ia, ia, ti'n hogan capel barchus ma'shwr, dwyt," clywais i'r direidi yn ei llais, er 'mod i'n dal i edrych ar y nefoedd uwchben. O'n i isho ymestyn am ei llaw, fel nesh i efo Morgan, ond o'n i'm yn siŵr fysa hi'n teimlo mor gyfforddus efo ffrindia'n dal dwylo ag o'ddan nhw. Yna, teimlais i faneg drwchus yn cydio'n fy un i.

Ddywedodd yr un ohonan ni air am chydig, wrth wylio'r sêr a'r goleuadau gwyrdd, a'r stêm a'r ogla bwyd yn chwyrlïo'n gysurus o'n cwmpas.

Fflachiodd seren wib ar draws yr awyr. O'n i'm yn siŵr a welodd Eigra hi, ond o'n i'n meddwl 'mod i 'di teimlo'i maneg hi'n gwasgu'n un i yn dynnach.

Gorweddon ni am 'dwn i'm pa hyd, yn synfyfyrio. Yna, heb ddeud gair, cododd Eigra a dechrau rhoi'r bwyd mewn dwy bowlen fetal.

"Diolch," medda fi, gan gymryd powlen ganddi.

Ddaru ni fwyta mewn distawrwydd braf, y Llewyrch yn dal i ddawnsio uwch ein pennau, a'r snípur yn fflachio'i smotyn bach gwyrdd ar y sganiwr.

"Iawn, proposal i chdi," meddai Eigra y bore wedyn, ar ôl i ni gymryd ein twrn i losgi tyllau pi-pi'n yr eira y tu ôl i'r dent.

Meddyliais am Huw, a theimlais i'r fodrwy ddyweddïo drwy'n maneg. Rhyfedd sut o'dd bod yn fan hyn yn tynnu'n meddwl i oddi arno fo gymaint. Nesh i drio 'ngora i gofio'r tro dwytha i fi feddwl amdano fo, ond do'n i'm yn medru.

"Heloooo, Earth to Nia? Ti yna?"

"Yndw, sori. Hei, o'ch di'n gwybod fod yr International Space Station ddim yn mynd heibio'r pegynau? Nawn ni byth ei gweld hi o fan hyn. Rwbath i neud efo'r ongl ma hi'n gogwyddo i gymharu â'r cyhydedd."

"Ia. Diddorol iawn," meddai Eigra yn sych. "Eniwe, ti'sho clwad syniad fi rŵan?"

"Oes, plis," medda fi, gan drio gwenu.

"Be am i ni dreulio cwpwl o ddiwrnoda eto, yn dilyn y snípur? Fysan ni'n medru aros lle gafon ni ginio ddoe, rhoi'r dent i fyny, neud dipyn o dyllu, rhoi tagiau ar y rhai fedran ni eu ffeindio?"

"Ond ma'r lleill yn disgwyl ni'n ôl. Nawn nhw ddechra poeni."

"Be am i ni anfon negas, ar y camera? 'Di o'm yn recordio sain, dwi'n gwybod, ond 'san ni'n gallu... dwm'bo, rhoi thumbs up, a trio rhoi rhyw arwydd iddyn nhw'n bod ni'n aros noson arall?"

Mi ddangoson ni'r sganiwr bach, neud lot o godi bawd, dangos y tracyrs bach o'dd ar ôl, arwyddo'n bod ni'n symud ymlaen, dangos y dent, smalio cysgu... bob math o bethau i drio trosglwyddo'r neges ein bod ni'n mynd i aros, a'n bod ni'n ocê.

"Wel, o leia, os 'dan ni'n marw, fydd 'na rwbath gwerth chweil iddyn nhw'i gadw fel atgof," medda fi wrth i ni bacio'n pethau.

"Fyddan ni'n iawn siŵr, ti efo fi," meddai Eigra yn hyderus, gan roi'r reiffl dros ei hysgwydd.

"C'laen ta, G. I. Jane," medda fi, gan drio rhoi 'mag dros fy sgwyddau mewn ffordd nonchalant, a llwyddo i faglu wrth neud. "Nesh i'm landio ar nyth, o leia!" medda fi, wrth fustachu i godi'n ôl ar fy nhraed. Gwenodd Eigra arna i dros ei hysgwydd.

O'dd y snípur ro'ddan ni wedi'i dagio'n dal yn yr un nyth, yn ôl y sensors ar y sganiwr, felly ddaru ni ddechrau am yn ôl, ar hyd y llwybr tuag adra, gan drio sefyll ar rannau o'r eira oedd heb eu styrbio eto, i arbed yr wyau o'dd, efallai, o dan ein traed. Ro'dd yr haul i'w weld yn tywynnu'n brafiach bore 'ma, a'r aer yn ogleuo'n fwy ffres a glân, fath â diwrnod o wanwyn neu ddechrau hydref. Cymerais i anadl fawr ddofn, ac mi welais i Eigra yn edrych drwy gil ei llygaid arna i. Yn lle deud rhywbeth, arhosodd hi am funud, cau ei llygaid, a chymryd anadl ddofn, hefyd. Gwenodd arna i, ac aethon ni yn ein blaenau, ochr yn ochr – yn hytrach nag un tu ôl i'r llall, fel yr arfer – ac ar ysgafn, ysgafn droed, er mwyn trio arbed y nythod.

"Be di'r peth saffa i'w neud, fel bo' ni'n cofio lle aethon ni ond yn medru archwilio'n bellach, ti'n meddwl?" gofynnodd Eigra. "'Dan 'ni isho i'r lleill fedru ffeindio'n cyrff ni'n eitha hawdd os 'dan ni'n marw, does?"

"Ha, blydi ha," medda fi. Ond, a bod yn deg, o'dd hi'n hogan ffyni. O'n i'n licio pobol efo hiwmor sych. "Be am i ni setio'r dent i fyny'n fa'ma, fel beacon, a dod yn ôl ata fo unwaith mae'n t'wyllu? Neu, gadael y lantar letrig yma?"

"Dwi'n licio'r syniad o gael 'beacon'. Y lantar amdani, felly."

Gadawon ni'r lantar ymlaen – er ei bod hi'n anodd gweld y golau ar fore braf, fel'ma – a mynd tuag at y man lle gwelson ni'r creaduriaid bach yn gwibio oddi wrth sŵn y gwn ddoe.

"Be nawn ni, dechra tyllu ar hap, gweld be ddaw?"

"Ishd," meddai Eigra yn ddistaw, gan ddal ei bys i fyny.

O'dd 'na lwynog chydig fedrau i ffwrdd. O'dd o'n sefyll yn union fel yr un yn y soned gan R. Williams Parry... *'ac uwchlaw ei untroed oediog, dwy sefydlog fflam ei lygaid arnom'.*

Nesh i drio sefyll mor stond ag y medrwn i, ac wrth fy ochr, o'n i'n teimlo Eigra yn neud yr un peth. Do'n i, bron â bod, ddim yn anadlu. O'n i'n trio edrych arno fo efo cil fy llygad, yn hytrach nag yn uniongyrchol. Nôl adra, o'n i'n llwyddo i gerdded heibio dafad neu fuwch ar lwybr heb iddyn nhw ddychryn, drwy'u hanwybyddu nhw fel hyn.

O'r diwedd, ella chos bod o heb arfer efo pobol ar Ynys Safísk, dechreuodd y llwynog ffroenio'r eira, hyd nes doth o ar draws nyth o ryw fath. Neidiodd, heb oedi, gan gipio rhywbeth o'i dwll a'i lowcio mewn un cegiad. Mae'n rhaid ei fod o'n dal i fod yn amheus ohonan ni, chos er ei fod o'n rhoi lot o'i sylw i un man arall yn yr eira, trodd yn sydyn a gwibio dros y gwynder tan ei fod o 'di blendio i fewn yn llwyr.

"Ti'n meddwl 'run fath â fi?" gofynnais i, heb dynnu'n llygaid oddi ar lle o'dd y llwynog wedi bod yn ffroenio.

"Iyp! Gofalus de, yn ara deg mae dal snípur."

Efo camau hynod o ysgafn, cyrhaeddon ni lle o'dd y llwynog wedi ymddangos. Plygodd Eigra i symud yr eira'n dyner, a dyna lle 'steddai snípur. Cododd hi'r peth bach yn ofalus, ac o dano fo, o'dd 'na ddau wy bach, perffaith. Olion bach gwyrdd a glas arnyn nhw, fel marblis, neu sblashys brwsh paent. Gesh i rhyw awydd sydyn i roi un yn fy ngheg, ond yn lle hynny, mi ro'is i dag ar goes y snípur a'i osod yn ofalus wrth yr wya. Setlodd yr aderyn bach ei hun drostyn nhw. Doedd dim nyth i'w weld, 'mond tolc dyfn, cul yn yr eira, jyst digon mawr i'r ddau wy, a'r snípur wedi wedjio'i hun i fewn ar eu pennau. O'n i'm yn siŵr beth o'ddan nhw'n ei neud i orchuddio'u hunain eto, ac ro'n i am estyn llaw i neud, pan ysgwydodd y deryn bach ei hun mor gyflym nes i'r cwbwl fynd yn blurry i gyd. Creodd ryw fath o blizzard bach, a disgynnodd yr eira'n gawod o'i gwmpas. O fewn eiliadau, o'dd o'n ôl dan y flanced wen.

"Dwi rili'n gobeithio'n bod ni'n mynd i ddal hwnna ar gamera, rhyw ben!" meddai Eigra.

"Ma hein fel bysys! Dim am wythnosa, a rŵan 'dan ni'n gweld nhw'n bob man. Ma hi fel tasan nhw'n trio dangos i ni eu bod nhw yma, eu bod nhw'n bodoli."

"Ti 'di pac-bondio efo'r petha bach yn barod," meddai Eigra, gan edrych arna i'n dyner.

"Wel, pwy arall sgenna i allan yma? Chdi?" Trio neud jôc o'n i, ond dwi'n meddwl ei bod hi 'di dod allan bach rhy harsh, chos ddaru hi edrych yn siomedig. Welish i hi'n trio cuddio hynny, wedyn. Nesh i benderfynu peidio â deud ddim byd mwy, i osgoi denu sylw at y sefyllfa.

Y diwrnod hwnnw, ddaru ni lwyddo i dagio saith snípur, ac o'dd y dotiau bach gwyrdd yn fflachio'n hamddenol ar y sganiwr. O'dd hi'n tywyllu, ac yn bryd i ni ei throi hi am y dent.

Yn y pellter, o'dd y lantar yn goleuo'r ffordd fel Seren Bethlehem, fel y bylb rhwng y labordy a'r tŷ. Dyna o'dd fy frame of reference i, rŵan. O'dd 'na olau tu allan i tŷ Huw a fi? Do'n i'm yn medru cofio'n iawn.

O gwmpas y lantar o'dd 'na haid o wyfynod arth gwlanog. Meddyliais am Helge a'r criw ar Ny-Ålesund. Tybed beth o'dd yn digwydd yna ar hyn o bryd, yn ein gwareiddiad agosaf. Os na dydd Sadwrn o'dd hi, mi fysan nhw'n cael pryd nos efo'i gilydd yn eu dillad neis, ond o'n i ddim yn siŵr pa ddiwrnod o'dd hi. Sefais i'n synfyfyrio wrth i Eigra roi'i bag a ballu i lawr, ac yna'n sydyn, dyma 'na big fain yn saethu allan o'r ddaear ac yn cipio gwyfyn neu ddau o'r awyr, cyn diflannu.

"O, mai God," medda fi, gan sibrwd yn uchel. "O'n i'n iawn, sbïa!" Ond er iddi sbio, ddoth y big ddim yn ôl. "Mae 'na snípur o dan fanna." Pwyntiais i at y man lle o'dd o 'di popio allan. O'n i'n dal i sibrwd am ryw reswm.

"Ti'n gwybod be, dwi'n dechra teimlo'n tait eu tyrchu nhw allan o'u nythod bob dau funud. Maen nhw i gyd yn edrych mor vulnerable, 'dyn nhw'm hyd'noed yn trio denig. Ella'u bod nhw i gyd 'di marw o sioc ers hynny, 'di'r dotia gwyrdd 'ma heb symud drwy'r dydd."

"Be am i ni neud arbrawf, felly," medda fi. "Nawn ni adael llonydd i'r un yma, a gawn ni weld 'di'r lleill yn symud dros nos. Os 'dyn nhw yn symud, fedran ni dagio hwn fory, heb ei ladd o?"

Call iawn, wir. Y peth dwytha o'ddan ni isho'i neud o'dd lladd y snípur.

O'dd y noson honno'n oerach na'r noson gynt, efallai chos bod y dent mewn lle newydd, a bod y gwynt yn dod i fewn o gyfeiriad gwahanol. Tu allan, clywais i synau bach pigog… Sŵn gwyfynod yn bownsio oddi ar y dent, neu snípur yn popian allan o'r eira, ella.

"Ti'n effro?" sibrydodd Eigra yn ddistaw bach. Bron i fi beidio â'i chlwad hi.

"Yndw, ti?" medda fi'n uwch, iddi glwad 'mod i'n hollol effro.

"Nadw 'sti, cysgu'n sownd," meddai, a chododd i fyny ar un benelin. "Gedra i ddim cysgu heno am ryw reswm. Dwi 'di medru cysgu mor dda ar yr ynys 'ma o gymharu ag adra ddo. Dwi'm yn gwybod pam."

"Screen time chdi 'di dod reit i lawr ma'shwr," medda fi. O'n inna'n teimlo'r un peth, bod cwsg yn dod gymaint haws ar ôl diwrnod oer o ymchwil, yn hytrach nag oriau o flaen y teledu bob nos.

"Ti'n meddwl bo' ni'n neud y peth iawn yn fa'ma? Pan nesh i neud y cais gwreiddiol i gael dod i ymchwilio'r snípur, o'n i'n teimlo 'mod i'n cael cyfle i neud rwbath pwysig a rili cyffrous. A rŵan 'mod i yma, dwi'n teimlo braidd, dwi'm yn gwybod ... Braidd, ein bo' ni'n dechra styrbio rwbath doedd ddim angen i ni'i styrbio."

Meddyliais i am funud cyn ateb. "Dwi'n meddwl 'mod i'n teimlo'n debyg, 'sti. Gweld y petha bach yn eu nythod, mae o fath â eu bod nhw 'rioed 'di cyfarfod pobol – maen nhw'n ymddiried ynon ni, rhywsut. A be 'dan ni'n neud? Sathru ar eu wya nhw a rhoi tagia arnyn nhw, a'u dilyn nhw o gwmpas. Ac i be?"

"Ti'n difaru dod?"

Meddyliais i am funud yn hirach. "Na, ti'n gwybod be, dwi ddim. O'dd 'na r'wun yn bownd o ddod yma, ryw ddiwrnod. O'ddan nhw'n mynd i yrru rhyw griw neu'i gilydd, doeddan? Felly pam ddim ni? Gesh i gwrdd â chdi, do, a'r lleill. 'Dan ni'n teimlo fel teulu bach agos. Mae'n rili neis cael teimlo hynny." Nesh i bron ag ychwanegu 'am unwaith', ond penderfynu peidio ar y funud ola.

"Ga i ofyn wbath wîyrd i chdi?" meddai Eigra.

"Cei siŵr, rwbath ti'sho."

"Dwi'n rili oer. Fedran ni sort of–" oedodd am eiliad, gan edrych yn swil, "sort of cydlio i fyny dipyn bach, i gadw'n gynnes?"

"Ti'n siŵr fod bocha coch chdi ddim yn cadw chdi'n gynnes?" gofynnais gan chwerthin. "Di o'm yn wîyrd, dwi'n oer fyd. Ty'd yma."

Dyma ni'n wiglo'n sachau cysgu'n agosach, fel dwy lindysen fach yn trio closio at ei gilydd. O'n i'm yn siŵr ddylswn i afael rownd Eigra ta be, ond o'n i'm isho estyn fy mreichiau allan o'r sach lle o'dd yr aer mor gynnes. O'dd ei hwyneb hi di'i guddio bron gan y cwfl ar dop y bag. Mi gaeais i fy llygaid a chlosio mor agos ag y medrwn i. Do'n i bron ddim yn medru teimlo siâp ei chorff hi drwy ddefnydd trwchus y ddwy sach. Ond, yn araf bach, o'n i'n teimlo'r c'nesrwydd rhyngthan ni. Mewn dim, o'n i'n cysgu'n drwm.

Y cwsg gorau i fi'i gael erioed.

Yn y bore, dyma ni'n codi'n ofalus rhag styrbio'r snípur o'dd wedi nythu wrth y dent. Ar y sganiwr, o'dd rhai o'r smotiau bach wedi symud, diolch byth. Oedd tagio'r snípur a'u tyrchu allan o'u nythod heb neud gormod o niwed, neu dyna o'dd y gobaith, o leia.

"Ond be os ma 'na lwynogod neu rwbath di'i byta nhw, ac na dilyn y smotiau yn eu stumogau nhw ydan ni?" gofynnais i Eigra, wrth iddi dynnu'r polion allan o'r dent.

"Fysan nhw'm yn gweithio tu fewn i stumog, na fysan?"

"Wel, dwi'm yn siŵr."

Ar ôl saib, dyma ni'n penderfynu rhoi tag ar y snípur o'dd wrth y dent.

"Mae o 'di dodwy wy!"

"Scrambled egg i frecwast, felly?" medda fi, gan roi tag ar ei goes bach a'i ailosod ar y nyth. Fflachiodd ei olau gwyrdd yn braf efo'r lleill.

"'Dyn nhw'm yn sosial iawn, nadyn, fel adar? Sbia mor bell di'r nythod oddi wrth ei gilydd."

"Ella fod 'na rhyw rwydwaith rhyngthyn nhw. Rhai nythod efo wya, a rhai heb, a maen nhw'n medru teithio o un i'r llall?"

"Be, rhannu nythod?" atebodd Eigra, o'dd 'di llwyddo i stwffio'r dent yn ôl i'r bag. Rhoddodd y reiffl dros ei hysgwydd chwith wrth bwnio'r dent yn agosach ata fi.

"Wel, gawn ni weld be sy ar y cameras 'ma pan 'dan ni'n cyrraedd adra."

"Ciwt bo' chdi'n galw fo'n 'adra'." meddai Eigra, gan gamu'n ofalus o gwmpas lle o'dd nyth y snípur.

"Ciwt bo' chdi mor obsessed efo fi."

Cyn i ni gyrraedd hanner ffordd adra, dyma ni'n gweld smotiau bach yn dod i'n cyfwr ni. O'n i'n meddwl 'mod i'n gweld coed i ddechrau, neu anifeiliaid, ond dyma nhw'n tyfu i fod yn siap tri pherson mewn siwtiau eira.

"Nia! Eigra!" Daeth bloedd gan un ohonyn nhw – Morgan dwi'n meddwl – a dechreuodd bawb chwifio'u breichiau.

O'dd 'na rai munudau ocwyrd wedyn wrth i ni agosáu atyn nhw, ond yn dal i fod yn rhy bell i allu cynnal sgwrs eto.

"O'ddan ni'n meddwl bo' chi 'di marw!" gwaeddodd Morgan, cyn rhoi hyg fawr i'r ddwy ohonan ni ar unwaith. O'dd golwg reit ypsét arnyn nhw.

"Pam? Nathoch chi ddim dallt y neges ar y camera?" gofynnais i.

"Pa neges? 'Di'r cameras ddim 'di gweithio, does na'm conecsiyn rhyngthyn nhw a'r lab," meddai Morgan.

"O na! Ma'n rhaid bo' chi 'di bod yn poeni drw nos." O'dd

Eigra i'w gweld yn cymryd y newyddion yn ddrwg, ac mi roddodd hi hyg fawr i Julie a Martha hefyd.

Dangosais i'r sganiwr i bawb, a faint o snípur o'ddan ni 'di llwyddo i'w tagio, a ddaru hynny godi calonnau pawb wrth i ni fynd yn ôl am y labordy.

"Hang on," meddai Morgan, "be am i fi fynd â'r dent efo fi a mynd i drio gweithio ar y cysylltiad rhwng y camera a'r lab? 'Dach chi gyd yn gwybod lle fydda i, a fydda i 'mond noson."

"Ddo i efo chdi," meddai Martha yn syth, ac welish i edrychiad bach nad o'n i cweit yn ei ddallt ar wyneb Julie wrth glwad hynny.

"Ond sut fyddach chi'n gwybod fod y camerâu 'di cysylltu'n iawn? Does na'm ffordd i w'bod heb fynd â nhw yn ôl i'r lab. 'Sa hi'm yn well mynd â nhw'n ôl, a trio neud iddyn nhw weithio'n fan'no?" gofynnodd Eigra.

"O'ddan nhw *yn* gweithio'n fan'no, doeddan! Testio'r cysylltiad dros bellter 'dan ni'n trio'i neud, so sut sa hynny'n gweithio?" O'n i'n sensio bod Morgan yn dechrau gwylltio.

"Ia, syniad da, Mogs. Dos di a Martha, a nawn ni gadw llygad ar betha yn y lab," medda fi'n frysiog. Edrychodd Eigra arna i fel tasa hi'n flin 'mod i heb ochri efo hi. "Be arall sy 'na i'w neud, eniwe, de?"

Yn y diwedd, penderfynodd Morgan a Martha aros yn y dent am y noson, i weld fedren nhw greu cysylltiad. Rhoddodd Eigra y reiffl i Martha ac aeth y dair ohonan ni yn ôl am adra.

"Bechod bo' ni 'di tynnu'r dent i lawr rili, dydi?" meddai Eigra.

"Do'ddach chi'm i wybod," meddai Julie yn glên. "Awn ni

nôl am banad, a gewch chi weld be mae'r DNA extractor 'di'i ffeindio."

O'dd hi'n rhyfedd mynd yn ôl heb y sganiwr, yn methu â gweld lle o'dd y snípur o'ddan ni di'u ffeindio. Mewn ffordd, o'n i'n teimlo bod gan Eigra a fi fwy o hawl na'r lleill, chos na ni ddaru'u ffeindio nhw a'u tagio nhw. O'n i'n gwybod bod hyn ddim yn deg, ond fel'na o'n i'n teimlo.

"Sut mae petha 'di bod, Julie?" gofynnais i, er na 'mond deuddydd oedd 'di pasio. O'dd hi'n teimlo fel amser hir ers i fi ei gweld hi ddwytha.

"Iawn, 'sti. Distaw," atebodd yn hamddenol, fel tasa hi'n cael sgwrs efo'i chymydog dros wal gefn. Wrth agosáu at adra, mi welson ni lwynog yn cylchu'r adeilad, gan aros i ffroenio'r eira yn achlysurol. Cododd ei ben ac edrych yn syth atan ni. Meddyliais am Huw, a'r gadwyn llwynog o'dd yn saff o dan fy haenau o ddillad, yn gorwedd wrth fy nghalon.

Rhedodd y llwynog wrth i ni nesu, ac aeth Julie yn ei blaen i rhoi'r teciall ymlaen wrth i fi ac Eigra roi'n pethau i lawr a newid ein sgidiau. Dim bod y noson gynt wedi teimlo'n rhyfedd – i fi, beth bynnag – ond o'dd 'na ryw synnwyr fod pethau wedi newid rhyngthan ni, rhywbeth do'ddan ni ddim i fod i'w drafod. Moment ramantus? Ond beth o'dd rhamant, beth bynnag? Rhywbeth rhwng ffrindiau, yn ogystal â phartneriaid? A do'n i ddim yn siŵr, chwaith, o rywioldeb y lleill. Doedd y mater erioed 'di codi. Dim 'mod i'n meddwl am Eigra yn y ffordd yna...

Ffocinél! O'dd fy 'mrên i'n rasio'n rhy bell o 'mlaen i. Doedd dim angen i fi feddwl fel hyn. Mi ro'is i fy llaw i lawr gwddw'n thermals i estyn cadwyn Huw. O'dd y gadwyn yn dal yna, ond o'dd y llwynog bach 'di mynd.

"Llwynog fi!" Dangosais y gadwyn wag i Eigra. "Dwi 'di'i golli fo!"

"O, Nia, dwi mor sori! Shit, nawn ni byth ffeindio hwnna. Ar goll yn yr eira'n rwla fydd o rŵan." Ond ar ôl gweld fy wyneb i, newidiodd ei meddwl, ac ychwanegu, "ond ella welith y lleill o ar y ffordd. Fyddan nhw'n gwybod na chdi sy pia fo. 'Di o'm yn dy ddillad di nadi? 'Di disgyn i mewn i dy fra?" Trio neud i fi chwerthin o'dd hi, ond ddaru fo ddim gweithio. O'n i'n dechrau methu Huw, yn ogystal â'r llwynog bach aur.

Wrth ymestyn am y gwpan boeth o'dd Julie yn ei chynnig i fi, ddaru'r fodrwy ddyweddïo ar fy llaw i ddisgleirio. O'dd honno'n dal gen i, o leia. Er ei bod hi'n golygu rhywbeth mwy nag o'dd y llwynog bach, o'dd rhan ohona i'n meddwl y bysa'n well gen i fod wedi cadw'r llwynog.

Dangosodd Julie i ni beth o'dd wedi bod yn mynd ymlaen tra ro'ddan ni i ffwrdd. Doedd y cameras o'ddan ni wedi'u gosod o gwmpas yr adeiladau ddim wedi cael lot o wybodaeth, gan fod eira wedi setlo ar y lens bob nos, a bod y snípur i'w gweld yn greaduriaid eitha noctyrnal. Ond mi o'ddan nhw yn bwyta gwyfynod o'r awyr, rhywsut, a gan fod niferoedd o wyfynod yn heidio at y golau rhwng y ddau adeilad, gyda'r nos, o'dd y snípur wedi dechrau symud yn agosach atan ni o'r diwedd, gan edrych am fwyd.

"Felly, tasan ni jyst 'di aros chydig yn hirach, mi fysan ni di'u gweld nhw yn y pen draw?" gofynnais. Ond do'n i ddim yn meindio, o'dd yr alltaith efo Eigra wedi bod yn eitha neis, fel gwyliau bach.

Doedd y snípur ddim yn gadael unrhyw olion, fel oel traed, na chwaith unrhyw arwydd o lle o'dd eu nythod nhw, heblaw am ambell bentwr bach – tebyg i beth fysa twrch daear yn ei adael – yn yr eira. Ond gan nad o'dd yr eira'n hollol wastad, doedd hein ddim, bob tro, i'w gweld yn hawdd chwaith.

"Tasa 'na ffordd hawdd o ffeindio'r nythod efo wyau ynddyn nhw, fysan ni'n medru dechra cofnodi faint o hir maen nhw'n medru gadael y wyau heb neb yn eu gwarchod?" meddai Eigra.

"Wel, ar y nodyn yna, dewch i weld be ma'r DNA sequencing wedi'i ddangos i ni," meddai Julie, gan gerdded draw at y peiriant. "Mae'n early days, wrth gwrs, fel ma Martha, Morgan a finna wedi bod yn trafod. Ond, mi wnes i dynnu sylw at y ffaith bod y snípur yn edrych yn debyg i kiwi, a dyma ni 'di ffeindio'u bod nhw'n rhannu dros 90% o'u DNA! Mae'r snípur lot ysgafnach, ond falla bod y berthynas yma'n esbonio'r wya. Ma kiwis yn cael eu geni efo digon o faeth yn y melynwy i fwydo'u hunain am rai dyddiau, heb fod angen rhiant i edrych ar eu holau nhw."

"Felly dyna sut maen nhw'n synhwyro'r gwyfynod yn yr awyr uwch yr eira, hefyd? Ma'n rhaid eu bod nhw'n medru ogleuo'n dda, fel mae kiwi."

Yn amlwg, o'dd Eigra a Julie yn gyfarwydd iawn efo'r fflipin kiwi 'ma, a diolch byth na 'mond nodio 'mhen o'n i'n gorfod ei neud. Ond o'dd DNA sequencing yn rhywbeth o'n i'n ymddiddori ynddo fo, felly o leia fyswn i'n medru chwarae'n rhan yn fanna.

"Be sy'n mynd ymlaen efo'r amino acids yn fa'na?" gofynnais, gan bwyntio at y canlyniadau DNA.

"Wel, mae hyn yn ddiddorol." O'dd Julie, yn amlwg,

wedi gwironi efo'i darganfyddiadau, ac o'n i 'di gwirioni drosti hi, deud y gwir. "Mae 'na broteins yn yr wyau sy'n esbonio sut maen nhw'n medru cael eu gadael yn y nyth heb y fam, am gyfnod, heb iddyn nhw rewi. Neu, dyna dwi'n ei ddamcaniaethu, ond fyswn i angen astudio'r RNA yn fwy manwl i esbonio mwy na hynny, ar hyn o bryd." Gwridodd wedyn, yn amlwg ddim isho swnio'n rhy falch ohoni'i hun.

"Arglwydd mawr, Julie! Ti'n ddynas a hanner," medda fi. Ond doedd hi'n amlwg ddim yn un oedd wedi arfer efo compliments, felly mi drodd at y teledu i guddio'i hembaras.

Doedd na'm byd wedi dod ymlaen ar y sgrins o'dd yn cynrychioli'r cameras o'dd Eigra a finnau wedi'u gosod wrth y dent ar ein halltaith. O'n i'n gobeithio bod Martha a Morgan yn ocê. Tasa 'na rywbeth yn digwydd iddyn nhw allan yn yr eira, fyswn i'n teimlo mor euog. Ni oedd 'di addo setio'r cameras i fyny, a heb lwyddo i wneud hynny'n iawn.

"Paid di â phoeni am hynny," meddai Julie, "dwi'n meddwl byddan nhw'n mwynhau cael bach o breifatrwydd."

"Hold on! Be ti'n feddwl 'preifatrwydd'? A be di'r wên fach slei 'na?" gofynnais.

"Wel, dwi'm yn meddwl na'n lle fi 'di o i ddeud," meddai Julie. "Ond dwi'n eitha sicr fod 'na rwbath yn mynd 'mlaen rhwng y ddau yna."

"Rwbath fel be?" gofynnodd Eigra. "Ti'n meddwl bo' nhw'n ffwcio, 'lly?"

"Eigra!" medda fi a Julie yr un pryd, a dechreuodd y dair ohonan ni chwerthin. O'dd o'n deimlad braf ista o gwmpas y cyfrifiaduron a'r holl offer gwyddonol, yng nghanol nunlle ar ynys o bump person, a chael rhannu gossip dros banad fath â'i fod o'n beth hollol naturiol i'w neud. Dyma fi'n trio meddwl tybed beth fyswn i'n neud 'radeg yma, adra. Ista'n ganol y nodiadau meddygol a'r cyfrifiaduron, yn cael panad gan Nerys a chlwad gossip Deilwen, ma'shwr. Pam ddim neud union yr un peth yn yr Arctig?

"Wel, chwara teg iddan nhw. Rhaid ni ffeindio'n hwyl rwla ar y blydi ynys 'ma does!" medda fi.

"Digon gwir... ma batri vibrator fi 'di rhedeg allan ers ages. Dwi 'di bod ofn i r'wun ei weld o di'i blwgio i fewn yn tjarjio, a rhoi row i fi am wastio lectrig" meddai Eigra.

Mwy o chwerthin, a dwylo dros gegau i guddio'n sgandal.

"Arglwydd mawr, hogan, dos i'w blwgio fo fewn wir Dduw, a wedyn ty'd yn ôl i sbio dros y sequencing 'ma efo ni," meddai Julie. O'dd hi'n un dda am ein hatgoffa ni bod 'na waith i'w neud, yn dal i fod.

Os o'dd Eigra fymryn yn hirach na'r disgwyl yn dod yn ôl, ac os o'dd 'na ryw lewyrch braf o'i chwmpas hi, doedd neb am sôn.

"Dwi'm yn cael panad, felly?" gofynnodd wrth gerdded mewn i'r labordy.

"Smôc fysa'n dda gen ti rŵan, ma'shwr, ia?" pwniais ei hochr yn gellweirus efo 'mhenelin, fel taswn i'n gomedian mewn rhyw hen gyfres ddu a gwyn.

"Plis, gawn ni beidio siarad am smocio?" gofynnodd Julie.

"O, sori Julie, nesh i'm meddwl!" medda fi. O'n i'n trio aros ar yr ochr dda iddi, am 'mod i'n dal yn teimlo'n ddrwg am weiddi arni ar yr alltaith gyntaf honno.

"Ma'n iawn, paid â poeni," meddai, ac aeth yn ôl at ei chyfrifiadur.

"Dwi am ddechra mapio," meddai Eigra, "cofnodi lle mae'r snípur 'dan ni di'u ffeindio, so-ffâr, mesur yr ynys a gweld faint sydd i bob milltir sgwâr, ac ati. Ty'd i helpu, os ti'sho."

Felly, fanna o'dd y ddwy ohonom ni'n pori dros fap mawr o'r ynys, yn trio nodi'r llwybrau o'ddan ni di'u creu efo help y cwmpawd, ac wedyn nodi'n fras, efo pensil, lle o'dd y snípur – gan nad o'dd gynnon ni'r sganiwr, bellach, i jecio'n iawn.

"Ma'n rhaid bod 'na sganiwr mwy, yn rwla, i gysylltu efo'r un bach. Dwi'n teimlo'u bod nhw 'di rhoi rhyw focs o sbarion iddan ni, yn lle stwff go iawn. Sexism 'di hyn!" O'n i'n smalio jocian, ond o'n i'n hanner ei feddwl o 'fyd. O'dd 'na ran ohona fi, reit o'r cychwyn, 'di amau y bysan nhw isho i ni fethu efo'r ymchwil yma, ac o'n i'n benderfynol ein bod ni ddim am neud hynny. Fysan ni'n dod adra efo sgrôl o ymchwil ddigon da i ennill y Nobel Prize, a fysa mam Huw yn fy nerbyn i, o'r diwedd.

O le ddoth hynna, rŵan? Pam mai dyna o'dd y gôl? Ond nesh i sylweddoli mai dyna o'n i isho… iddi hi 'ngweld i fel fi, a dim r'wun o'dd yn dibynnu ar ei mab hi i roi unrhyw beth i fi – fel tŷ neu arian neu deulu.

"Hang on, dyma fo!" O'n i 'di ffeindio'r sganiwr mawr, o'dd yn edrych yn debycach i gompiwtar o'r 80au, ond o'n i'n gwybod ei fod o'n un eitha modern. Dechreuais i ei setio fo i fyny, ond o'n i'n methu â'i gael o i ddod ymlaen. "O, ffor ffoc sêcs, be rŵan? Does na'm byd yn medru jyst gweithio'n iawn tro cynta yn y lle 'ma?"

Ar y gair, daeth y sgrin o'dd i fod i ddangos camerâu Morgan a Martha ymlaen. Daeth bloedd hapus o enau'r ddwy ohonom ni, a daeth Julie draw i gael gweld. Ar y sgrin ddu a gwyn o'dd Martha, efo reiffl dros ei hysgwydd, yn ei chwrcwd yn yr eira, ac i'w gweld fel tae hi'n edrych ar rywbeth – fel nyth, efallai. Do'ddan ni ddim yn medru clwad, ac o'dd hyny braidd yn ffrystreting. Daeth Morgan i'r ffrâm, gan helpu Martha nôl ar ei thraed. Yna plygodd ymlaen a rhoi sws iddi.

"O'n i'n meddwl na jocian o'dda chdi, Julie!" meddai Eigra.

"Wel, i fod yn onest, o'n i'm yn hollol sicr. Ond dwi yn rŵan!" Trodd Julie oddi wrth y sgrin yn gwrtais.

"Faint oed 'di Martha? Tua ffiffti?" holais i.

"Ia, ma rhaid. A be 'di Morgan, lêt thyrtis?" gofynnodd Eigra.

"Wel, di hynna'm llawer o age gap, chwaith, nadi. Dio'm fath â bod hi'n Leonardo DiCaprio, ne rwbath," medda fi. "Er, ella fysa rhaid iddo fo godi'i age limit, dwtsh, os fysa fo yma efo ni. Be ti? Twenti-ffaif? Jyst abowt ddigon ifanc iddo fo!"

"Dwi'n twenti-sefyn, a di o'm yn teip fi, eniwe," meddai Eigra, bach yn bigog. 'Mond jocian o'n i... as iff bod Leonardo DiCaprio yn mynd i landio ar Ynys Safísk!

Aethon ni'n ôl at y map, ond ddudodd Eigra ei bod hi'n medru'i neud o ar ei phen ei hun.

Doedd na'm byd arall amdani, felly. Panad.

Ddaru ni benderfynu peidio â sôn wrth Martha a Morgan ein bod ni'n gwybod am eu perthynas nhw, neu beth bynnag o'dd o. Toedd o ddim o'n busnes ni, ac o'dd hawl gan ddau oedolyn i gynnal perthynas, doedd? Os o'ddan ni am gyd-fyw ar Ynys Safísk am y flwyddyn gyfan, fysa rhaid ni gyd gael rhyw fath o berthynas agos efo'n gilydd, boed hynny fel cydweithwyr, ffrindiau, neu gariadon. Neu, fel teulu hyd'noed. Fel'na o'n i'n licio meddwl amdanyn nhw. Fy nheulu i. Martha fel rhyw surrogate mam, yn edrych ar ôl pawb ac yn ein derbyn ni i gyd, Julie fel yr anti fysa'n troi fyny ar ddiwrnod Dolig i yfed potel o Malibu a chael hwyl yn chwarae gemau a jig-sos, Morgan fel y cefnder neu gyfnither cŵl o'n i'n ei (h)edmygu, ac Eigra. Do'n i ddim cweit yn siŵr, eto, pa rôl o'dd gan Eigra. Chwaer, efallai, neu ffrind gorau. Gan fod y ddwy ohonan ni'r un oed ac efo cefndir eitha tebyg o ran addysg, allwn i fod wedi'i gweld hi fel rhyw fath o rival, ond do'n i'm yn medru'i gweld hi fel'na. Ro'ddan ni'n dod ymlaen yn dda, ag o'dd hi bob tro'n glên efo fi. Pan ges i 'mhen-blwydd ar yr ynys, rhoddodd hi charm bach oddi ar ei breichled Pandora i fi i'w roi ar y gadwyn gan Huw, gan na lwyddon ni 'rioed i ffeindio'r llwynog bach aur. Pluen eira o'dd o. Ddaru fi 'rioed ofyn iddi pwy o'dd 'di'i roi o iddi hi yn y lle cyntaf.

Ar ben-blwydd Eigra, ddaru Morgan goginio bwyd arbennig, a gan ein bod ni'n cael, mwy neu lai, yr un bwyd-di'i-sychu day in, day out, o'dd o'n wirioneddol dda, ac o'n i bach yn gyted 'mod i heb lwyddo i neud rhywbeth neis iddi, i dalu nôl iddi am y bluen eira. O'dd rhai tuniau o ffrwythau, a bwyd fwy ffresh, yn yr oergell a'r rhewgell, ond gan ein bod ni yma am flwyddyn gyfa, do'ddan ni ddim yn bwyta'r pethau yna bob dydd, ac yn cael pryd arbennig unwaith yr wythnos yn unig, fel ar Ny-Ålesund. Ddaru pawb fwynhau'r bwyd, wrth gwrs, dim jyst Eigra. Ella y dylsan ni fod wedi jyst bwyta'r bwyd ffresh i gyd pan o'dd 'na gyfle i neud, ond do'ddan ni ddim i wybod.

O'n i allan ar y traeth efo Martha a Julie wrth i'r hydref droi'n wanwyn. Mewn ambell le, o'dd talpiau mawr o'r tir o'dd yn arfer bod dan eira i'w weld yn glir, bellach, ac o'ddan ni'n trio ffeindio lle fysa'r snípur yn symud, neu sut bysan nhw'n nythu heb gymaint o eira. O'dd dwsinau ohonyn nhw wedi'u tagio, erbyn hyn, gan ein bod ni wedi bod yn mynd yn ôl at y nythod tan i'r wyau ddeor, ac yna wedi tagio'r cywion.

O'dd sefyll ar y traeth, mor agos at y môr, a'i weld o'n ymestyn mor bell ac yn edrych mor wag, yn neud i fi deimlo'n reit felancolig, ac yn farddonol, rywsut. Mae pob traeth yn fath o anialwch, a dwi'n meddwl fod yr anialwch yn gneud i r'wun feddwl yn fwy eang, am ei le yn y byd, ei bwrpas. Er mai traeth o eira a rhew o'dd hwn, traeth o'dd o, ac o'dd y môr yn cyffwrdd â'r tir yn ofalus – yn rhedeg ei dafod oer a hallt dros ymylon yr ynys, gan flasu olion-traed a cherrig. Do'n i ddim yn disgwyl gweld enaid byw. O'dd Martha a Julie wrthi efo'r sganiwr bach, yn trio ffeindio'r snípur o'dd yn arfer nythu yn yr ardal, ac o'dd yn dal i ddangos ar y sensor, er ein bod ni'n methu â'u ffeindio nhw.

"Paid â mynd rhy bell allan ar y rhew," gwaeddodd Martha. A dyma fi'n sylwi 'mod i ddim ar eira, bellach, a bod y tir dan fy nhraed i'n dechrau troi'n dryloyw. O'dd hynny heb ddigwydd o'r blaen. O'dd y rhew yn dechrau dadmer, ac mi fyddai o'n dechrau torri'n rhydd o'r tir mewn darnau mawr, ac yn nofio allan i'r môr, cyn bo hir. O'dd hi'n well gen i beidio â bod ar un o'r darnau pan fyddai hynny'n digwydd!

Oddi tana i, o'dd 'na bob math o greaduriaid yn dechrau deffro ar ôl y gaeaf, ac yn dod i'r wyneb. Codais ofn arna fi fy hun drwy ddychmygu morfil enfawr yn neidio allan o'r dŵr, fel Jaws, ei geg yn agored led y pen ac yn barod i'n llyncu fi mewn un cegiad.

Dychmygais i'r rhew o'n i'n sefyll arno fo'n tywyllu wrth i'r anifail nesáu... Ond, dim dychmygu o'n i. O'dd 'na rywbeth *yn* nesáu! Rhedais, gan faglu a llithro wrth i forfil pen bwa anferth dorri drwy'r rhew. Gwnaeth hyn mewn ffordd araf, hamddenol, a 'ngheg i, dim y morfil, o'dd yn llydan agored wrth i fi wylio'r anadl wlyb yn tasgu o'i gorff, a'r corff wedyn yn ehangu i gymryd anadl fawr, cyn suddo yn ôl dan y dŵr a llithro o'r golwg.

Ymhen chydig o eiliadau, o'dd cynffon enfawr yn chwifio hwyl-fawr yn y pellter.

"Ti'n ocê, ti'n iawn?!" gwaeddodd Julie wrth redeg tuag ata i. Gafaelodd r'wun amdana i, a sylweddolais 'mod i'n anadlu'n gyflym ac ar fin hyperventilate-io.

"Ma'n ocê, 'dan ni yma," meddai llais Martha yn fy nghlust, a gwelais hi'n sefyll tu ôl i Julie, o'dd yn gafael yn dynn amdana i. Dechreuais i deimlo braidd yn wirion.

"Sori, o'n i'm yn disgwyl hynna!" medda fi, gan dynnu'n ôl o freichia Julie. "Ymeising, doedd?"

"Oedd. Ond, ge'st ti close call!" meddai Julie, gan rwbio 'mraich. "Ti'sho mynd yn ôl? Dwi'm yn siŵr oes 'na lawer o ola ar ôl, beth bynnag."

Edrychodd pawb ar yr awyr, o'dd yn dechrau tywyllu.

"Fydd hi ddim yn hir nes ei bod hi'n ola dydd trwy'r dydd a nos," medda fi, gan edrych allan ar y môr eto. "Sbïwch, maen nhw'n dal allan yna."

O'dd cynffon morfil wedi ymddangos, cyn diflannu eto.

"Sgwn i os na'r un un ydi o?" gofynnodd Julie. "Dwi'n teimlo, bron, 'mod i'n medru'i glwad o'n canu."

Gwrand'odd pawb yn astud. O'dd 'na sŵn, 'dwch, fel adlais o ryw gân jazz, yn dod o bell? Ond efallai mai twrw'r rhew yn cracio o'dd o, a 'nychymyg i'n gweithio'n rhy galed ar ôl cael gymaint o sioc.

"Maen nhw'n medru byw am dros ddau gant o flynyddoedd," meddai Martha. "Dychmygwch y newidiadau mae'r cradur yma 'di'u gweld yn y môr dros yr amser yna."

"Os ydi'r un yma'n ddau gant oed de, Martha. Ella ei fod o 'mond tua deg oed!"

Cychwynnodd y dair ohonan ni yn ôl am adra, heb lwyddo i ffeindio'r snipur. O'dd hwnnw'n deimlad cyfarwydd, ond yn un o'n i wedi gobeithio fysa'n perthyn i'r gorffennol, erbyn hyn.

"Mi na i golli cael gwylio'r Llewyrch. Gesh i foment rili neis efo Morgan yn eu gwylio nhw, un tro," medda fi heb feddwl. Ond doedd Martha ddim i'w gweld yn genfigennus. Er i neb siarad am y peth, o'dd y ddau ohonyn nhw wedi dechrau ymddwyn yn gariadus tuag at ei gilydd o'n blaenau ni, bellach. Dim byd amhroffesiynol yn y labordy, ond yn rhyw gyffwrdd llaw wrth y bwrdd bwyd, neu'n rhoi sws i'w gilydd cyn i'r naill neu'r llall fynd allan.

Erbyn i ni gyrraedd y labordy, o'dd hi'n lwcus bod y nos heb dywyllu'n llwyr eto, chos doedd y golau rhwng yr adeiladau ddim ymlaen.

"Oes 'na r'wun 'di troi'r golau i ffwrdd?" holodd Julie mewn dryswch.

"Bylb 'di llosgi allan ma'shwr, ar ôl bod ymlaen am fisoedd," medda fi.

"Be, cyw?" gofynnodd Martha, gan ddal i fyny efo fi a cherdded wrth fy ochr.

"Bylb 'di mynd, ma'shwr. Hei, dwi'n cael déjà vu!"

Aethon ni i fewn i'r labordy, ond doedd na'm golwg o Eigra na Morgan.

"'Di mynd adra'n barod, i ddechra gneud swpar, ne rwbath," cynigais, gan deimlo'n wirion 'mod i'n dechrau ofni. O'dd hi'n dechrau nosi go iawn tu allan, y sêr yn dod allan a'r lleuad yn llawn, diolch byth, fel bod modd i ni ffeindio'n ffordd rhwng y ddau adeilad heb faglu.

Doedd Morgan nac Eigra ddim yn y tŷ, chwaith.

"Fydd rhaid ni fynd allan i chwilio amdanyn nhw. Ddylsan nhw fod yma," meddai Martha, efo tinc o ofn yn ei llais hithau, hefyd.

"Ella bo' nhw jyst 'di mynd allan i neud rwbath efo'r cameras," meddai Julie. "Ond be am i un ohonan ni aros yma, rhag ofn iddyn nhw ddod yn ôl?"

"Ti'sho aros, Julie?" gofynnais, gan wybod na dyna o'dd hi isho.

"Iawn ta, 'na i aros yn y lab. Os mai 'di mynd i neud ymchwil maen nhw, fan'ma ddawn nhw gyntaf – unwaith bo' nhw'n cyrraedd adra."

O'dd hi'n rhy dywyll i ni fentro allan, ond do'n i ddim am ddeud dim byd. O'dd Martha yn amlwg yn poeni, ac o'n innau hefyd, yn dawel bach. Meddyliais am y bluen eira o dan fy nillad, yn erbyn fy nghroen. Do'n i ddim isho iddi hi droi yn atgof o Eigra. O'n i isho'i ffeindio hi gymaint ag o'dd Martha isho gwybod fod Morgan yn saff. Hi o'dd y ffrind gorau o'dd gen i ar yr ynys. Efallai mai hi o'dd y ffrind gorau i fi'i gael erioed.

Dilynon ni'r polion bambŵ, gan deimlo'n ffordd drwy'r tywyllwch. O'n i'n dechrau poeni'n bod ni am sathru ar snípur. Daeth syniad i'n meddwl i.

"Martha, mae'r reiffl gen ti, dydi? Felly, fysa'r lleill heb fentro'n bell hebddo fo, naf'san?"

Distawrwydd, am eiliad, yna:

"Shit, y reiffl! Dwi 'di anghofio fo'n y lab."

Distawrwydd llethol.

"Does genna i ddim gwn fflêr! Dwi'n meddwl bod hi'n well i ni fynd yn ôl, 'dan ni'm i fod allan hebddyn nhw."

"Ond 'dan ni 'rioed 'di bod angen nhw! Tasa'r ynys ma'n llawn eirth, dwi'n meddwl fysan ni, o leia, 'di gweld hoel traed erbyn rŵan. Does na'm hyd'noed digon o fwyd iddyn nhw yma. 'Sna'm byd yma, ond eira!"

"Mae'n wanwyn, dydi? Fydd 'na forloi a walrysod o gwmpas cyn bo hir. Dyna ma eirth yn fyta."

"Ia, dwi'n gwybod be ma eirth yn ffocin byta, diolch, Nia", meddai Martha yn flin.

Doedd hi erioed 'di siarad efo fi fel'na o'r blaen, a ddaru fi ddechrau teimlo'n drist, ond o'n i'm isho iddi weld hynny.

"Eigra! Morgan!" dechreuais weiddi er mwyn tynnu'r sylw oddi arna fi fy hun, a chael gwared ar dipyn o'r emosiynau o'n i'n eu dal i fewn tra o'n i wrthi. "Eigra!"

Dechreuodd Martha weiddi, hefyd. Yn sydyn, dyma 'na rhyw sŵn yn dod o'r pellter.

"Glywaist ti hynna? Nhw o'dd o?" gofynnodd Martha.

"Dwi'm yn siŵr, ond dwi'n eitha sicr ei fod o 'di dod o adra. Dwi'n meddwl ddylsan ni fynd yn ôl."

Doedd hynny ddim mor hawdd ag o'dd o'n swnio. Gan fod yr eira'n dadmer, o'dd rhai o'r polion o'dd yn marcio'r llwybr wedi disgyn, ac ro'ddan ni'n gorfod mynd yn araf bach i neud yn siŵr ein bod ni'n aros ar y trywydd iawn. Doedd y polion ddim, chwaith, yn ymestyn reit at ddrws yr adeiladau, chos fel arfer o'dd y golau ymlaen, ac ro'ddan ni'n medru gweld y llwybr o bell. O'dd golau'r head-torches i'w weld yn rhy wan yn erbyn y tywyllwch.

"Julie!" gwaeddais. O'n i'n eitha sicr mai hi o'dd wedi bod yn galw, ac o'n i'n gobeithio y bysa sŵn ei llais hi'n ein harwain ni tuag at yr adeiladau.

Yn y pellter, o'dd 'na olau wedi dechrau fflachio. Golau lamp neu dortsh, yn fflachio ymlaen ac i ffwrdd. Doedd dim byd arall amdani, ond dilyn y golau.

Pan gyrhaeddon ni'n agosach, ar ôl beth o'dd yn teimlo fel tragwyddoldeb, sylweddolon ni nad o'ddan ni'n mynd tuag at yr adeiladau o gwbwl, ond tuag at ddau ffigwr yn yr eira o'dd yn chwifio'u breichiau a thortsh i ddal ein sylw ni.

"Morgan!"

Rhedodd Martha tuag atyn nhw, a chofleidiodd y ddau.

Rhois i hyg fawr i Eigra, hefyd, ac o'dd hi'n crynu yn fy mreichiau.

"Be sydd?" gofynnais iddi.

"Ddaru ni fynd ar goll." O'dd hoel crio ar ei hwyneb bach tlws, a chofiais am yr adeg pan orfododd hi fi i beidio â chrio tu allan, rhag ofn i 'nagrau i rewi.

"Be o'ddach chi'n neud?" gofynnodd Martha. O'dd hi'n swnio'n flin, ond o'n i'n gwybod mai jyst poeni amdanyn nhw o'dd hi.

"Ddaru ni drio jyst mynd allan at y cameras – y rhai sydd ddim yn bell o'r lab – chos 'dan ni 'di colli signal eto. Ond pan ddaru ni gychwyn yn ôl am yr adeiladau, do'ddan ni ddim cweit yn siŵr o'r ffordd. Ma'n rhaid bo' ni 'di miscalculate-io a 'di mynd heibio nhw. Dwi'm yn siŵr lle ydan ni. Mae'r cwmpawd gen i, ond 'dan ni'm yn siŵr pa gyfeiriad i anelu amdano fo." Doedd na'm golwg crio ar Morgan, ond o'ddan nhw'n gwrthod edrych ar wynebau neb wrth siarad. Dwi'n meddwl eu bod nhw'n teimlo'n euog, neu'n siomedig.

"Mae'r golau 'di mynd i ffwrdd. Bylb tu allan 'di mynd, eto," medda fi. Os doeddan nhw ddim yn gwybod hynny, 'sa hi'n hawdd iddyn nhw beidio â sylwi eu bod nhw'n mynd heibio'r adeiladau, a nhwythau'n disgwyl gweld y golau i'w harwain nhw. O'r edrychiad ar wynebau'r ddau, doeddan nhw ddim wedi sylwi ar y golau'n diffodd.

"Ty'd â'r cwmpawd yma." Cymerodd Martha y teclyn bach gynnyn nhw, er bod un yn ei bag hi, a dechreuodd edrych o'i chwmpas, ar y lleuad, gwrando fel tasa hi'n trio clwad swn y môr yn y pellter, ac yn y diwedd dywedodd yn hyderus, "Ffor'ma."

Cerddais wrth ochr Morgan yn dawel.

"Ddaru chi lwyddo i drwsio'r cameras?" holais i dorri ar y distawrwydd. O'dd rhaid i ni fynd yn eitha cyflym i drio dal i fyny efo Martha ac Eigra.

"Dwi'm yn siŵr, fyddan ni'm yn gwybod tan 'dan ni adra," meddai Morgan. "O leia fydda i'n medru newid y bylb tro'ma.

Ma'n teimlo fel ddoe pan ddaru ni neud o tro dwytha, ac eto, rhywsut, fel oes gyfa yn ôl."

"Dwi'n gwybod be ti'n feddwl. Dwi'm yn rili siŵr sut a i nôl i rwtîns bywyd, unwaith dwi'n mynd adra."

"Nei di addasu'n gyflym, gei di weld," meddai Morgan. "Dwi 'di neud y math yma o beth o'r blaen, yn y Sahara. O'n inna'm yn siŵr o'n i'n mynd i fedru addasu i fywyd nôl adra, heb y gwres, a heb fy nghriw newydd, ond buan nesh i arfer eto efo sut o'dd petha. Mae o fel dod adra o wyliau, a ti angen gwylia arall jyst i atgoffa dy hun sut deimlad ydi ymlacio."

"'Di hyn ddim yn llawer o wylia, na'di," medda fi, ond o'n i'n gwybod beth o'ddan nhw'n ei feddwl. Am ryw reswm, o'n i'n teimlo bach yn flin eu bod nhw 'di neud rhywbeth tebyg o'r blaen, 'di profi bod yn rhan o dîm bach yn cydweithio'n agos, a wedyn 'di mynd adra ac anghofio am y tîm, eto. O'n i ddim isho anghofio am Morgan, a do'n i'm isho iddyn nhw anghofio amdana i.

Ro'ddan ni bron ar bwys yr adeiladau cyn i fi sylwi'n bod ni 'di cyrraedd.

Fel arfer, ro'ddan ni'n gadael trwy'r drws a mynd yn syth am y llwybr, felly o'dd hi'n rhyfedd cyrraedd o'r cefn, fel o'ddan ni'n ei neud rŵan, a gorfod cylchu'r adeiladau cyn ffeindio'r drws. O'dd ôn deimlad rhyfedd bod rownd y cefn. Do'n i'm yn nabod y lle o'r ongl yma. Aethon ni i fewn i adael i Julie wybod ein bod ni adra. O'dd hi'n siŵr o fod yn swp sâl yn poeni amdanom ni.

Ond dyna lle o'dd hi, efo pedair panad yn oeri ar y bwrdd o'i blaen.

"A faint o gloch 'dach chi'n galw hyn, 'dwch?" gofynnodd

gan wenu, un gap du yn ymddangos yng nghefn ei cheg lle ro'n i 'di tynnu'r dant. "O'n i ar fin anfon y search party!"

Fysa'r bylb yn medru aros tan fory. Am rŵan, o'dd hi'n ddigon fod pawb adra'n saff.

Yng ngolau dydd, doedd y ffaith fod y bylb wedi mynd eto ddim yn teimlo mor bwysig rhywsut. O'dd y dyddiau'n oleuach, a byddai'r nosweithiau bron yn hollol olau, hefyd, mewn chydig wythnosau. Ro'n i'n methu â chredu, bron, ein bod ni 'di bod ar yr ynys am fisoedd yn barod. Ond o'dd rhaid newid y bylb, i'n cadw ni'n ddiogel i'r dyfodol, ac o'dd y gwyfynod o'dd o'n eu denu yn ein helpu ni i ddenu'r snípur hefyd, a'u tagio nhw. Cynigodd Morgan fynd i fyny'r ystol eto, gan eu bod nhw 'di neud o'r blaen, a tro 'ma o'ddan nhw'n ddigon hapus i fynd ar eu pen eu hunain.

O'dd Julie a finna'n trio cael y camera i weithio, chos doedd na'm signal rhwng y teledu a'r camerâu, unwaith eto, a dim rheswm na synnwyr pam ddim, chwaith. Ar ôl newid y cebls sawl gwaith, troi popeth i ffwrdd ac yn ôl ymlaen eto, a thrio yn aflwyddiannus i beidio â gwylltio, ddaru ni benderfynu mynd i gasglu'r camerâu o'dd tu allan i'r adeiladau, a dod â nhw i fewn i'r labordy i weld beth fedren ni'i neud.

Wrth basio'r ystol – yr o'dd Morgan ar ei phen hi – clywais nhw'n bytheirio dan eu gwynt. "Ffoc sêcs!"

"Bob dim yn ocê, Mogs?" holais yn hamddenol. "Ti'sho fi ddal yr hen fylb i chdi?"

"Di o'm yn gweithio," meddan nhw, wrth syllu i fewn i'r gwydr fath â Mystic Meg. "Does na'm byd yn rong efo'r un o'r ddau fylb 'ma, ond ma'r golau jyst cau gweithio. Ma'r lle ma'n disgyn yn ddarnau, bêbs."

"Siop siafins. Paid â phoeni, fydd hi'n olau rhan fwyaf o'r amser o hyn allan. Ti'sho dod efo ni i hel y cameras, i weld fedran ni drio cael heini i weithio, o leia?"

"Na, ewch chi, gens, dwi am llnau'r tŷ. Dwi 'di gaddo i Martha fyswn i'n neud heddiw, 'dan ni'n dechra byw fel sglyfaethod yma."

Rhannodd Julie a finnau rhyw edrychiad bach, wrth iddyn nhw sôn am Martha fel'na. Ciwt. O'dd y ffaith fod Morgan a Martha 'di ffeindio'i gilydd yn codi calon, er yn gneud i fi deimlo bach yn unig, weithiau.

"Ti'n dod efo fi, ta ti'n mynd i synfyfyrio'n fanna?" gofynnodd Julie, gan roi pwniad bach i 'mraich i. O'dd ei hunanhyder hi wedi tyfu gymaint dros y misoedd dwytha, ac o'dd hi'n medru handlo dipyn o banter erbyn hyn, neu r'wun yn codi llais – os doeddan nhw'm yn gweiddi arni hi'n uniongyrchol. Meddyliais i tybed sut o'dd hi'n teimlo am y ffaith ei bod hi'n gorfod mynd adra, bod yr amser o'dd gynnon ni ar ôl ar Ynys Safísk yn dechrau mynd yn fyrrach na'r amser o'ddan ni 'di'i dreulio ar yr ynys yn barod.

Wrth i ni hel y camerâu a'r offer, dechreuodd hi fwrw. O'dd hi heb fwrw glaw ers i ni fod ar yr ynys, dim ond eira o bob math. Eira caled, meddal, trwm, ysgafn, cyflym, araf a hamddenol, eira fel peli golff ac eira mân fel llwch lli' yn chwyrlïo o'n cwmpas. Ond tro'ma, glaw o'dd yn disgyn, ac o'dd o'n oer ac yn pigo'n hwynebau ni, a hyd'noed drwy'r siwt eira o'n i'n ei gwisgo, o'n i'n medru teimlo'r diferion yn taro 'mreichiau a 'mhen.

Heb ddeud gair, dechreuon ni frysio, a'i heglu hi nôl i'r labordy mor gyflym ag y medren ni.

"Oes 'na banad i'w chael?" gwaeddodd Julie wrth i ni dynnu'n sgidiau-tu-allan a'n siwtiau eira. "Mae'n bwrw tu allan!"

Daeth Eigra a Martha at y drws i gael gweld, ond erbyn hynny, o'dd y glaw yn dechrau arafu i ddim. O'dd tyllau bach yn yr eira, lle o'dd y diferion wedi'i hitio fo, ac o'n i'n dechrau poeni am y snipur yn eu nythod bach. Tra ro'dd Eigra yn neud panad, es i i edrych ar y sganiwr i weld beth o'ddan nhw'n ei neud. O'dd lot o'nyn nhw wedi symud yn agosach at y traeth, yn hytrach nag at ganol yr ynys, ers i'r diwrnodau ymestyn. O'dd hyn yn groes i'n tybiad ni, sef y bysan nhw'n mynd yn agosach at yr eira o'dd yn dal yn drwchus yn nes at ganol yr ynys, er mwyn cael nythu. Ond efallai, felly – unwaith eu bod nhw'n gwybod fod yr wyau wedi deor – eu bod nhw'n symud fwy i'r cyrion i chwilio am fwyd.

"Lle ma Morgan?" gofynnodd Martha, gan gau'r drws ar yr oerni. "Tydyn nhw'm 'di dod nôl ers newid y bylb."

"'Di'r gola ddim yn gweithio ddim mwy, hyd'noed efo bylb. Ond ddaru nhw sôn bo' nhw am fynd i llnau'r tŷ ar ôl gorffen efo'r gola," atebais. Gwenodd Martha yn falch wrth glwad hyn.

"Niwsans efo'r gola, 'fyd. Ma'n debyg fod 'na rwbath yn bod efo'r lectrics yma, felly, os 'di bob dim yn dechra torri fel hyn," meddai Martha, ond doedd hi ddim yn swnio fel tasa hi'n poeni'n ormodol.

Paneli solar a generator o'dd yn rhedeg y lectrics, ac o'dd bob dim i fod mor 'energy efficient' â phosib, fel bod y cwbwl yn gweithio drwy gydol y misoedd ro'ddan ni i fod ar yr ynys. O'dd 'na system blymio, ond o'dd rhaid i ni lenwi'r tanc efo eira bob chydig o ddyddiau. O'dd hwnnw, wedyn, yn toddi'n araf bach ac yn mynd drwy ffiltyr, ac wedyn, o'dd o'n saff i ni yfed neu olchi efo fo. I ddeud y gwir, doedd neb yn molchi'n ddyddiol bellach. I be? Do'ddan ni ddim yn chwysu rhyw lawer gan ei bod mor oer, a ninnau ddim yn neud fawr o ymarfer corff. O'dd Eigra wedi dechrau'n cael ni gyd i neud ioga efo'n gilydd bob bore, ond heblaw hynny, doedd na'm angen i ni fod yn defnyddio gymaint o ddŵr. Doedd 'na neb yn mynd i'n gweld ni, beth bynnag.

Nesh i ddechrau meddwl pa mor rhyfedd o'dd hi'n mynd i fod unwaith bod pawb adra a neb yn gorfod gwisgo fflîs dew bob diwrnod, ac yn cael gwisgo jîns neu sgert, neu grys-t, hyd'noed. Braf! O'dd Morgan 'di bod yn gweld colled o beidio gallu dangos eu tatŵs i bawb, ac yn cwyno eu bod nhw'n colli rhan o'u 'vibe'. O'ddan nhw isho cael un o'r snípur ar eu braich ar ôl mynd adra, ac am chydig o'dd 'na drafod ein bod ni i gyd am gael un i fatsio, neu'n bod ni am drio neud rhai efo'n gilydd yn y labordy efo nodwydd ac inc, ond mi roddodd Martha stop ar hynny, diolch byth.

"'Mond hyn a hyn o antibiotics sydd yma. 'Dan ni'm am wastio nhw ar inffecsiyns pawb ar ôl i ni brocio'n hunain efo rhyw nodwydda budron!" meddai hi, felly dyna ddiwedd arni.

Y noson honno, wrth i ni fwynhau dipyn o'r bwyd mwy ffresh o'r rhewgell, dechreuon ni drafod beth o'ddan ni'n mynd i'w neud heb y camerâu.

"Dwi'n meddwl fysa'n syniad i ni neud alltaith eto, un

hirach tro'ma, i weld be fedran ni'i ffeindio ar ochr arall yr ynys," cynigiais.

"Ond i be?" gofynnodd Martha. "'Dan ni'n gwybod tua faint o snípur sydd i bob milltir sgwâr, a sut maen nhw'n nythu. Angen gwybod ydan ni, rŵan, sut maen nhw'n bihafio yn y gwanwyn ar ôl i'r wya ddeor, a lle maen nhw'n mynd pan ma'r eira'n dechra dadmar. A be di'r prif ysglyfaethwr, os oes un. Mae rhai o'nyn nhw'n diflannu, weithia, a ma'shwr na llwynogod sydd ar fai, ond does dim prawf o hynny heblaw am yr unwaith ddaru ni'i weld o'n digwydd. Dyna ma'r camerâu a'r tagiau i fod i'w neud. A hyd'noed os oes 'na fwy o snípur ar ochr arall yr ynys, oes ots, os 'dan ni'n dal ddim yn siŵr be ma'r rhai ochr yma'n ei neud?"

O'n i'n teimlo, braidd, fel taswn i wedi cael row, ond o'dd hi'n iawn. Er fod Morgan wedi llnau'r tŷ, ac wedi gneud y lle'n daclus a gneud iddo fo ogleuo'n neis unwaith eto (o'n i heb sylwi ar yr ogla tan iddyn nhw gael gwared ohono fo!), beth o'n i isho go-wir o'dd change of scenery, eto. Er i fi fynd i'r ynys i gael antur, o'n i'n dechrau teimlo ei fod o drosodd mewn rhai ffyrdd. Doedd y snípur – unwaith i ni gael hyd iddyn nhw – ddim mor ddiddorol â hynny i fod yn hollol onest, a doeddan nhw'n gneud fawr ddim heblaw cuddio dan yr eira a dodwy wyau, a weithiau'n mynd am dro i lan y môr a mynd ar goll, er bod y smotiau bach gwyrdd yn dal ar y sganiwr. Meddyliais am Huw ac am fy mywyd i adra yng Nghymru. O'dd o wir mor boring â hynny, ta fi o'dd jyst yn mynd yn bôrd o betha'n hawdd? Fysa cael hobi newydd wedi 'modloni fi gymaint â bod yma? Mae'n siŵr ddim. Ella 'mod i jyst yn cael diwrnod isel. Dyma fi'n cofio am y cyfweliad, a'r dyn a ofynnodd i fi sut fysa bod ar ynys dywyll drwy'r gaeaf yn effeithio ar fy iechyd meddwl i. O'dd y gaeaf drosodd, ond doedd hi ond newydd ddechrau dod yn wanwyn go iawn, ac ella mai jyst angen gweld yr haul yn iawn, eto, o'n i.

"Be tasan ni'n dewis un snípur, a jyst dilyn yr un yna am dipyn, i weld sut fywyd mae o'n gael? Fel case study?" meddai Eigra, gan chwythu ar y baned o'i blaen. O'dd ei gwallt hi i fyny mewn byn ac efo'r headband cynnes o'n i'n cofio ei gweld hi'n ei wisgo ar y noson ddaru ni rannu smôc olaf Julie. Amser maith yn ôl, erbyn hyn.

Cytunodd pawb ei bod hi'n werth trio hyn, a ddaru Eigra, Morgan a finnau gynnig mynd ar yr alltaith, fel bod 'na un person yn medru cadw llygad ar y sganiwr drwy'r amser a gweld pryd o'dd y snípur yn symud, hyd'noed ganol nos.

"Ti'm yn meindio bod heb Martha am chydig ddiwrnoda?" holais i Morgan wrth i ni fynd i'n gwelyau'r noson honno.

"Ma'n bwysig cael amser ar wahân, dwi'n meddwl. Eniwe, fydda i efo dwy hogan ddel, fedra i ddim cwyno," meddai, gan roi winc i Eigra. Teimlais i bach yn genfigennus. Pam na hi o'dd yn cael y winc, nid fi? "Os na fydda i'n bach o gwsberan?"

"Paid â bod yn wirion," meddai Eigra gan dynnu'r blancedi o'i chwmpas.

"Rhaid i ni siarad am yr elephant in the room cyn mynd ddo, gens," meddai Morgan.

"Be? Y ffaith fod Martha a Julie mewn cariad cyfrinachol? Bod hi'n rhy beryg i'w gadael nhw ben eu hunain?" Trio neud jôc wirion o'n i, ond ddaru 'na neb chwerthin.

"Y ffaith fod y dechnoleg shit maen nhw di'i rhoi i ni yn stopio gweithio bob dau funud. Be os di'r sganiwr yn stopio gweithio tra 'dan ni i ffwrdd?"

"Wel, fydd rhaid ni jyst dod yn ôl, bydd?" meddai Eigra.

"Ond fysan ni byth yn medru ffeindio'r snípur eto, neu ddim i gyd eniwe. Fysa hi'n cymryd ages."

Meddyliodd pawb yn ddistaw am chydig. O'dd dant Julie yn dal yn ista wrth ochr ei gwely. O'n i 'di sbio arno fo gymaint o weithiau, doedd o bron ddim yn edrych fel dant ddim mwy. Wrth i fi syllu, glaniodd gwyfyn arth gwlanog yr Arctig arno fo. Gwyfyn bach, llwyd, eitha plaen ydi o. Safodd ar y dant. O'dd 'na rywbeth reit sinistr am y darlun, a do'n i'm yn medru edrych arno fo'n ddim hirach. Nesh i droi i ffwrdd, a swatio yn y gwely.

"Fysa'n rhaid i ni ddod yn ôl, dyna'r oll," meddai Eigra. "Ni, neu r'wun arall. Fydd y tags dal ar y snípur, jyst angen conectio sganiwr newydd fysan ni."

"Dwi'n dechra teimlo mai rhyw social experiment di'r holl beth yma, beth bynnag," medda fi wrth i Martha a Julie ymuno efo ni.

"Big brother is watching!" meddai Martha.

"Dwi'n ffocin gobeithio ddim!" meddai Morgan, a chwarddodd pawb.

O leia bod jôcs r'wun yn landio.

Mynnodd Julie ein bod ni'n mynd â chydig o duniau ffrwythau efo ni, er, doedd na'm llawer o'r rheini ar ôl, gan eu bod nhw'n rhai o'r chydig betha melys o'dd gynnon ni, ar ôl i'r siocled ddaethon ni efo ni gael ei fwyta'n eitha cynnar yn ystod yr ymchwil. Yn y diwedd, aethon ni ag un bob un, a gadael y pedwar o'dd yn weddill i Martha a Julie. Bwyd-di'i-sychu o'dd gweddill ein pecynnau bwyd ni am y chydig ddyddiau fydden ni i ffwrdd, am ei fod o'n ysgafnach i'w gario, ac yn haws i'w goginio efo jyst dŵr berw.

O'dd y reiffl gan Eigra, ac o'dd Martha a Julie wedi addo peidio â mentro allan llawer, jyst rhag ofn. Erbyn hyn o'n i'n hanner gobeithio gweld arth, jyst i gael chydig o ecseitment. Ond welson ni ddim hyd'noed llwynog. O'n i'n dal i edrych i lawr, bob hyn a hyn, gan obeithio gweld fy llwynog bach aur i yn y rhew. Am fod yr eira'n dadmer yn gynyddol, bellach, o'dd y polion ro'ddan ni wedi'u defnyddio i farcio'r llwybrau wedi dechrau disgyn, neu wedi cael eu cnocio drosodd gan greaduriaid y nos. Penderfynon ni greu llwybrau newydd drwy wthio'r eira, gan obeithio na fyddai 'na fwy eto'n disgyn i ail-lenwi'r llwybr cyn i ni fynd am adra. Mi o'dd Morgan wedi gneud sled allan o un o'r cadeiriau yn y labordy, ac mi ddefnyddion ni hwnnw i dynnu'r dent, y sachau cysgu, a rhai o'r cyfarpar eraill ar ein holau. O'dd hyn gymaint yn haws na thrio cario bob dim, ac o'n i'n teimlo mor wirion am beidio â meddwl am hynny ynghynt.

"Ti'sho fi helpu?" Es i i sefyll wrth ochr Morgan wrth iddyn nhw stopio am breather, a chamu allan o'r cylch o raff o'dd o gwmpas eu canol. Ddaru ni sefyll bob ochr i'r cylch a chymryd hanner bob un, a cherdded fel hysgis yn tynnu'r sled ar ein holau.

"Ocê, ma 'na snípur jyst dros y bryn bach yn fanna," meddai Eigra, o'dd in-tjarj o'r sganiwr, y cwmpawd, a'r reiffl. Dwi 'di'i ddeud o o'r blaen, a na i ddeud o eto:

mae rhai pobol jyst yn cael bob dim.

Ar ben y bryn, pwyntiodd Eigra y ffordd, a buo'n rhaid i ni adael i'r sled fynd gyntaf a dal y rhaff i neud yn siŵr ei fod o ddim yn llithro i ffwrdd.

"Dyma ni," cyrcydodd Eigra a gneud cylch yn yr eira efo'i bys. "Mae'r nyth yn fa'ma'n rwla. Nawn ni ddim styrbio'r peth bach."

"R'wun 'sho panad, felly?" gofynnodd Morgan, gan ista ar y sled ac estyn Thermos o'u pecyn.

"Faint o gloch 'dach chi'n meddwl 'di?" gofynnodd Eigra, gan gymryd sêt wrth eu ochr.

"Faint bynnag 'di, 'da ni tua dwy awr o flaen be 'di hi adra," medda fi gan drio dychmygu beth o'dd Huw, neu ferchaid yr offis, wrthi'n ei neud rŵan. Sut o'dd y temp o'dd yn gneud fy swydd i'n bihafio... fysa 'na uffar o lanast i fi orfod ei sortio ar ôl i fi fynd yn ôl?

"Tair awr i fi," meddai Morgan.

"Tua wyth awr tu ôl, i fi," meddai Eigra.

'Steddodd pawb yn ddistaw, yn meddwl am adra.

"Pwy sy adra yn aros amdanat ti, felly? Y boi Huw 'ma, ia?" gofynnodd Morgan. Dyma'r tro cyntaf i ni ddechrau sôn yn iawn am fywyd adra. O'dd o'n rhyfedd, o'ddan ni'n trafod ymchwil, a ni'n hunain, a diddordebau, ond anaml iawn fyddan ni'n holi am fywydau personol pawb adra. Efallai'n bod ni'n gwybod mwy am fywyd adra Julie na neb.

"Ia ma'shwr ei fod o dal yna," medda fi'n trio neud jôc eto. "Ddaru un o ferchaid yr offis, lle o'n i'n gweithio, ddeud bysa hi'n cadw fo'n gynnes i fi." Meddyliais i am Deilwen. Fyswn i'n meindio gymaint â hynny tasai hi wir yn ei 'gadw fo'n gynnes'? Erbyn hyn, do'n i ddim yn siŵr sut i deimlo am y peth... o'dd o i'w weld mor bell i ffwrdd, yn gorfforol yn ogystal ag mewn amser.

"O, fel'na ma petha, ia?" gofynnodd Morgan, hollol o ddifri.

"Na, na, ddim go iawn. Dwi'm yn meddwl," medda fi. O'dd 'na ddistawrwydd eto, dipyn bach yn ocwyrd.

"Be amdana chdi, Eigra? Ti'n bach o dark horse," meddai Morgan.

"Dim byd i ddeud, rili. Dwi fel arfer mor brysur, efo gwaith. Ydan ni am setio'r dent, 'dwch? Ta gweld os di'r snípur 'ma yn mynd i symud, cyn i ni fynd yn gysglyd?"

Ac felly, o'dd y sgwrs ar ben. O'n i'n falch o glwad nad o'dd Eigra efo r'wun adra'n aros amdani? O'n i'n sicr ddim yn drist am y peth. O'dd hynny'n golygu mod i'n posesif, isho bod y person pwysicaf ym mywydau'n ffrindiau newydd? Ond o'ddan nhw'n teimlo fel hen ffrindiau, erbyn hyn, neu rywbeth mwy na jyst ffrindiau, rhywbeth doedd gen i ddim gair ar ei gyfer o eto.

Ar ôl chydig, ddaru ni benderfynu gosod y dent, er mwyn cael rhywle i gadw'n gynnes, mwy na'm byd. A diolch byth, o'dd r'wun 'di pacio'r malet tro'ma.

Rhywbryd ganol nos (neu efallai ei bod hi'n fore erbyn hynny, o'dd hi'n eitha anodd deud, am fod yr haul ddim yn machlud yn llwyr) gesh i 'neffro gan Morgan yn f'ysgwyd i'n y sach gysgu. Pan nesh i agor fy llygaid, o'dd wyneb Eigra yn agos iawn, a bron i fi ei hedbytio hi wrth gael fy ysgwyd.

"Mogs, calm down, dwi'n effro," medda fi'n gysglyd, gan drio codi ar fy ista.

"Mae o on the move, sbia," meddan nhw, gan ddangos y sganiwr i fi. Gwyliais i sbot bach gwyrdd y snípur yn symud yn araf bach. "Dwi'm isho dechra ei ddilyn o eto, ond os 'di o'n mynd yn bellach, ella fydd rhaid ni neud. Dwi am agor y dent, iawn. Ti'n barod am y blast?"

Agorodd zip y dent, a daeth yr aer oer i fewn. Snyglodd Eigra yn ddyfnach i fewn i'w sach gysgu.

"Ty'd sleeping beauty, ma 'na waith i'w neud," meddai Morgan, ond doedd na'm symud arni.

"Gad hi am dipyn, gawn ni weld be ma'r snípur ma'n neud, gynta," medda fi, ac esh i ista wrth ddrws y dent efo Morgan, y ddau ohonan ni'n closio at ein gilydd i gadw'n gynnes.

Chydig fedrau i ffwrdd, o'dd y belen fach frown yn crafu'r ddaear, wedyn yn plygu i lawr ac yn procio'r llawr efo'i big am dipyn, cyn symud ymlaen.

"Di'r pridd a ballu ddim yn mynd i fyny'i drwyn o dŵad?" gofynnais i'n ddistaw.

Ar y gair, o'dd y cradur bach i'w weld yn tisian.

"O! O'dd hynna'n ciwt wan, doedd?" meddai Morgan gan fy mhwnio fi efo'u hysgwydd.

"Dyna ddylsan ni'i sgwennu'n yr adroddiad, dwi'n meddwl. 'Mae'r snípur yn medru tisian mewn ffordd ciwt, ar ôl pigo pryfaid o'r ddaear.'"

"Er bo' nhw'n edrych braidd yn thic, maen nhw'n gwybod sut i chwythu'u trwyna."

"Er bo' nhw'n grwn fel peli ffwtbol, ma'n bwysig peidio cicio'r snípur."

"Neu i jêl ei di! Jêl byth bythoedd, amen!"

Chwarddodd y ddau ohonan ni, ond mor ddistaw â phosib, i osgoi dychryn y snípur o'dd i'w weld yn ymlwybro'n araf bach oddi wrthan ni, gan grafu a phigo'r ddaear am fwyd bob hyn a hyn.

"Be di'r jôc?" Daeth llais cysglyd Eigra o'r tu ôl i ni.

"Snípur newydd disian," meddai Morgan fel esboniad.

"Wow, cofiwch ddeffro fi eto os neith o gachiad, newch chi?" gofynnodd yn sarcastig cyn rolio drosodd a thynnu'r sach gysgu dros ei phen yn gyfan gwbwl.

Doedd hi ddim yn morning person.

O'n i'n cadw un llygad ar y sganiwr a'r llall ar y snípur, pan aeth y sgrin yn ddu.

"Mogs," medda fi, gan ddal y sganiwr o'i blaen, "sbia! Ma hwn 'di mynd rŵan!"

"O mai God, jyst lladda fi rŵan, dwi 'di cael digon ar hyn," meddan nhw'n eitha fflipant, gan gymryd y sganiwr a'i ysgwyd, cyn trio tynnu'r cefn. "Ma'rhaid fod o 'di rhedeg allan o fatris, ne rwbath. Ddylsa fo ddim, ond fedra i'm meddwl pam arall fysa fo jyst yn mynd off."

"Be nawn ni, felly, jyst dilyn y snípur am dipyn, gneud nodiadau?"

"Dwi'm yn meddwl fedran ni neud yr alltaith o'ddan ni 'di'i phlanio heb i'r sganiwr weithio. Unwaith 'dan ni gyd yn codi rŵan, neith hynny'i ddychryn o i ffwrdd, a wedyn sut 'dan ni am ffeindio fo eto?"

Am wast o amser! Yn y diwedd, ddaru ni benderfynu gwylio'r snípur tan iddo fo ddiflannu, wedyn mynd yn ôl am adra.

"'Sgwn i pa fath o drychinebau fydd 'di digwydd tra 'dan

ni 'di bod i ffwrdd? Bob dim 'di jyst ecsblôdio ma'shwr," meddai Eigra, wrth i ni lusgo'r dent a'r offer yn ôl, golwg 'di'u trechu ar bawb.

"Arth 'di troi fyny o'r diwadd a jyst 'di smasho bob dim," cynigais.

A dyna o'dd y siwrna adra, pawb yn dychmygu'r peth gwaethaf allai fod wedi digwydd. A wrandawodd yr Ynys? O'dd 'na rywbeth yn yr eira, neu'r tir, neu'r gwynt oeraidd, yn gwrando'r diwrnod yna? Ta ffawd o'dd bob dim o'r cychwyn un?

Pan gyrhaeddon ni adra, doedd dim panad yn aros amdanom ni.

Tynnodd pawb eu gwisgoedd-tu-allan, a'u hongian nhw'n ddel ar eu pegiau.

"Helô? Oes 'na bobol?" mentrais i ofyn.

"Oes 'na banad?" gwaeddodd Morgan.

Daeth Julie i'r golwg efo edrychiad boenus ar ei hwyneb. O'dd rubber gloves ymlaen ganddi, doedd ddim i'w gweld yn matsio'r sefyllfa.

"Be sy 'di digwydd?" medda fi, 'nghalon i'n dechrau suddo lawr i 'Nghrocs.

"Rwbath 'di digwydd i'r pŵer. Dwi'm yn siŵr pam, 'dan ni i'w weld yn brin o lectrig. Ddylsa'r solar panels fod yn gweithio'n well nag erioed rŵan bod hi'n haul bron drwy'r dydd, ond mae 'na lai o egni, yn hytrach na mwy. Does na'm digon i bweru'r tŷ a'r lab, felly 'dan ni'n trio trosglwyddo'r egni i gyd i'r lab."

Distawrwydd am eiliadau trwchus, araf.

"Ac… y menig?" gofynnodd Eigra.

"Dwi'm yn gwybod yn iawn be dwi'n neud yn fa'ma, na Martha chwaith i fod yn onest. Trio nadu lectrig-sioc."

"Reit, dangoswch i fi," aeth Eigra yn fusnes i gyd, "dwi'n gwybod be i neud."

Yn ystod storm, neu ddaeargryn, neu unrhyw fath o argyfwng, fyswn i isho Eigra wrth fy ochr i.

Aeth y ddwy i gefn y labordy lle o'dd y bocs lectrig.

"Be nawn ni? Mynd i weld sut olwg sydd ar y tŷ?" cynigais i Morgan. O'n i'm yn licio teimlo'n ddiwerth tra bod eraill yn datrys problemau.

Nodiodd Morgan heb ddeud gair, a rhoi eu sgidiau-tu-allan ymlaen eto. Do'ddan ni ddim am wisgo'n siwtiau eira jyst i redeg o un adeilad i'r llall. Dyma fi'n cofio'n sydyn am yr adeg honno pan roddodd Morgan fy siwt i ymlaen, am ei bod hi'n gynnes, a finna'n gorfod gwisgo un Eigra o'dd yn ogleuo o'i sent hi. Yr adeg pan ddaru'r bylb fynd am y tro cynta.

Yn y tŷ, o'dd Martha yn brysur wrth y rhewgell.

"Martha? Ma Julie 'di deud wrthan ni be sy'n digwydd. Sut fedran ni helpu?" meddai Morgan wrth roi sws sydyn ar dalcen Martha. 'Nath y gesture bach cariadus 'na neud i fi deimlo'n andros o unig, am eiliad.

"O'ddan ni 'di meddwl, ella, symud y rhewgell i'r lab, a deifyrtio'r pŵer i gyd i fanno, fel bo' ni'n dal yn medru gweithio. Dwi jyst yn tynnu bob dim allan gynta, tra bod Julie yn gweithio ar y lectrics."

Dechreuodd Morgan gasglu'r bwyd o'dd Martha wedi bod yn ei dynnu o'r rhewgell, a'i wthio tuag ata i. "Dora hwn yn yr eira sy 'di hel rownd cefn yr adeilad. Neith hynny'i gadw fo'n ddigon oer am rŵan."

O'n i'm yn ffan o gymryd ordors fel hyn, ond o'n i'n gweld eu bod nhw isho dipyn o amser un-i-un efo Martha, felly esh i i chwilio am rywbeth i gario'r bwyd ynddo fo. Cofiais fod y siwt eira yn dal yn hongian wrth ddrws y labordy, felly rhois i fflîs arall ac ail bâr o fenig ymlaen, cyn mynd â'r bwyd allan a dechrau tyllu yn yr eira trwchus o'dd wedi lluwchio o gwmpas yr adeilad, er mwyn gorchuddio'r bwyd i gyd.

Wrth i fi wthio'r eira o'r ffordd, braidd yn chwit-chwat, dyma snípur yn ymddangos allan o'r pentwr. Rhewais mewn syndod. Efo'r sganiwr, o'dd hi'n bosib tjecio lle o'ddan nhw ar ba bynnag adeg, cyn mynd allan a styrbio'r tirlun. Ond rŵan, doedd na'm ffordd o wybod, ac ro'n i heb fod yn meddwl yn glir chwaith. Doedd ganddo fo ddim tag ar ei goes, nesh i sylwi'n sydyn. O'n i'n meddwl fod bob un o'r rhai agosaf wedi cael eu tagio, ond yn amlwg ddim.

O'dd 'na bwynt ei dagio fo rŵan, a'r sganiwr wedi stopio gweithio? Fysa'r sganiwr mawr yn dal i'w sbotio nhw ma'shwr, ac ella bysa'r un hand-held yn gweithio eto yn y dyfodol, neu ba bynnag sganiwr y bysa'r ymchwilwyr nesaf yn dod efo nhw i Ynys Safísk. Ond beth o'dd bwysicaf ar y pryd, achub y bwyd ffresh ta tagio'r snípur? Arhosais wedi rhewi, yn feddyliol a bron yn llythrennol, wrth drio neud penderfyniad.

Daeth Morgan allan efo sach arall o fwyd.

"Be ti'n neud yn ista'n fanna?" gofynnodd.

"O-mai-God, dwi'm yn even gwybod. Nesh i weld snípur heb dag, ac o'n i'm yn gwybod beth i'w neud am funud, methu neud penderfyniad."

"Ella bo chditha'n rhedeg ar lectrig hefyd, dim pŵer ar ôl," plygodd Morgan i lawr a dechrau cuddio'r bwyd o'r pecyn yn y twll o'n i wedi'i greu. "Dos i nôl tag os ti'sho, na i sortio hwn," meddai, gan gymryd y sach o fwyd o'n i wedi'i chario allan.

Codais a mynd yn ôl i'r labordy i nôl tag. O'n i'n teimlo bod pawb arall yn gwybod beth i'w neud a sut i handlo'u hunain, pawb heblaw fi. O'n i fel rhyw ddeilen yn cael ei chario gan yr afon, neu rhyw walrws yn llithro i fewn i'r môr, dim yn angenrheidiol am fy mod i'n trio symud i unrhyw gyfeiriad, ond achos mai dyna lle o'dd y grymoedd yn mynd â fi. Fel arfer mewn bywyd o'n i'n medru teimlo mor alluog a sicr o'naf fi'n hun, ond yn fan hyn, o'dd cyfleoedd i ddangos 'mod i'n gymwys yn eitha anodd, chos o'dd pawb i'w gweld efo'u cryfderau, a doedd gen i ddim bob tro gryfder amlwg. Oni bai bod bod yn ddistaw a chymryd cyfarwyddiadau yn gryfder?

"Sut ma petha'n mynd?" holais yn y labordy, wrth fachu cwpwl o dagiau a'r offer i'w rhoi nhw ymlaen oddi ar y fainc briodol.

"'Dan ni 'di llwyddo i ailgyfeirio'r trydan, ond heb ffeindio pam fod o'm yn gweithio'n iawn, eto," atebodd Eigra. O'n i'n licio'r ffordd ddaru hi ddeud "ni", er ei bod hi'n amlwg na hi o'dd wedi neud y rhan fwyaf o'r gwaith. "Be amdanat ti?"

"'Dan ni'n symud y bwyd i'w storio yn yr eira am chydig, fel bo' ni'n medru dod â'r rhewgell i fa'ma i'w phweru hi. A dwi 'di dad-nythu snípur newydd, felly dwi am ei dagio fo," medda fi, gan gymryd llawer mwy o glod nag o'n i'n ei haeddu. Do'n i'm yn medru bod mor anhunanol ag Eigra, yn amlwg.

Allan yn yr eira unwaith eto, efo'n siwt ymlaen y tro'ma

– chos o'dd hi'n ymddangos ei bod hi'n mynd i fod yn dasg hirach nag o'n i di'i feddwl – es i o gwmpas yr adeiladau'n trio ffeindio'r snípur. Yn amlwg, o'dd Morgan wedi gorchuddio'r bwyd a 'di mynd yn ôl i fewn i nôl mwy, felly ma'shwr bod y nyth wedi'i ddymchwel.

Yn y diwedd, nesh i ffeindio'r peth bach o dan yr adeilad, ac o'dd rhaid i fi orwedd ar fy mol a chropian tuag ato fo – fath â 'mod i'n trio ennill Tough Mudder neu rywbeth. Nesh i roi y tag ymlaen, cyn dechrau poeni 'mod i'n sownd ar y pridd oer o dan yr adeilad, chos do'n i'm yn siŵr sut i symud am yn ôl a doedd y snípur o 'mlaen i'n dal ddim yn symud i nunlle. O'n i'm isho'i ddychryn o.

"Nia? Coesa chdi 'di hein?" meddai llais Morgan y tu ôl i fi. "Ti'sho fi dynnu chdi allan?"

"Oes, plis," medda fi, gan deimlo'n ddiwerth eto. Llithrais yn hawdd allan o dan yr adeilad, a glaniodd Morgan ar eu tin wrth i fi ddod.

"Oedd hynna'n haws nag o'n i'n ei ddisgwyl," meddan nhw gan chwerthin. "Ti 'di tagio fo, felly?"

"Do, dwi'n meddwl na'r un un o'dd o, beth bynnag." Medda fi, gan godi i'w helpu nhw efo'r bwyd. "Mae 'na lot mwy ar ôl na be fyswn i di'i ddisgwyl, erbyn hyn, ella y dylsen ni fod wedi bwyta hyn i gyd ar y cychwyn, wedyn 'mond y pecynnau bwyd sych fysa 'na ar ôl."

"Ia, dyna di'r drafodaeth dwi newydd ei chael efo Martha. Ond 'sdim iws meddwl fel'na rŵan, nagoes."

"Nagoes, ma'shwr."

O'dd 'na saib wrth i'r ddau ohonan ni gladdu'r bwyd yn yr eira. "Ydi hi'n werth cael y drafodaeth arall, dwâd? Yr un am sut ma bob dim yn torri yn y lle ma, a'r pump ohonan ni beisicli yn styc ar yr ynys 'ma am wythnosau, rŵan? Faint yn hirach 'dan ni am allu aros, be arall sydd am dorri?"

"G'randa," rhoddodd Morgan law ar fy mraich, "dwi'n siŵr bo' ni gyd yn cael yr un meddyliau. Ond 'dan ni yma rŵan, a 'dan ni'n ddigon saff. Mae'r radio argyfwng gynnon ni, i gysylltu efo Ny-Ålesund, os oes angen. Nawn ni jyst cario 'mlaen a neud be 'dan ni yma i'w neud, a gweld sut ma petha'n mynd, ia?"

"Ia, chdi sy'n iawn ma'shwr," medda fi, gan estyn llaw allan iddyn nhw godi fyny o'r eira. "'Dan ni 'di cael gymaint o anlwc, ma'shwr bod ni'n due am bach o lwc dda erbyn hyn. Fydd hi'n haf cyn bo hir, a digonedd o haul, fydd y solar panels yn well nag erioed erbyn hynny, a nawn ni ffeindio ffordd i gysylltu bob dim yn ôl i'r pŵer eto."

"That's the spirit!" meddai Morgan yn galonnog. "A dyna'r agwedd awn ni efo ni i'r lleill, iawn?"

"Ocê, iawn. Dwi'm isho iddyn nhw ddechra poeni gormod, a rhaid ni gadw Julie yn hapus, mae hi 'di dod yma er mwyn denig, do?"

"Do, ond dydi Martha ac Eigra ddim mor gryf ag wyt ti i weld yn ei feddwl, chwaith, 'sti," meddai Morgan, gan fy synnu i braidd. "Ti'm yn cofio be ddudodd Eigra, fod 'na neb yn aros amdani hi adra? Dwi'm yn meddwl na jyst am bartner o'dd hi'n sôn. Ma 'na rwbath unig amdani."

Cychwynnodd Morgan yn ôl am y tŷ, gan fy ngadael i'n pendroni beth uffar o'dd hynna i fod i'w feddwl. Ond os o'dd Eigra wir yn unig, o'n i am fod yn gwmni iddi. O'dd hi 'di bod yn hynny i fi, fwy na neb, ac o'n i'n ddigon hapus i ad-dalu ei chymwynas. Nesh i feddwl wedyn am y bluen eira fach rownd fy ngwddw, a phenderfynu 'mod i'n mynd i ddangos i Eigra, y noson honno, faint o'dd hi'n ei olygu i fi. Ella bod 'na rywbeth fyswn i'n medru'i roi iddi fel anrheg. Ond doedd gen i ddim byd o werth, heblaw am y fodrwy ddyweddïo gesh i gan Huw. O'dd honno i fod ar fy mys am byth. O'n i 'di colli'r llwynog aur yn barod, do'n i ddim yn mynd i golli'r peth pwysicaf.

Fysa 'na rywbeth arall i'w roi i Eigra, meddyliais, rhywbeth i ddangos iddi pa mor bwysig o'n i'n meddwl o'dd hi. Jyst dilyn olion traed Morgan am adra o'dd angen i fi'i neud am heddiw.

O'dd sut i symud y rhewgell yn broblem anoddach nag o'ddan ni wedi'i feddwl. I ddechrau, o'ddan ni am ddefnyddio sled Morgan, ond doedd hwnnw'n da i ddim ond i'w lusgo ar hyd eira llithrig. Mi ges i'r syniad o'i symud hi gan ddefnyddio polion, a'i rowlio hi ar eu hyd nhw fel o'dd yr Eifftiaid wedi'i neud efo'r blociau i adeiladu'r pyramids, yn ôl bob sôn. Ond doedd na'm polion ar gael. Yn y diwedd, penderfynon ni ddefnyddio rhaffau – chos o'dd 'na wastad ddigon o'r rheini – a'i chodi a'i chario hi fel arch. Gan ein bod ni i gyd o wahanol daldra, a neb egsactli'n body-builder, o'dd hi'n mynd i fod yn uffar o her, ond doedd 'na ddim brys, ac unwaith o'dd hi allan o'r tŷ, fysan ni o leia'n medru'i rhoi hi ar y sled i fynd draw at y labordy, a chael brêc bach yn y cyfamser cyn ei chodi hi eto.

Cytunodd pawb fod hyn yn syniad da, felly cael y rhewgell ar ei hochr efo'r rhaffau o dani o'dd y cam gyntaf. Wrth i Martha ac Eigra ei gwthio drosodd, a Julie, Morgan a finnau'n ei dal hi o'r ochr arall a'i gollwng hi'n araf i'r llawr, meddyliais tybed sut uffar y cafodd hi'i throsglwyddo yma yn y lle cyntaf.

"Tîm mawr sy'n dod â bob dim ar unwaith, de," meddai Eigra. "Yr adeiladau, fel fflat-pacs – efo'r holl ddodrefn a bob dim – wedyn, ddaru'r tîm arall ddod efo bwyd a ballu tra o'ddan ni ar Ny-Ålesund. Dychmyga tasan ni 'di gorfod adeiladu'r holl beth a dewis yn union be i'w roi tu fewn, a helpu efo hynny i gyd!"

"Siŵr 'sa bob dim dal i ffocin gweithio, bysa?" medda fi, gan symud fy mysedd allan o'r ffordd jyst mewn pryd i'r rhewgell lithro o ddwylo pawb a hitio'r llawr yn galed.

"Gwatsia dy hun!" meddai Julie, bach rhy hwyr.

"Bob dim dal yn intact," medda fi, gan ddal y llaw i fyny i bawb weld.

"Jyst isho neud sioe o'r fodrwy 'na, eto, ma hi," chwarddodd Martha. Hawdd iddi hi'i ddeud, doedd na'm comyrsial-ffrîsyr newydd drio smasho'i bysedd hi!

Unwaith o'dd y rhewgell ar y rhaffau, cydiodd pawb mewn pen o raff, a thrio codi'r peth.

Ond doedd hynny'm yn bosib.

O'dd pawb yn trio codi ar wahân, a'r rhewgell yn ysgwyd ac yn disgyn, a byth yn codi mwy na chydig fodfeddi oddi ar y llawr.

"Oce, oce, plan B," meddai Morgan, gan ollwng y rhaff a sythu, a chaniatáu i bawb neud yr un fath tra ro'ddan nhw wrthi. "Be am ryw fath o ddarn mawr o bren, a 'san ni'n gallu rhoi hwnnw o dan y rhewgell, wedyn codi hwnnw? Rhannu'r pwysa dipyn bach mwy?"

"Syniad grêt, Morgan! Cer di i nôl darn mawr o bren!"

medda fi, ella bach yn rhy sarcastig. Safodd Morgan yn dawel am eiliad, a doedd neb isho neud eye contact efo'r un ohonan ni.

"Iawn. Does na'm angen bod fel'na, nagoes?" meddan nhw o'r diwedd, heb swnio hanner mor flin â 'swn i wedi bod, tasa r'wun 'di siarad fel'na efo fi. "Ti'n premenstrual, ta be?"

Nodiodd Eigra a finnau, ac ar ôl saib, nodiodd Morgan hefyd.

"Wel, ma hyn yn esbonio petha m'bach. Ond fydd rhaid ni gadw'n pwyll os 'dan ni am gydweithio ar hwn wan, iawn bêbs?" meddai Morgan, wrthyn nhw eu hunain yn fwy na neb arall, dwi'n meddwl.

"Iawn, sori Mogs," medda fi, ac o'n i'n ei feddwl o 'fyd.

"Da 'dach chi, genod," meddai Julie.

Roliodd Morgan eu llygaid.

"'Di Morgan ddim yn hogan, Julie. Paid â deud hynna," snapiodd Martha yn flin.

"O, ia, do'n i'm yn meddwl–"

"Ma'n ocê, Julie. 'Dan ni angen brêc bach, dwi'n meddwl, ia?" meddai Morgan.

"Panad?" meddai Eigra, gan gamu dros y rhaffau at y teciall.

Fanno fuodd y rhewgell, ar ei hyd ar lawr, weddill y misoedd.

Am chydig wythnosau wedyn, o'dd hi i weld fel tasa popeth yn dechrau gweithio, yn rhedeg yn reit smŵdd, hyd'noed. Er bod y camerâu byth wedi atgyfodi, llwyddodd Morgan i gael y sganiwr bach i weithio eto, ac ro'dd hi i'w weld fod pob snípur yn yr ardal agosaf wedi cael ei dagio. O'dd 'na tua 15,000 ohonyn nhw ar yr ynys, yn ôl ein cyfrifiadau, ac o'dd eu tiriogaeth nhw'n eang iawn, tua 100 metr sgwâr yr un. Bob nos, o'ddan nhw i'w gweld yn bwyta, ac mi enwais i eu ffordd nhw o fwyta yn 'bwyta fyny ac i lawr', chos eu bod nhw un ai'n pigo gwyfynod o'r awyr uwch eu pennau, neu yn gwthio'u pigau i fewn i'r ddaear wrth eu traed. Dim dyna'r union eiriau ddaru ni'u teipio ar gyfer ein hadroddiadau, wrth gwrs.

Rŵan ein bod ni'n eu dallt nhw chydig gwell, o'dd yr arwyddion o'u symudiadau nhw'n dod yn fwy amlwg. Er eu bod nhw'n rhy ysgafn i adael olion traed, o'dd yr arwyddion bod snípur wedi dod allan o nyth yn ddiweddar, neu wedi bod yn tyrchu'r ddaear am bryfaid, yn bethau o'ddan ni'n medru eu nabod yn syth, erbyn hyn.

Daeth Martha i fewn i'r labordy un bore, ei siwt eira yn dal amdani a'r reiffl dros ei hysgwydd. Daeth i'r cefn i gael hyd i ni i gyd.

"Mae 'na forloi wedi cyrraedd! Dewch i weld!" O'dd hi mor ecseited, fel plentyn bach.

Ac i ddeud y gwir, ro'ddan ni i gyd fel plant bach y diwrnod yna. Do'ddan ni'm 'di cael fawr o hwyl a sbort yn ddiweddar, yn trio gneud y gora fedran ni efo un adeilad oeraidd heb drydan, ac un arall lle o'dd hanner yr offer wedi stopio gweithio, ac yn gorfod mynd allan i gladdu yn yr eira am ein bwyd bob nos. Am fod trydan yn brin, 'mond un pryd ffresh o'ddan ni'n ei goginio'n ddyddiol, ac o'dd rhaid i ni neud popeth yn y meicrowêf yn y labordy – chos doedd y gegin yn y tŷ ddim yn gweithio, bellach. Do'n i ddim isho deud wrth neb arall, ond o'n i'n amau bod yr eira'n toddi'n gyflymach nag o'ddan ni di'i ddisgwyl, ac o'dd rhaid i ni bentyrru mwy a mwy o eira o gwmpas y bwyd yn ddyddiol, chos bod perig iddo fo ddadmer.

Daeth pawb i weld y morloi, ac efo'n pecynnau diogelwch a'n Thermoses bach bob un oddo'n teimlo fel trip ysgol, heblaw bod reiffl gan un ohonan ni. O'dd 'na olwg drist ar y morloi, a phob un yn edrych fel tasa ganddo fo fwstásh. O'dd pob un yn unigryw, fel cerrig ar draeth o'dd yn edrych yn debyg i gychwyn, ond yn amlwg yn liwiau a phatrymau gwahanol ar ôl edrych yn fanwl. O'dd sŵn eu cyfarth nhw'n atseinio ar draws y rhew, a'u pawennau mawr nhw'n slapio yn erbyn yr eira. Bob hyn a hyn, o'dd rhai o'nyn nhw'n llithro i'r môr, ac yn dod yn eu holau wedyn, wedi dal pysgodyn neu rhyw greadur arall i'w fwyta.

Steddon ni am yn hir yn eu gwylio nhw, fel criw yn gwylio ffilm.

"Maen nhw'n anhygoel, tydyn?" gofynnodd Eigra, gan sipian o'i Thermos. Ond doedd hi'm yn gofyn go iawn, chos o'ddan ni i gyd, yn amlwg, yn cytuno. Gorffwysodd ei phen ar fy ysgwydd i, a nesh i bwyso'n un i yn erbyn ei phen hi. O'dd 'na ogla glân, cysurus yn treiddio o'i gwallt hi. Sut o'dd hi'n dal i ogleuo mor dda, a ninnau'n methu cael cawodydd iawn, bellach, a jyst yn molchi yn y sinc yn y labordy bob hyn a hyn?

Allan ar y môr, daeth asgell morfil i'r golwg, ac yna dau, tri... pod cyfa o orcas.

"O, 'ma ni. David Attenborough, eat your heart out," meddai Morgan.

Er nad o'ddan ni'n medru gweld llawer o le o'ddan ni'n

ista, yn ddigon pell o'r morloi, o'dd hi'n amlwg bod yr orca yn dechrau lladd dan y dŵr, ac mewn mannau o'dd y môr yn troi'n goch. Dechreuodd yr haid o forloi symud yn fwy gwyllt, wrth i'r rhai agosaf at y môr weld beth o'dd yn digwydd, a thrio ffoi yn bellach oddi wrth y lan.

"O'dda chdi'n gwybod fod nhw'n mynd drwy menopos?" gofynnodd Martha. "Dim ond ni, morfilod pengrwn esgyll byrion, ac orcas."

"Maiden, mother, crone," meddai Morgan.

Dwi'm yn siŵr pa mor hir fuon ni yna, ond doedd yr un ohonan ni'n medru tynnu'n llygaid oddi ar yr olygfa anhygoel. O'dd ei weld o'n digwydd mewn bywyd go iawn yn hollol wahanol i'w weld o ar y sgrin. O'dd y synau mor fiseral, mor fyw, a'r awyrgylch yn fygythiol ond eto yn heddychol, rhywsut, hefyd. Fel tasa pethau'n digwydd yn union fel o'ddan nhw i fod. Dan wyneb y dŵr, ma'shwr bod 'na gyflafan a phob mathau o bethau erchyll yn mynd ymlaen... ond o le o'ddan ni'n sefyll, dim ond asgell yn diflannu bob hyn a hyn, a'r morloi'n cythru rhag y môr, o'dd i'w weld.

Unwaith o'dd yr orcas wedi bwyta llond eu boliau – tua awr neu fwy yn ddiweddarach, dwi'n siŵr – cychwynnodd y neidio, a'r cynffonnau'n arddangos eu hunain uwch y dŵr. O'dd hi fel tasan nhw'n rhoi rhyw berfformiad i ni. Ymhell y tu ôl iddyn nhw, o'dd 'na enfys anferth yn ymestyn ar draws yr awyr.

Clywais sŵn bach yn dod o gyfeiriad Eigra, ac mi sylwais i ei bod hi'n crio.

"Eigra, be sydd?" medda fi, gan roi fy mraich amdani.

"Mae o i gyd jyst mor brydferth. Dwi'm yn gwybod pam bo' fi'n crio!" meddai hi gan rwbio'i gwyneb.

"Na, dwi'n dallt be ti'n feddwl," medda fi, gan edrych allan ar yr olygfa. Neidiodd dau forfil allan ar yr un pryd, o flaen yr enfys. O'dd o fel paentiad mewn galeri.

"Mae'r enfys na'n deud fod glaw ar y ffordd, hogs. Amser i ni fynd am adra," meddai Martha.

Er bod y stafell wely mor oer, gyda phawb yn swatio ochr yn ochr yn eu sachau cysgu o dan gwiltiau trwchus, a phob gwely wedi ei bwshio'n erbyn ei gilydd yn un rhes hir, i gadw'n gynnes, gysgish i'n sownd y noson honno.

O'n i yn y lab efo Julie pan aeth bob cyfrifiadur i ffwrdd. Mi ddigwyddodd yn sydyn, fel power cut, ond bod y golau'n dal ymlaen.

"O, ffor ffyc sêcs!" meddai Julie. A dyna'r tro cyntaf i fi'i chlwad hi'n rhegi neu'n codi'i llais erioed, felly mae'n rhaid ei bod hi'n gwybod ei fod o'n siriys.

"Be rŵan?" medda fi, ac esh i i edrych ar y plygiau tra bod Julie yn mynd at y generator, i weld pam fod y pŵer ddim yn dod drwadd. "Mae'r pŵer yn dod drwadd fel mae o i fod," gwaeddais ati hi 'nghefn y labordy, wrth i fi blygio tjarjer tortsh bach i'r socet i weld a o'dd hwnnw'n dod ymlaen.

"Y cyfrifiaduron eu hunain sy jyst 'di mynd, felly? Sut ar y Ddaear?" O'dd Julie, yn amlwg, ar fin crio neu cael brêc-down. O'dd ei hwyneb hi 'di mynd yn llwyd i gyd.

"Nawn ni ofyn i'r lleill ddod i helpu pan ddown nhw nôl o'u trafals," medda fi, yn trio tawelu ei meddwl. "Ti'sho panad tra 'dan ni'n aros?" Ond doedd y teciall ddim yn gweithio, chwaith. Diolch byth fod y meicrowêf, ac mi g'nesais i ddwy gwpan o ddŵr ynddi. Mi benderfynais i beidio â sôn wrth Julie am y teciall, am rŵan.

Ar y gair, cyrhaeddodd Morgan, Martha, ac Eigra. O'dd 'na wrid tlws ar fochau Eigra, a golwg ffresh yn ei llygaid hi, er bod wynebau'r ddau arall yn edrych yn goch ac yn flinedig. Cynigiais y ddwy baned i Morgan a Martha, cyn mynd i neud un wannach i Eigra.

"Pam bo' chdi'n defnyddio'r meicrowêf?" gofynnodd hithau, gan ddod i fewn i gegin fach y labordy wrth i fi dynnu tair cwpan ferwedig allan o'r peiriant.

"Mae'r teciall 'di stopio gweithio. A'r cyfrifiaduron i gyd," medda fi dan fy ngwynt. Gwelais ei hwyneb hi'n syrthio.

"Sut ma Julie 'di cymryd y peth?" gofynnodd hithau, gan gychwyn neud panad ei hun yn y gwpan o ddŵr poeth. Wrth i ni symud ymhellach o'r amser y cyrhaeddon ni'r ynys, ac yn lot agosach at amser mynd adra, o'dd Julie wedi dechrau mynd yn ddistaw. Fyddai hi'n sefyll yn ei hunfan yn synfyfyrio, weithiau, yn amlwg yn hel meddyliau am y sefyllfa adra a beth fysa hi'n neud tasa'i gŵr yn aros amdani, neu efallai yn poeni am lle o'dd hi'n mynd i fyw, a beth o'dd 'di bod yn mynd ymlaen yn ystod ei habsenoldeb... pa glwydda o'dd o wedi bod yn eu palu amdani.

"Ti mor neis, bo' chdi'n meddwl am Julie cyn ddim byd arall," medda fi wrth Eigra. "'Mond newydd ddigwydd mae hyn. 'Di hi'm 'di'i gymryd o'n dda iawn, a 'di hi'm yn gwybod am y teciall, eto. Dwi'n meddwl ei bod hi 'di gobeithio bod yr ymchwil 'ma'n mynd i roi mwy o gyfleoedd iddi ar ôl gadael yr ynys, ffordd iddi gael sefyll ar ei thraed ei hun eto, ond os 'di'r cyfrifiaduron i gyd wedi torri, sut 'dan ni am gael ein hymchwil yn ôl? Ma misoedd o stwff arnyn nhw, a'r ffwtij o'r camerâu – neu o'r adeg pan o'ddan nhw'n gweithio, o leia. Be os 'dan ni'm yn medru'i gael o nôl?" Yn amlwg, dim Julie o'dd yr unig un o'dd yn poeni am y pethau 'ma.

Rhoddodd Eigra chwe llwyaid orlawn o lefrith powdr yn ei phaned, ac o'dd rhaid i fi'i stopio hi rhag gneud yr un fath i un Julie a finnau. "Awn ni â hein drwadd, a fedrith y pump ohonan ni efo'n gilydd sortio hyn," meddai hi, ac o'n i bron â'i choelio hi, hefyd. Estynnodd ei llaw allan a chyffwrdd y bluen eira o gwmpas fy ngwddw yn ysgafn. "Mae gen ti lucky charm, cofia!"

"Chdi, ta'r bluen eira?" medda fi, gan drio jôc wael i chwalu'r tensiwn, ond edrychodd hi fewn i'n llygaid i efo'i rhai brown, meddal hi, ac o'dd hi'n gwenu, ond ddim fel r'wun yn gwenu ar jôc.

"Fi, wrth gwrs!" meddai, a rhoddodd sws sydyn i fi ar fy moch, cyn mynd nôl drwadd at y lleill.

Dilynais, yn syfrdan.

Rhywsut, o'dd Morgan wedi llwyddo i dynnu un o'r cyfrifiaduron yn ddarnau, ac wedi penderfynu bod 'na ddim byd o'i le efo fo. Ar ôl trio ffiws newydd yn y plwg, a ffeindio'i fod o'n dal yn da i'm byd, penderfynon ni roi'r gorau i boeni, am y tro, a thrio rhoi'r data at ei gilydd ar bapur, o hyn allan.

"Fydd hi'm yn rhy hir, rŵan, a fedran ni'n sicr gael hein di'u trwsio ar y mainland! A fyddan ni'n cael sgwennu'r adroddiad efo'n gilydd, felly rhwng y pedwar ohonon ni, fedran ni gofio bob dim, dwi'n siŵr," meddan nhw.

"Mae 'na bump ohonan ni, y twmffat!" meddai Martha. "Ond dwi'n cytuno, fedran ni sortio hyn. Am rŵan, gynnon ni'n field notes ar gownt yr alltaith heddiw, a phob alltaith arall, a'r mapiau, i gyd ar bapur, yn ogystal â nodiadau pawb. Be am i ni ddechra cael trefn ar hynny, rŵan, fel bo' ni efo rwbath call i'w rannu yn syth bîn pan fyddan ni nôl?"

"Nesh i'm cyfri fy hun, ma'rhaid," meddai Morgan yn amddiffynnol. "Ond, ti'n iawn. Dwi am fynd i gychwyn swpar, ond nawn ni ddechra hel bob dim at ei gilydd dros y dyddiau nesa, a neud yn siŵr bo' ni'n cofnodi'n nodiadau'n daclus o hyn ymlaen, a rhannu bob dim efo'n gilydd mewn un database call, fel bod modd i unrhyw un ohonon ni ei ddadansoddi a'i gyflwyno fo pan 'dan ni adra. Rhaid i ni fod yn drylwyr, iawn hogs?"

"'Di'r teciall ddim yn gweithio," rhois wybod i Morgan wrth iddyn nhw roi'r siwt eira ymlaen i fynd i nôl bwyd o'r tu allan. "Ond ma'r meicrowêf yn, diolch byth."

"Be ffwc sy'n bod efo'r lle ma, bêbs?" Ysgwydon nhw'u pen. "Ti'sho dod efo fi i ddewis bwyd?"

"Iawn, dwi angen breather bach, acshyli. Dora ddau funud i fi." Mi rois i'n siwt eira a menig trwchus ymlaen, a'u dilyn nhw allan o'r labordy.

Rownd cefn yr adeilad, o'dd hi'n edrych fel tasa 'na rywbeth wedi cychwyn tyrchu drwy'r eira, a chydig o'r bwyd wedi dod i'r golwg.

Mewn panig, dechreuon ni jecio'r bwyd, ond doedd na'm difrod mawr wedi'i neud, diolch byth.

"Llwynog, ma'shwr, cyn 'ddo fo sylwi fod bob dim di'i lapio mewn plastig," meddai Morgan.

"Dwi'm yn siŵr oes 'na ambell beth 'di cael ei gymryd," medda fi'n bryderus.

"Well, calla dawo. Nawn ni'm sôn am hyn, rŵan, ar ben bob dim arall. Ty'd, helpa fi i roi gymaint o eira ag y medran ni dros be sydd ar ôl, i neud siŵr fod o'm yn difetha."

Dyna wnaethon ni, pentyrru'r eira mor uchel â phosib, er ei bod hi'n amlwg fod chydig o'r bwyd wedi dechrau troi erbyn hyn, efo'r holl ddadmer ac ail-rewi.

"'Dan ni angen bod yn ofalus bo' ni'm yn mynd yn sâl 'fyd, dydan?"

"Wel, ffordd ti'n niwcio bob dim yn y meicrowêf 'na, fawr

o berig i unrhyw beth syrfeifio hynna," medda fi, gan lwyddo i gael chwerthiniad bach allan ohonyn nhw.

O'n i'n dal i sganio'r llawr i weld a fysa'n llwynog bach i yn ymddangos yn yr eira, ond doedd dim golwg ohono fo. Meddyliais am y bluen eira, a'r sws bach sydyn ar fy moch, yr un mor ysgafn â phluen eira go iawn, ond yn gynnes braf.

"Ti efo ni, ta be, Nia?" O'dd Morgan yn dal drws y labordy yn agored, ac es i i fewn gan dynnu'n menig trwchus.

Er ei bod hi'n olau dydd braf y tu allan, o'dd hi'n dal yn andros o oer. Teimlais fy mochau, yn rhewllyd o oer, heblaw am un darn bach cynnes, o'dd yn dal i ddal gwres pâr o wefusau bach coch.

Ai sws gysurol, rhwng dau ffrind, o'dd o? O'ddan ni i gyd mor agos, erbyn hyn, yn cysgu bron yn twtsiad ein gilydd, ac yn gweithio benelin wrth benelin. Efallai nad o'dd o wedi golygu llawer i Eigra. Sylweddolais, efo rhyw deimlad cynnes yn fy stumog, ei fod o wedi golygu rhywbeth i fi, rhywbeth na fedrwn i ei ddiffinio, eto.

Efallai mai cariad o'dd o, cariad rhwng dau berson o'dd wedi bod yn agos at ei gilydd a 'di bod trwy brofiadau hollol unigryw a phwysig. O'dd 'na gymaint o hoffter rhwng Eigra a finnau, a dim llawer o ffyrdd i ddangos hynny, na chyfleoedd i deimlo'n agos at r'wun, fel o'dd 'na adra, efo cariadon a theulu a ballu.

Penderfynais beidio â gofyn iddi, ond ei dderbyn am beth o'dd o. Hanner eiliad fach cariadus. A beth o'dd ots pa fath o gariad? Do'n i ddim yn mynd i feirniadu Eigra, os o'dd hi'n ffansïo genod, neu'n ffansïo fi. Fysan ni'n dal yn medru bod yn ffrindiau, beth bynnag o'dd i ddod.

Y noswaith honno, wrth i ni bigo bwyta'r bwyd o'dd Morgan wedi ei gnesu yn y meicrowêf, o'dd hi'n amlwg fod pawb yn digalonni. O'dd 'na dipyn o wres yn y labordy, ond dim yn y tŷ, bellach, ac er mor bwysig oedd peidio â chontaminêtio'r labordy trwy ddod â bob dim dan yr un to, o'dd hi'n edrych yn fwyfwy tebygol na dyna fysa'n rhaid i ni ei wneud.

"Be am i ni osod y dent yn y lab, a phawb i gysgu yn honno?" cynigais.

"Di'm digon mawr, dwi'm yn meddwl. Ond ella'i bod hi'n werth trio, am noson, i gadw'n gynnes. Tasan ni'n neud rhyw fath o Tetris efo'n cyrff, 'sa modd cael pawb i fewn, jyst abowt," meddai Morgan.

"Be am," meddai Julie, "i ni dorri'r gwaelod allan o'r dent, ei hongian hi o'r nenfwd, rhywsut, a gollwng yr ochrau i lawr o gwmpas y gwelyau? Fel ein bod ni i gyd yn dal efo matras, a gwely bob un, ond bod 'na rywbeth i gadw'r gwres i fewn?"

"Syniad da, os gneith o weithio," cytunais, gan wthio 'mhlât hanner llawn i ffwrdd, a roi edrychiad o ymddiheuriad i Morgan. Gwenon nhw yn ôl arna i gan wthio'u plât hwythau i ffwrdd, hefyd. Doedd 'na fawr o awydd bwyd ar neb heno.

"Ond os tydi o ddim, 'dan ni 'di difetha'r dent am byth," gorffennodd Julie y frawddeg ar fy rhan i. Hi o'dd yr unig un o'dd yn dal i fwyta'i bwyd. Ers iddi gael tynnu'r dant fisoedd yn ôl, o'dd hi wedi claddu bob platiad o fwyd o'i blaen. Mae'n rhaid ei bod hi wedi bod mewn poen am yn hir.

"Fedra i drwsio'r dent, os oes angen," meddai Eigra. "Dwi'n cynnig bo' ni'n trio syniad Julie." Cododd hi ei llaw i fyny.

Un ar ôl y llall, cododd pawb eu dwylo i fyny o blaid y syniad, felly dyma ni'n gadael y platiau a mynd draw i'r tŷ i weithio ar y dent.

O'dd modd i ni'i chlymu hi i'r weiran o'dd yn arfer dal y golau uwch ein gwelyau, chos bod na'm pŵer yn dod drwyddi, bellach. Torrodd Morgan y weiren i'r maint cywir, a chlymu darn o keyring arni er mwyn creu bachyn, yna hongiodd big y dent oddi arni. Yn ofalus, mesurodd a thorrodd Martha ac Eigra ei gwaelod hi'n bedair rhan, fel bod y gwaelod hwnnw yn ffurfio estyniad o'r ochrau, ac yn hongian fel sgert i amgylchu'r gwelyau. Dechreuon ni i gyd, wedyn, wnïo neu ludo gwaelod y dent i ochrau allanol y matresi, fel eu bod nhw'n cael eu dal i lawr.

"Os 'na r'wun am adael gap, fel ein bod ni'n medru mynd i fewn ac allan?" gofynnais i.

"Shit, be haru ni," meddai Morgan, gan gylchu'r gwelyau wrth astudio'n gwaith. "Fa'ma, paid â'i ludo fo lawr," meddai, gan dynnu'r darn o dent o'n i wedi bod yn ei lynu i'r fatras. Doedd y glud ddim wedi sychu eto, felly daeth i ffwrdd yn hawdd. "Fa'ma fydd y ffordd i fewn ac allan."

O'n i braidd yn pissed off mai fi o'dd yn gorfod cael yr ochr fysa ar agor, fel 'mod i'n gorfod bod yr olaf i gwely a'r cyntaf i godi, neu gael pawb yn dringo drosta i er mwyn mynd i fewn ac allan, ond nesh i ddim deud dim byd.

Doedd 'run o'nan ni isho mynd yn ôl i'r labordy i neud panad cyn gwely, felly penderfynon ni i gyd fynd i fewn i'r nyth a gweld pa mor gynnes fydden ni. O'dd y gwaith o greu'r dent wedi c'nesu pawb, ond ar ôl gorwedd yn ein sachau cysgu dan y cwilts am chydig, sylweddolodd pawb fod syniad Julie wedi gweithio, a bod y gwely mawr yn cadw ei wres.

"Diolch Julie, dwi mor hapus cael bod yn gynnes," meddai Eigra, ac o'dd ei llais wrth fy ochr i'n llawn teimlad.

Daeth murmur o gytundeb gan bawb. O'n i isho trio cysgu'n y canol, lle o'dd Julie, ond hi o'dd yn ei haeddu fo fwyaf, am nifer o resymau, erbyn hyn. Ac o'dd hi'n anodd bod yn flin pan o'n i'n teimlo mor saff a chynnes am y tro cyntaf ers oes. Troais i wynebu Eigra. O'dd ei llygaid hi ar gau, ei hamrannau hir, tywyll bron â chyffwrdd ei bochau. Do'n i ddim yn medru'i gweld hi, yn y tywyllwch, ond o'n i'n gwybod. Erbyn hyn, o'dd pob modfedd o'i hwyneb hi, ac un pawb arall, wedi'i grafu i fewn i'm llygaid i. Caeais i nhw, ac o'n i'n dal i weld eu hwynebau.

Cysgodd pawb yn drwm y noson honno.

Chlywodd neb mo'r arth.

Yn y bore, wrth i ni fynd am y labordy, y gwelson ni'r dinistr. O'dd y bwyd i gyd wedi'i dynnu allan o'r eira a'i chwalu dros bob man, ac olion pawennau o gwmpas yr adeiladau. Do'ddan ni byth yn mynd â'r reiffl efo ni os o'ddan ni jyst yn brysio o un adeilad i'r llall, a rhewodd pawb mewn syndod wrth drio prosesu'r olygfa.

"Arth, arth!" gwaeddodd Martha yn sydyn, "Ewch!"

Rhedodd pawb i'r labordy, a chaeodd Morgan y drws efo clep, gan anadlu'n gyflym. "Lle o'dd hi? O'dd hi'n dod ar ein holau ni?!"

"Nesh i'm ei gweld hi," atebodd Martha, "ond dyna sy 'di creu'r llanast 'na tu allan."

"Ffocinél, Martha," meddai Morgan, "o'n i'n ofn allan o 'nghroen, o'n i'n meddwl bod 'na arth yn chase-io ni!"

"Ac ella bod 'na! O'n i'm yn mynd i sefyll o gwmpas i weld. Jyst trio cadw ni'n saff o'n i!" brathodd Martha.

130

Aeth Morgan ati a rhoi hyg iddi. "Ti'n iawn, panicio nesh i."

Wrth y ffenast, o'dd Julie yn trio gweld o'dd 'na unrhyw olwg o'r arth.

"Ti'n ei gweld hi, Julie?" gofynnais.

"Na, ond ma'r ffenast mor fudr, ac ella'i bod hi'n camouflaged. Sut uffar bod 'na arth yma?!"

"'Di dod ar ddarn o rhew, ma'shwr. Dwi'n cofio chdi'n sôn ages yn ôl ei bod hi'n bosib, y diwrnod ddaru ni ffeindio'r snípur," medda fi.

"Deud pa mor *am*hosib o'dd hi nesh i," meddai Julie.

"Wel, dyna sydd yma, felly does na'm point ffraeo," meddai Morgan, o'dd wedi calm-io i lawr, erbyn hyn. "Be 'dan ni'n mynd i'w neud, dyna'r cwestiwn. Mae'r reiffl yn y tŷ. Ydan ni am ei nôl o?"

"A be, mynd allan ar hunting spree?" gofynnodd Eigra.

"Na, cadw'n hunain yn saff wrth fynd o un lle i'r llall," meddai Morgan. "Neu wrth i ni drio ffeindio bwyd ar gyfer heno."

Doedd neb isho meddwl am y peth, ond doedd 'na fawr ddim o'r bwyd-di'i-sychu ar ôl, ac o'dd angen lot o ddŵr a gwaith c'nesu arno fo i gael pryd go iawn. O'dd coginio'r bwyd ffresh wedi bod gymaint haws, yn y meicrowêf, a rŵan o'dd 'na arth wedi bwyta neu ddinistrio rhan mawr ohono fo. Ac mae'n siŵr fod beth bynnag o'dd ar ôl yn araf ddadmer yn yr haul.

"Ti'sho fi redeg yn ôl i'w nôl o?" gofynnais.

"Na," meddai Eigra yn sydyn. "Fi sy'n medru'i saethu fo, fi ddylsa fynd."

"Does na neb yn mynd, eto," meddai Martha yn gadarn.

"'Dan ni angen penderfynu be di'r plan, cyn ni ddechra rhedeg o gwmpas efo reiffl, ac arth tu allan yn gwybod yn union lle geith hi fwyd."

"Ella'i bod hi 'di mynd i hela'r morloi wrth y traeth, ma'n siŵr fod heini'n lot mwy blasus iddi hi na'r bwyd sydd tu allan," meddai Eigra, o'dd wrth y drws, yn amlwg yn dal yn meddwl am fynd am y reiffl.

Yn y diwedd, ddaru ni benderfynu bod angen achub cymaint o fwyd â phosib, a bod angen y reiffl er mwyn gneud hynny. O'dd Eigra yn mynd i ddal y reiffl, a Morgan y gwn fflêr, wrth i fi fynd drwy'r bwyd o'dd yn weddill a thrio ffeindio beth o'dd yn werth ei achub. Wedyn, o'ddan ni'n mynd i gladdu'r bwyd yn ddyfn dan bentwr enfawr o eira, a chael gwared o'r gweddill.

Ar yr wyneb, o'dd o'n syniad eitha syml, ond wrth i fi chwilota drwy'r pecynnau a bwyd o'dd wedi'i hanner cnoi, o'dd hi'n dod yn fwy amlwg nad o'dd yr arth wedi bwyta llawer, ond wedi difetha bron bob dim. O'dd y bwyd naill ai wedi dechrau dadmer, ac ddim yn saff i'w fwyta, neu o'dd yr arth wedi rhwygo'r paced neu wedi cnoi a blasu'r bwyd.

Bob hyn a hyn, fyswn i'n edrych o 'nghwmpas, gan deimlo fod 'na arth yn stelcian o gwmpas yn barod i neidio arna i a dechrau'n rhwygo fi'n ddarnau. Er fod Morgan ac Eigra yn cadw golwg, do'n i ddim yn teimlo'n saff. O'dd yr arth wedi dod pan o'dd pawb yn cysgu'n drwm, a doedd y nyth – o'dd wedi teimlo mor ddiogel neithiwr – ddim yn teimlo felly, bellach, ond yn hytrach fel rhywle i guddiad, rhywle i aros nes bod golau dydd yn gyrru'r arth yn ôl i'w thwll.

Erbyn i fi achub beth fedrwn i, a rhoi chydig i un ochr i'w fwyta'r noson honno, o'dd y sach o fwyd i gael gwared ohono fo'n lot rhy llawn, a'r pentwr o fwyd i'w gladdu'n yr eira mor fach. O'n i'n cyfri llai nag wythnos o brydau. Ond nesh i gicio pentwr o eira dros y bwyd, a daeth Eigra a Morgan draw i helpu'n gyflym, cyn i ni fynd yn ôl i'r labordy.

Unwaith i ni roi'n sgidiau-tu-fewn ymlaen, a rhoi'r bwyd o'dd 'di mynd yn ddrwg yn y compost, estynnais am y banad o'dd Julie yn ei chynnig i mi. Dyna pryd nesh i sylwi bod fy nwylo i'n dal i grynu gan ofn. Rhoddodd Julie law ar fy mraich yn garedig.

"Ti'n iawn, rŵan. Ti'n saff," meddai hi, gan adael i fi ista efo'r banad am chydig.

Ti'n saff. O'dd y geiriau'n mynd rownd yn fy mhen i fel lluwchwynt. O'n i'n saff? Meddyliais na fyswn i'n teimlo'n saff, eto, nes ein bod ni i gyd adra. Doedd Ynys Safísk ddim yn teimlo fel cartref, bellach. Yr arth o'dd piau hi rŵan.

Y diwrnod hwnnw, er fod pawb ar binnau, o'dd na'n dal waith i'w neud. Fel tîm, ro'ddan ni'n cyfuno'n data i gyd yn bentyrrau a systemau, fel bod pawb yn medru rhannu bob dim o'dd wedi'i sgwennu efo llaw, er mwyn gallu creu adroddiadau ar sail y nodiadau hynny, os o'dd angen, yn hytrach na beth o'dd ar y cyfrifiaduron. Bob hyn a hyn, fysa 'na alwad i ddarllen a gwirio rhywbeth mewn llawysgrifen flêr, neu i ychwanegu at esboniad neu ddisgrifiad. O'dd o'n waith eitha difyr, mewn ffordd, rhoi darnau'r jig-so at ei gilydd, a gweld pa mor bell o'ddan ni 'di dod yn ein hymchwil.

Ond o'dd y rhan fwyaf ohono fo'n styc yn y cyfrifiaduron. O'dd Morgan a Julie yn dal i drio'r offer trydanol, bob hyn a hyn, i weld os bysa rhywbeth yn dechrau gweithio eto. Yng nghefn fy meddwl, a ma'shwr fod pawb yn teimlo'n eitha tebyg, poeni o'n i fod mwy o bethau yn mynd i ddechrau torri i lawr. Beth fysan ni'n ei neud heb y meicrowêf, neu heb unrhyw drydan a gwres yn y labordy? Fysan ni ar ein pennau'n hunain yn yr anialwch, heb fwyd na gwres. O leia ei bod hi'n haf ar Ynys Safísk, a'r haul byth o'r golwg yn llwyr.

Byddwn i'n neidio bob tro y byddai 'na rhyw dwrw annisgwyl, ac o'dd pawb i'w gweld yn neud yr un peth. Bron fel tasan ni'n disgwyl i'r arth ddod drwy'r drws unrhyw funud. Neu, eirth? O'dd 'na unrhyw un wedi ystyried y posibilrwydd bod 'na fwy nag un? Do'n i ddim am sôn, os ddim – o'dd gan bawb ddigon ar eu platiau.

"Chdi sy 'di sgwennu hwn?" gofynnodd Eigra, gan dorri ar ein meddyliau.

"Ciwt, ti'n nabod sgwennu fi'n barod?" medda fi, gan drio cadw'r sgwrs yn ysgafn.

"Yndw, traed brain, o'n i'n gwybod mai chdi o'dd o'n syth."

"Diolch yn fawr! Ti'sho fi ddeu'tha chdi be mae o'n ddeud, ta be?" edrychais yn fanwl ar y dudalen o'n notebook, ond do'n i ddim yn medru dallt fy sgwennu fy hun. "Hang on, dwi'n meddwl fod hwn o'r amser o'ddan ni ar yr alltaith 'na efo Julie."

Cododd Julie ei phen pan glywodd hi ei henw. "Be amdana fi?"

"Jyst deud o'n i bod hwn o adag yr alltaith," medda fi, gan syllu ar y sgribls. Daeth Julie draw i edrych dros fy ysgwydd i, ond dyna pryd y sylwais i 'mod i'm 'di disgwyl i neb arall ddarllen fy field notes i. Ar y papur, mewn du a gwyn blêr, o'dd 'na frawddeg am ba mor dda o'dd Eigra yn ogleuo!

Cymerodd Julie y llyfr oddi arna i, ac edrych yn fanwl arno fo. O'n i'n teimlo'r gwaed yn rhuthro i fy wyneb. Ma'shwr 'mod i 'di troi'n binc llachar, ac o'dd twrw 'nghalon i'n drymio yn fy nglustiau. "Gad o efo fi, dwi'n meddwl medra i weithio fo allan," meddai Julie, a buodd bron i fi ffeintio.

Shrygiodd Eigra a mynd yn ôl at ei gwaith, ond o'n i'n methu â symud, doedd na'm gwaed yn fy nghoesau.

"Dwi'n siŵr bod genna i nodiadau eitha tebyg, am y snípur," meddai Julie yn ddistaw. "Ella y bydd rheini'n ddefnyddiol. Mor ddefnyddiol, na fydd angen i ni drio gneud sens o hwn!" Rhoddodd y darn papur yn ôl i fi, ac ro'n i'n ysu am gael ei roi o ar dân. Ma'shwr 'mod i mor boeth, fysa dal y papur at fy moch wedi cynnau fflam.

Y noson honno, ar ôl i ni orffen gwaith a bwyta chydig o'r bwyd o'dd ar ôl, doedd neb ar frys i fynd nôl i'r tŷ ac i'n gwelyau.

"Neith yr arth ddod yn ôl heno, 'dach chi'n meddwl?" gofynnodd Eigra.

"Ydi hi allan yna'n barod? Sut fysan ni'n gwybod?" medda fi. "Dwi'n teimlo'n bod ni di'n trapio yn fa'ma tan i ni wybod ei bod hi 'di mynd. Ond eto, sut 'sa hi'n gallu gadael yr ynys, os doth hi ar ddarn o rhew?"

"Ella'i bod hi 'di hen symud ymlaen. Ac mae'r reiffl gynnon ni, dydi? Fedran ni fod lot mwy gofalus o ran ei gario fo o gwmpas rŵan, a chadw llygad allan. Ma'r ynys yn eitha mawr, ella na welwn ni mohoni hi byth eto." O'dd

Morgan yn swnio mor bositif, ond o'n i'n gwybod eu bod nhw, hefyd, yn trio confinsio'u hunain. Nes ein bod ni'n acshyli gweld yr arth yn neidio ar ddarn o rew ac yn rhwyfo i ffwrdd tua'r gorwel, doedd yr un ohonan ni'n mynd i goelio ei bod hi 'di mynd. Gafaelon nhw yn llaw Martha, a rhoddodd hithau ei braich o'u cwmpas nhw. Plygodd y ddau fel bod eu pennau'n pwyso'n erbyn ei gilydd, ac aros fel'na, yn gysur i'w gilydd.

Sylwais i gymaint o'dd gwallt Morgan wedi tyfu ers ni fod yma. Pan gyfarf'on ni ar Ny-Ålesund, gwallt byr o'dd gynnyn nhw, fel pixie cut, ond rŵan o'dd o fel bob, ac o'dd gwallt Martha i lawr at ei phen-ôl. Rhedais law drwy 'ngwallt fy hun, o'dd yn dod i lawr heibio fy ysgwyddau, erbyn hyn, ac efo rŵts mawr tywyll, hefyd. Do'n i'm 'di gweld fy hun mewn drych yn iawn ers oes, ac yn bur anaml heb het ar fy mhen, yn enwedig rŵan bod 'na ddim gwres a dim ffordd i gael cawod go iawn.

"Fydd rhaid i ni aros tan y bora, a gweld os 'di wedi bod yn ôl, felly, a dechra hel data, fel 'dan ni di'i neud efo'r snípur," medda fi. O'r diwedd, syniad da! O'dd hi 'di bod lot rhy hir ers i fi gael un o'r rheini.

"Ydi hi allan yna, rŵan?" gofynnodd Eigra.

Aeth Julie draw at y ffenast. "Fedra i ddim ei gweld hi, ond ma'r ffenast yn fudr."

"Shit," meddai Morgan, o'dd wedi mynd at y ffenast ar ochr cefn yr adeilad. "Ma hi nôl."

Aeth ias o ofn drwy bawb ar unwaith, nesh i ei deimlo fo'n mynd drwy'r labordy fel gwynt brwnt. Helodd pawb o gwmpas y ffenast ac edrych allan i weld yr arth yn pawennu drwy'r pentwr o eira o'dd wedi bod yn cadw'r bwyd yn saff.

"Sut ma hi'n gwybod fod o yna?" sibrydodd Eigra. "Ma bob dim mewn pacad."

"Ma hi'n dal yn medru eu hogleuo nhw, dydi? Ac yn cofio ers ddoe, ma'shwr," sibrydais yn ôl.

O'dd yr arth yn fwy nag o'n i di'i ddychmygu, a'r cyhyrau yn ei chorff mor amlwg, wrth iddi wthio trwy'r eira heb drafferth, a dechrau ffroenio a brathu'r pecynnau o fwyd. Tro 'ma, ton o siom a olchodd dros y pump ohonon ni.

"Fydd na'm byd ar ôl," meddai Julie, mewn llais wedi'i threchu.

Edrychodd yr arth i fyny'n sydyn. O'dd ei llygaid mawr, duon, yn edrych i fyw ein llygaid ni. Mae'n rhaid nad o'dd hi'n gweld hyn fel bygythiad o unrhyw fath – pum pâr o lygaid ofnus yn edrych i fewn i'w rhai hi – oherwydd aeth hi'n syth yn ôl at y bwyd.

Tynnodd bopeth allan o'r eira, ac ogleuodd bob un darn, gan ei gnoi neu ei bawennu i un ochr.

"Dyma maen nhw'n neud," meddai Morgan, "maen nhw'n astudio bob un peth newydd. Os oes 'na arth yn dilyn chdi, ti fod i biso ar y llawr neu daflyd dilledyn, chos wnawn nhw stopio i ogleuo fo, i weld be 'di o, a gei di fwy o amser i ddenig."

"Be am i ni fynd allan a saethu'r gwn fflêr, a'i dychryn hi i ffwrdd?" medda fi.

"Ella bod hynna'm yn syniad rhy ddrwg. O leia 'sa hynny'n rhoi amser i ni redeg i'r tŷ, a gawn ni fynd i'n gwelyau heno? Dwi'm yn ffansi aros yn y lab drwy'r nos."

"Ond be os 'di ddim yn dychryn," gofynnodd Eigra, "a'i bod hi'n mynd yn flin ac yn dod amdanan ni?"

"Wel," medda fi ar ôl i neb ateb am chydig, "ma gen ti'r reiffl, does?"

O'n i'n gwybod beth o'dd pawb yn ei feddwl. Ddylsen ni ddim lladd yr arth. O'dd eirth gwyn yn brin, fysa plentyn ysgol yn gwybod hynny. Ond o'dd y pump ohonan ni'n brin, hefyd.

"Tyd," medda fi, gan fynd am y drws, "nawn ni ddychryn hi ffwrdd, a gawn ni fynd i gwely, a trio penderfynu'n cam nesa yn y bora. 'Dan ni 'di bod wrthi drwy'r dydd efo'r nodiadau, ma pawb 'di blino. Unwaith 'dan ni'n saff, gawn ni amser i feddwl."

Ddudodd neb ddim wrth i Eigra a finnau roi'n siwtiau eira ymlaen. Cododd hi'r reiffl, a rhois innau'r menig trwchus ymlaen, gan neud yn siŵr 'mod i'n dal yn medru saethu'r gwn fflêr efo nhw.

"Be am i ni gyd gael ein hunain yn barod i redeg draw at y tŷ, felly?" cynigodd Morgan.

Felly dyna beth ddaru ni, efo'r teimlad hwnnw yn ein stumogau fath â pan ti'n aros dy dwrn mewn stafell deintydd, hen deimlad annifyr fod rhywbeth poenus neu ddychrynllyd ar fin digwydd, ond bo' chdi'm yn siŵr yn union beth.

Tasan ni'n gwybod, fyswn i wedi cynnig mynd allan y noson honno? Ella y byswn i. Ella mai dyna o'dd yr unig ffordd. Dyna dwi'n ei ddeud wrtha fi'n hun hyd heddiw. Ella 'mod i bron yn coelio fy hun, erbyn hyn.

Camodd Eigra allan o'r labordy yn ofalus, a dilynais hi efo'r gwn fflêr. Doedd yr un ohonon ni'n gwybod beth i'w ddisgwyl, ond doedd na'm trafodaeth, 'mond greddf. Yn dawel, un cam araf ar y tro, aethon ni o gwmpas yr adeilad.

Er ei bod hi'n ddigon golau tu allan, o'dd yr haul yn isel, a theimlais i 'mod i'n colli'r golau llachar o'dd yn arfer bod yn oleufa rhwng y ddau adeilad. Teimlai'r rhan yna o'r ynys – y darn tywyll rhwng y tŷ a'r labordy – yn fygythiol, rŵan. Llawn cysgodion.

Clywson ni'r arth. Camu rownd y gongol. Araf bach.

Pawennau cryfion, yn rhawio drwy weddill ein bwyd ni. A dim hyd'noed yn ei fwyta, jyst yn ei ddifetha.

Sylwais, drwy gongol fy llygad, fod Eigra wedi codi'r reiffl.

O'dd hi'n anelu.

"Eigra, na!" sibrydais.

Clywodd yr arth.

Cododd y pen enfawr, a safodd yn edrych arnan ni. Corff mawr, crwn, bron yn felyn. Bron bod ei phen yn rhy fach i'r corff fel casgen. Coesau fel boncyffion. Llygad yn llygad, yr un taldra.

Nes iddi godi i fyny ar ei choesau ôl.

Yna ro'n i'n rhedeg, ac Eigra wrth fy ochr i, yna o 'mlaen, ac yna yn agor drws y tŷ. Edrychais dros fy ysgwydd, ac o'dd Martha, Morgan, a Julie yn rhedeg, hefyd, yn dod am ddrws y tŷ. Felly, lle o'dd yr arth?

Sefais yn fy unfan, gan sylwi 'mod i'n dal i afael yn y gwn fflêr.

"Ewch, ewch, rhedwch!" gwaeddais i, gan eu chwifio nhw i fewn, un ar ôl y llall, gan ddal y gwn yn amddiffynnol.

A dyna hi, yr arth, yn dod allan o'r cysgodion. Wrth weld y tri yn rhedeg, dechreuodd hithau redeg hefyd.

Cyn i fi wybod beth o'n i'n ei neud, o'n i wedi rhedeg heibio'r drws. Dilynodd yr arth.

Clywais i'r sŵn, fel sŵn ceffyl yn carlamu ar f'ôl i, ceffyl ar bawennau mawr trwm, mwy na 'ngwyneb i.

"NIA!" Daeth y floedd, ac arafodd yr arth, am eiliad?

Efallai, a throis dros fy ysgwydd i saethu fflêr, ond welish i ddim lle'r aeth o.

O'n i'm yn gwybod 'mod i'n medru rhedeg mor gyflym, o'dd yr aer yn chwibanu yn fy nghlustiau.

Cofiais i eiriau Morgan, a thaflais i'r gwn fflêr ar lawr, gan obeithio y bysa'r arth yn stopio i'w ogleuo.

Troais, ac mi o'dd hi, ond 'mond am hanner eiliad, yna cododd ei phen a dod amdana i, yn fwy hamddenol y tro 'ma. Rŵan 'mod i ar fy mhen fy hun, a'r arth ar lwgu, o'dd yn rhaid iddi fod yn strategol.

Tynnais faneg, a'i thaflyd at yr arth, cyn brasgamu am yn ôl, troi, a rhedeg.

'Mond angen cyrraedd y drws o'n i, naill ai'r labordy neu'r tŷ, doedd ots erbyn hyn.

Gwelais Eigra wrth y drws, yn anelu'r reiffl, ac fy ymateb awtomatig – o weld hyn – o'dd trio osgoi llwybr y gwn, er 'mod i'n gwybod nad fi o'dd hi'n gobeithio'i saethu.

Llithrais.

Ar lawr, yn hanner ymwybodol fod r'wun yn galw fy enw i a bod arth yn nesáu, nesh i'r unig beth fedrwn i ei neud.

Rowliais o dan yr adeilad.

Ar y llawr oeraidd, tywyll, gorweddais ar fy nghefn, fy ngwaed yn rhuo yn fy nglustiau.

Ai gwn yn cael ei saethu, ta drws yn cau, o'dd y glep a glywais i?

Casglai fy anadl yn gymylau uwch fy wyneb, a hwnnw'n dod mor gyflym, nes bod na'm amser i'r anwedd glirio.

Fa'ma welais i'r snípur, a'i dagio fo, pan o'dd yn rhaid i Morgan 'nhynnu fi allan gerfydd fy nghoesau. Felly doedd na'm posib i arth ddod i fewn i'r gofod bach oer, efo llawr caled fel llyn 'di rhewi, a dim hyd'noed eira i gynnig chydig o feddalwch, nag oedd?

Clywais dwrw rhochlyd o'r chwith i fi. Edrychais draw at y fynedfa lle o'n i wedi rolio i fewn. O'dd o'n edrych mor gul, sut o'n i 'di medru stwffio'n hun drwadd mor gyflym?

Dim ond ffroenau mawr yr arth o'dd yn medru cyrraedd o dan yr adeilad, a daeth ei hanadl fel tarth, a theimlais i'r anwedd cynnes ar fy wyneb.

Cyfogais, ond ddoth na'm byd i fyny, diolch byth, gan fod na'm lle i fi droi ar f'ochr i chwydu.

Yna pawen... pawen efo blew hir melynwyn a phadiau du tywyll. Gwinedd trwchus fel crymanau. Doeddan nhw'm yn edrych yn finiog iawn, ond doedd dim angen iddyn nhw fod, o'dd y pŵer y tu ôl iddyn nhw yn ddigon.

Daeth y pen eto, fel ci yn trio cyrraedd bisgit o'dd wedi disgyn o dan y soffa.

O'dd fy nannedd i'n clecian. Ro'n i'n crynu, efo oerni ta adrenalin, do'n i ddim yn siŵr.

Lle o'dd Eigra? Pam fod neb yn saethu, neu'n helpu fi?

Grandawais yn ddistaw, ond dim ond sŵn fy anadl, a 'nghalon, a'r arth yn rhochian ac yn pawennu'r ddaear yn ofer, o'dd yn bodoli yn fy myd bach tywyll o dan y labordy.

Doedd dim golau, na ch'nesrwydd, yn medru cyrraedd fan hyn. Diolchais mai o dan yr adeilad efo gwres o'n i, o leia, ac nid y tŷ. O'dd hynny'n rhywbeth.

Dim ond un faneg o'dd gen i, cofiais.

Daeth y syniad o g'nesu'n llaw drwy'i rhoi hi i lawr fy nhrowsus, neu i fyny'n siwmper, ond doedd na'm digon o le i fi neud... o'dd yr adeilad bron yn twtjiad fy nhrwyn, ac ro'n i'n gwisgo'r siwt eira. Drwy wiglo a defnyddio'r llawr i wthio llawes y siwt eira, llwyddais i dynnu'r rhan fwyaf o'n llaw i fewn i fraich y siwt. Caeais fy mysedd mewn dwrn, i gadw'r gwres i fewn.

Mae'n rhaid 'mod i wedi disgyn i gysgu, neu 'di pasio allan, ond clywais lais yn galw, ac o'dd y llais yn agos.

"Nia! Ti'n fyw?" Eigra o'dd yna, yn sgleinio tortsh i fewn arna i.

Pa mor hir o'n i 'di bod yna? Doedd gen i'm egni i agor fy ngheg i ateb.

"Ma hi'n blincio, ma hi'n fyw!"

Diflannodd y dortsh.

Sŵn siffrwd, a r'wun yn dod yn nes. Yr arth?

Daeth rhyw dwrw allan ohona i, rhywbeth tebyg i riddfan. Yna, o'dd 'na bâr o ddwylo yn gafael yn y siwt eira wrth fy sgwyddau.

"Iawn!" gwaeddodd Eigra, a dechreuais i gael fy llusgo am yn ôl.

Daeth golau dydd i'r golwg, ac o'dd dau wyneb yn edrych i lawr arna i, wrth i fi orwedd yn yr eira.

"Nia, ti'n iawn?" Daeth wyneb Morgan yn agosach, a golwg bryderus arnyn nhw. O'n i'n cymryd y wybodaeth yma i gyd i fewn o bell, a rhywsut, do'n i ddim yn medru ateb – er 'mod i'n gwybod y geiriau yn fy mhen. O'n i 'di rhewi?

"Mewn sioc, ma'shwr. Tyd, helpa fi," meddan nhw, gan gymryd un o 'mreichiau a'i rhoi o gwmpas eu sgwyddau.

Gwnaeth Eigra yr un peth ar yr ochr arall, a theimlais ddau bâr o freichiau'n fy nghodi fi i fyny, ac yn fy helpu i i faglu'r ffordd tuag at y tŷ. O'dd yr haul yn gynnes. Faint o amser o'dd wedi bod?

"O, mai God, Morgan. Sbia ar ei llaw hi," meddai Eigra.

Beth o'dd yn bod ar fy llaw i?

"Arth," mwmblais o'r diwedd.

"Na, does na'm arth. Tyd i'r tŷ, " meddai Morgan.

Pam eu bod nhw mor wirion, meddyliais. Wrth gwrs fod 'na arth... Pam arall o'n i 'di bod yn cuddiad mewn gofod bach cul, oer, am oriau. Neu ddyddiau? O'dd fy ngheg i mor sych, a doedd gen i'm teimlad ar ôl yn fy nghorff.

Caeais fy llygaid. O'ddan nhw mor drwm. Teimlais bedwar pâr o ddwylo yn fy nghodi i i fyny, ac yna o'dd 'na fatres meddal o dana i. Tynnodd r'wun fy sgidiau. Disgynnodd blancedi drosta i, ac yna daeth pedwar corff cynnes i orwedd o 'nghwmpas i.

Yn araf bach, daeth c'nesrwydd yn ôl. Yng nghanol y dent, o'r diwedd.

Agorais i fy llygaid. Uwch fy mhen, o'dd 'na lantar yn hongian, ac o 'nghwmpas, pedwar wyneb yn syllu arna i.

"Nia, ti'n effro!" Daeth wyneb Eigra reit i fyny ata i, a mwythodd fy mhen efo'i thrwyn, fel cath.

"Fedri di ista fyny? Ti angen yfad dŵr." Daeth braich Morgan o dana i, a chodon nhw fy mhen, ac wedyn fy nghorff, nes 'mod i ar fy ista. O'n i'n teimlo mor wan.

Estynnais law i rwbio fy wyneb, ond gafaelodd Eigra yn fy ngarddwn a'i thynnu nôl i lawr. Nesh i sbio arni'n wirion, ac mi wenodd hi nôl. O'dd pawb yn bod yn rhyfedd.

"Be ddigwyddodd?" gofynnais. Daeth potel o ddŵr o rywle, un o'r fflasgiau efo gwelltyn, ac mi yfais i'n awchus tan i r'wun ei dynnu fo oddi arna i.

"Dim gormod ar unwaith. Sut wyt ti'n teimlo?" gofynnodd Julie.

"'Di blino. Ac yn conffiwsd. Be ddigwyddodd?" gofynnais eto, yn mynnu cael ateb tro'ma.

"Wel," cychwynnodd Eigra, "ar ôl i ti fynd o dan yr adeilad, o'dd yr arth yn trio cael gafael arna chdi. Wedyn, dwi'n meddwl ei bod hi 'di sylwi arnan ni, ac mi ddoth am y drws, felly dyma ni'n ei gau o, ac o'dd hi allan yna am yn hir wedyn. Dwi'n meddwl ei bod hi'n llwgu, ac wedi penderfynu mai bwyd o'ddan ni. O'ddan ni'n methu mynd atat ti, chos bob tro o'ddan ni'n agor y drws, o'dd hi'n dod amdanan ni."

"Pam ddaru chi ddim ei saethu hi?"

Distawrwydd.

"Do'ddan ni'n methu penderfynu o'ddan ni am neud neu beidio," meddai Martha o'r diwedd. "O'dd rhai ohonan ni'n gobeithio fysa hi'n mynd, heb fod angen i ni ei lladd hi, a rhai isho brysio allan yn syth. Ond o'ddat ti mewn siwt eira, o'ddan ni'n eitha sicr fysa chdi'n saff o dan y labordy am chydig. Do'ddan ni'm yn gwybod fod..."

"Be? Ddim yn gwybod fod be?" medda fi, a'r panig yn codi yn fy ngwddw.

"Bo' chdi 'di colli maneg," gorffennodd Eigra y frawddeg.

O'dd yr ias yn ei ôl, ond ar y tu fewn tro'ma.

Llyncais fy mhoer, a chodi'n llaw chwith o 'mlaen. O'dd y bysedd yn biws, coch, a gwelw, a swigod wedi codi arnyn nhw. Doeddan nhw ddim yn symud yn iawn.

"Sut mae nhw'n teimlo?" gofynnodd Eigra yn ddistaw.

Yn sydyn, ro'n i'n teimlo fel r'wun ar ward sbyty, efo ffrindiau 'di dod i ddangos sympathi. O'dd pawb yn edrych arna i fel 'o, bechod'.

"Numb, a sort of... tinglo?"

"Tinglo, ocê, ma hynna'n arwydd da," meddai Morgan. "'Dan ni angen gweld sut ma'r gwaed yn llifo, ond fysa'n well ni neud hynny yn y lab."

O'n i'n edrych ar y fodrwy aur, yn gwasgu i fewn i'r croen o'dd wedi chwyddo ar fy mys. Do'n i ddim angen mynd i'r labordy i wybod fod pethau ddim yn edrych yn dda. Efallai y bydda'n rhaid i ni dorri'r fodrwy i ffwrdd, rhag ofn iddi neud pethau'n waeth. Cofiais am y pleiars y defnyddiais i i dynnu dant Julie.

Mae'n rhaid 'mod i wedi disgyn i gysgu.

Pan ddeffrais i eto, o'n i ar fy mhen fy hun. Tynnais y flanced yn dynnach o nghwmpas efo'n llaw dde. Penderfynais i beidio ag edrych ar y llaw chwith.

Tywyllwch. Oerni. Ffroenau arth yn agosáu, a do'n i'm yn medru symud. Rhywle, yn y pellter, o'dd r'wun yn galw fy enw i.

"Nia, deffra. Ma'n rhaid i ti fwyta rwbath." Daeth llais Eigra drwy'r freuddwyd. "Ti'sho ista fyny?"

Efo help Eigra, tynnais fy hun i fyny ar fy ista. Faint o

ddiwrnodau o'n i di'u treulio yn y nyth? Rhoddodd Eigra gwpan o ddŵr wrth fy ngwefus, ac mi yfais i o i gyd mewn un.

"Cymera hwn," meddai, gan roi powlen o fwyd i fi. Doedd na'm llawer ynddi, chydig o lwyeidiau.

Estynnais am y bowlen efo un law, a'r llwy efo'r llall, a rhewais.

O'dd y bysedd ar fy llaw chwith wedi troi'n dywyll, ac o'dd 'na swigod duon ar y bys bach a'r bys modrwy. Ar y lleill, o'dd y croen yn dechrau plicio i ffwrdd. Er 'mod i wedi bod ar lwgu eiliadau yn ôl, rŵan o'n i'n teimlo'n swp sâl. Gwthiais i'r bwyd yn ôl tuag at Eigra.

"Na. Ma'n rhaid i ti fwyta. Dwi dan orchmynion gan y lleill, dwi am aros yma efo chdi nes bod bob tamad 'di mynd, wedyn 'dan ni'n mynd i'r lab. Gei di folchi, a wedyn ma'n rhaid i ni neud rwbath am dy law di."

Cymerais anadl fawr, ddofn, a'i chwythu allan yn araf deg.

"Rwbath fel be?" gofynnais o'r diwedd.

"Dwi'm yn siŵr, ond fyddan ni gyd yna i helpu. Paid â poeni rŵan, jyst byta dy fwyd."

Dyna nesh i, yn araf bach.

"Nia, dwi'n sori." O'dd dagrau yn llygaid Eigra.

"Hei, paid â bod yn sori. O'ddan ni gyd yn rhedeg oddi wrth yr arth, doedd na'm amser i feddwl. Fi ddaru dynnu'i sylw hi'n y lle cynta, de?"

"Do'n i'm yn mynd i'w saethu hi. Jyst rhag ofn – dyna pam o'n i'n anelu'r reiffl. Rhag ofn iddi fynd amdana chdi." Daeth y dagrau'n rhydd, a llifo i lawr ei bochau.

Plygais ymlaen a chusanu bob deigryn oddi ar ei chroen. Blas hallt, blas corff.

Yna, o'dd 'na wefusau meddal ar fy rhai i, tafod Eigra yn boeth yn fy ngheg i. O'dd bob modfedd ohona i'n teimlo'n gynnes, yn iawn. Doedd hyn ddim fel snogio Huw, lle mai'r disgwyliad, wedyn, fydda'n bod ni'n cael secs. Cusan cyflawn o'dd hwn, o'dd y ddwy ohonan ni'n cael jyst bodoli yn y foment yma. Tu ôl i'n llygaid i o'dd Llewyrch yr Arth, yn troi'n wyrdd, piws, coch, glas. Croen meddal Eigra a'i thafod gwlyb... dwylo oer yn teithio dros fy ngwddw i. Ar ôl amser hir, eiliadau byrion, tynnodd hi i ffwrdd ac edrych arna i, fodfedd oddi wrth fy wyneb i. Golwg gynnes, gysurol, ond hefyd golwg o dristwch, euogrwydd.

"Dim bai chdi 'di hyn, dwi'n gaddo i chdi Eigra. Diolch am fod yma i fi."

Gwenodd hi'n ddewr wedyn, a 'ngwylio fi'n bwyta nes 'mod i bron â llyfu'r bowlen yn lân.

"Rhaid i ni fynd i'r lab rŵan, felly?" O'n i'n methu â chadw'r cryndod o'n llais i.

"Ma pawb yn aros amdanan ni," meddai Eigra fel esboniad. "A does neb 'di gweld yr arth ers... wel, does neb 'di gweld hi wedyn. Ma'r reiffl genna i."

Am 'mod i 'di bod yn llonydd am ddyddiau, ar ôl arfer cerdded ar hyd a lled yr Ynys, bron bob dydd, o'dd fy nghoesau i'n teimlo'n wan. Mae'n rhaid 'mod i'm 'di bwyta nac yfed llawer yn ddiweddar, chwaith. Efo help Eigra, es i draw i'r labordy. Teimlwn i'r adrenalin yn carlamu drwy 'ngwythiennau, wrth feddwl y gallai'r arth fod allan yna'n rhywle.

Edrychai bob darn o eira, bob twmpath bach, fel arth yn barod i ymosod.

Ond wedi eiliadau hir a llafurus ro'ddan ni'n y labordy – efo'r drws wedi'i gloi ar ein holau.

Ymestynnodd Martha banad tuag ata i.

Teimlais y gwpan yn gynnes yn erbyn fy llaw dde, ond dim byd ar y chwith. Gadewais i'r diod poeth losgi i lawr fy ngwddw, ac i lawr drwy 'ngholuddion.

"Barod?" gofynnodd Martha, efo gwên garedig, a rhoddodd un law ar fy ysgwydd i.

Tu ôl iddi, gwelais Morgan a Julie yn aros efo powlen, a stêm yn codi ohoni. O'dd 'na offer wrth y bowlen, ond penderfynais i beidio ag edrych yn rhy ofalus.

Dilynais i Martha yn ufudd, a daeth llaw fach gynnes i afael yn f'un i. Eigra. Gwasgodd fysedd fy llaw dde i, a gwasgais innau'n ôl. Doedd dim amdani.

O'dd hi'n amser wynebu'r difrod.

Yn y bowlen o ddŵr cynnes, o'dd fy nwylo i'n dechrau c'nesu'n braf. O'n i'n gwrthod edrych arnyn nhw. Bob hyn a hyn, o'n i'n wiglo 'mysedd. Ond o'n i'n methu teimlo'r ddau fys bach ar y llaw chwith, a ddim yn siŵr o'ddan nhw hyd'noed yn symud o gwbwl.

"Iawn, ma hynna'n ddigon o amser, gad i ni weld," meddai Morgan, gan osod tywel ar y fainc. Cymeron nhw 'nwylo i'n andros o dyner, a'u gosod nhw ar y tywel. O'n i'n teimlo fath â 'mod i ar fin cael manicure. Lledaenais fy mysedd, a rhoi 'nwylo yn fflat ar y bwrdd. O'dd fy llaw dde i wedi troi'n binc yn y dŵr, ac yn edrych yn ddigon iach, heblaw am y golwg o'dd ar fy ngwinadd ar ôl bod ar yr ynys am fisoedd. Ar y llaw chwith, o'dd y bawd a'r ddau fys cyntaf yn binc, er bod na'm golwg rhy ddel arnyn nhw, ond o'dd y bys modrwy a'r bys bach yn flotiau du a gwyn i gyd, fel bysedd r'wun 'di marw.

"Nia, ti'n gwybod be ma hyn yn ei olygu?" gofynnodd Martha, gan blygu i lawr o 'mlaen i.

"Yndw." Doedd na'm pwynt smalio bod hyn ddim yn wir, bellach. O'dd y bysedd 'di marw, ac o'dd rhaid cael gwarad arnyn nhw cyn iddyn nhw ddechrau gwenwyno 'nghorff i, os nad o'dd hi'n rhy hwyr yn barod. "Pwy sy am neud?"

O'n i'n cofio fod Martha yn eitha squeamish, a do'n i'm yn meddwl y bysa neb yn rhy cîn ar y job, ond ma'shwr eu bod nhw wedi bod yn trafod am yn hir cyn i Eigra ddod i'n nôl i.

"Dwi am neud," meddai Eigra, gan fy synnu i, braidd. "Dw i'n gwybod bod o'm yr un peth, ond nesh i dreinio fel nyrs am dipyn. Dwi 'di neud ambell procedure bach... dim byd fel hyn, yn amlwg. Ond fedra i handlo fo."

"Handlo! Haha, pun intended," medda fi. Edrychodd pawb yn anghyfforddus.

Teimlais i law Julie ar fy llaw dde o'dd wedi'i chau'n ddwrn ar fy nglin. Agorodd hi'r bysedd, a rhoi rhywbeth yng nghledr fy llaw i. Edrychais i lawr a gweld dant yn ista yna. Dant Julie, yr un dynnais i. Nodiais arni, i ddangos 'mod i'n dallt. Nesh i ei helpu hi drwy hynny, ac o'dd hi yma i fi rŵan. Caeais fy llaw o amgylch y dant, a chymryd anadl.

"Iawn, dewch ta. Dim point dragio'r peth allan."

Chwarae teg, o'ddan nhw'n barod. Mi ddoth Martha a Julie i ista bob ochr i fi, a gafael yn'a i, fel taswn i'n cael hyg fawr – y cig mewn bechdan fach gyfforddus.

O'dd Eigra a Morgan wrthi efo'u hoffer, yn llnau ac yn paratoi'r fainc, er mwyn torri'r ddau fys i ffwrdd.

Ar y dechrau, doedd na'm poen o gwbwl.

"Be 'dan ni am neud, Nia, ydi cymryd y migwrn cyfan oddi ar y ddau fys, fel bo' ni'm yn torri'r asgwrn, a wedyn nawn ni wnïo'r fflap o groen yn ôl i lawr yn daclus o gwmpas hynny."

Nesh i ddim ateb. I beth? Dyna o'dd yn gorfod digwydd, de.

Anadlodd Julie a Martha yn ddyfn, i fewn ac allan, i fewn ac allan, a nes innau'r un peth. Fel tonnau ar y môr, o'dd ein hanadl ni'n codi ac yn disgyn yn gydamserol. O'dd eu cyrff nhw'n ehangu i wasgu f'un i, a wedyn yn llacio ac yn gadael i fi arnofio, yna'n cydio yndda i eto. Caeais fy llygaid. Ar y môr, yn gynnes, yn nofio yn y dŵr yn ddiogel. Dyna lle o'n i.

Rhywle yn y pellter o'dd y boen. Poen goeth, bur. Poen goch, lachar, yn llifo ohona i.

Ond yn y pellter o'dd honno. Rhwng cyrff Martha a Julie o'n i, yn y groth yn cael fy aileni, fy adnewyddu, yn metamorffio. Arth o'dd wedi ffurfio'r Nia hon, ac arth o'n innau'n mynd i fod, hefyd. Cryf, pwerus, ysglyfaethus.

Sylwais i 'mod i'n crio, ac yn sydyn, o'n i'n beichio crio – yn griddfan, ond yn dal i arnofio yn anadl Martha a Julie. O'ddan nhwythau'n crio, hefyd, dwi'n meddwl. Rhwng eu cyrff cadarn, cariadus, o'dd ein dagrau a'n beichiadau ni'n cymysgu fel un.

Dwi'm yn gwybod pa mor hir fues i'n troedio'r dŵr yn eu cefnfor, ond o'r diwedd, distewodd y ddau, ac o'dd bob deigryn wedi sychu ar fy mochau stiff. O'n i mor flinedig.

"Paid â sbio eto," meddai Julie, wrth Martha gymaint ag wrtha innau, dwi'n meddwl.

O'dd y boen fel curiad calon yn fy mysedd, neu lle o'dd y

bysedd yn arfer bod. Daeth Morgan draw efo powlen o ddŵr a sebon, a'i dollti dros y bwrdd. Heb i fi sylwi, o'n i 'di ymateb i hyg Martha a Julie, ac o'dd fy llaw chwith i – mewn bandij enfawr, coch – yn gafael amdanyn nhw. Yn araf, datglymodd y ddwy eu hunain o 'mreichiau i, a dechrau helpu i glirio'r gwaed.

"Dŵr di'r rhan fwyaf ohona fo, cofia, paid â dychryn," meddai Julie, gan gymryd mop gan Eigra a dechrau llnau'r llawr o gwmpas fy nhraed.

Ond o'dd y dŵr yn drwchus, ac yn dywyll.

Edrychais ar y bandij. Doedd na'm ffordd i fi wybod sut olwg o'dd ar y llaw o dano fo, ond o'n i'n medru dychmygu.

"Julie, ti 'sho hwn yn ôl?" cynigais y dant iddi.

"Ti'n gwybod be, ella'i bod hi'n amser cael gwarad o hwn, hefyd," meddai hi, gan ei gymryd o gen i. *Hefyd*. Yn ogystal â 'mysedd i, dyna o'dd hi'n ei feddwl.

Steddais i am yn hir, yn yfed y dŵr poeth o'dd rh'wun di'i roi mewn cwpan o 'mlaen i, a'r cwpanaid nesaf ges i ar ôl hwnnw. O 'nghwmpas i, o'dd pawb yn llnau ac yn sgwrio, a neb yn edrych arna i. Rhoddodd r'wun flanced dros fy sgwyddau.

Ar ôl i bob dim gael ei llnau, er bod 'na staen coch yn mynd i fod yna am byth, am wn i, daeth pawb i ista.

"Sut wyt ti?" gofynnodd Morgan.

"Iawn, dwi'n meddwl. Diolch, pawb. A diolch am achub fi."

Rhoddodd Eigra rywbeth yng nghanol y bwrdd.

Y fodrwy ddyweddïo.

"Ti'sho ei rhoi hi ar dy law dde?" gofynnodd, ond er iddi'i thrio hi ar bob un o 'mysedd, o'dd hi'n rhy fach neu'n rhy fawr i ffitio'n iawn. "Be am ei rhoi hi ar y gadwyn, yn lle'r bluen eira?"

"Na! Dwi 'sho cadw hon," medda fi. "Tyd â dy law yma."

Rhois i'r fodrwy ar fys Eigra. O'dd hi'n ffitio'n berffaith.

"Diolch," medda fi, "am be 'nest ti heddiw. Ac am bob dim ti di'i neud i fi, o'r cychwyn un, yma ar Ynys Safísk. Dwi'n caru chdi, 'sti, Eigra."

Dwi'm yn siŵr pwy gusanodd pwy gyntaf, ond mwyaf sydyn dyna o'dd yn digwydd, ac o'dd ei gwefusau mor feddal a pherffaith ar fy rhai i. O'dd ogla Eigra o 'nghwmpas i, ogla fel blodau gwyllt yn y gwanwyn. Daeth "oooo" gan bawb arall – gan dorri'r swyn, dipyn bach – ond pan edrychais i o 'nghwmpas, o'dd pawb yn gwenu.

"Ga i fod yn gwsberan rŵan, felly, caf?" gofynnodd Julie, gan dynnu coes.

"Wel, gan fod y peth 'di codi…" dechreuodd Morgan rannu.

"Jyst ffrindiau da fydd Morgan a finnau," meddai Martha, ar yr un pryd. "'Dan ni am gadw petha'n broffesiynol," ychwanegodd yn gadarn, ar ôl saib byr ond ocwyrd iawn.

Edrychodd Eigra a finnau – o'dd wedi clwad Morgan a Martha yn 'bod yn broffesiynol' efo'i gilydd, ganol nos, fwy nag unwaith cyn heddiw – ar ein gilydd, a chododd hithau ei haeliau arna i.

Rhoddodd Morgan eu braich am Martha a rhoi hanner hyg iddi, cyn tynnu'u braich yn ôl, eto.

"Falch bod bob dim yn mynd i aros yn 'broffesiynol' o gwmpas y lle 'ma," medda fi'n sych, gan edrych ar yr hoel gwaed a'r llanast, y pentwr o offer trydanol doedd ddim yn gweithio, bellach, a'r holl bapurau a nodiadau o'dd ar y bwrdd pellaf.

O'r diwedd, glaniodd un o'n jôcs i, a chwarddodd pawb. O'dd hi'n braf cael chwerthin. Chwerthin efo 'nheulu.

O'n i 'di disgwyl teimlo'n wael ar ôl y llawdriniaeth, ond ar ôl y dioddefaint, o'n i'n teimlo'n well nag o'n i di'i neud ers yn hir. O'dd r'wun yn newid y bandij i fi'n ddyddiol (ac ro'n i'n edrych i ffwrdd bob tro) ond erbyn y trydydd diwrnod, o'dd yr un newydd yn aros yn wyn, a doedd na'm hoel gwaed.

Fuodd na'm golwg o'r arth, wedyn, ac os o'dd y prydau bwyd yn mynd yn llai bron yn ddyddiol – ac mai ond dau bryd yr un o'ddan ni'n ei gael, bellach – do'n i ddim am godi'r peth. O'dd pawb yn trafod y peth, yn ddistaw bach, dw i'n meddwl, ond o'n i'n cael fy ngwarchod. Bob nos, o'dd Eigra a finnau'n dal ein gilydd, ac yn cadw'n gilydd yn gynnes.

O'dd y nodiadau i gyd wedi cael eu trefnu, ac ro'ddan ni'n dal i weld snípur o gwmpas y lle, ac wedi dechrau cofnodi bob dim fedren ni; nodiadau bach ar y map o le o'ddan nhw, neu beth o'ddan nhw'n ei neud. Dechreuodd Julie greu lluniau bach manwl ohonyn nhw, ac o'dd hi'n un dda am dynnu llun, 'fyd.

Un diwrnod, o'n i wrthi'n sgwennu nodiadau am alltaith fach o'dd Martha a finnau newydd fod arni hi, i'r traeth. O'dd ambell snípur i'w weld yn ymgynnull yna, efallai i fwyta, neu ar gyfer y tymor paru. "Mae'n sicr yn dymor paru'n fan hyn," o'dd Martha wedi'i ddeud, gan bwnio'n ochr i.

"Be ddigwyddodd rhwng chdi a Morgan, os ga i ofyn?" mentrais innau.

"Cei, gei di ofyn. Dwi'm yn siŵr sut i ateb, rili. Maen nhw'n berson mor neis, a llawn bywyd, a dwi'm 'di cwrdd â neb fel'na ers talwm iawn. Nesh i deimlo'n rili sbeshal, cael sylw gynnyn nhw. Ond, dwi'n meddwl fod y ddau ohonan ni 'di jyst mynd bach yn carried away. Doedd o ddim yn mynd i bara hir dymor, ac yn y diwadd, dyma ni jyst yn sylweddoli hynny. It is what it is, de. 'Di o'm bai neb." Doedd Martha ddim yn edrych yn drist am y peth, chwaith. "Be amdana chdi ac Eigra?"

"Dwi'm yn gwybod, dwi jyst yn rili caru hi," medda fi, gan synnu fy hun pa mor hawdd o'dd y geiriau 'di dod. "Dwi 'rioed 'di rili meddwl am genod fel'na o'r blaen, ond, dw'mbo, efo Eigra mae o jyst yn teimlo mor naturiol."

Gwenodd Martha.

"Fel'na o'dd hi efo 'nghariad cyntaf inna, 'fyd. Olwen o'dd ei henw hi. Pan ti'n ffeindio wbath fel'na, tria afael yn'o fo'n dynn."

"Iawn, na i drio 'ngora," medda fi, gan ddal fy llaw chwith i fyny.

Daeth Eigra a Morgan draw, i dorri ar draws fy atgofion o'r bore. "Amser tynnu stitshys," meddai Morgan. Edrychais i draw at Martha, a rhoddodd hi wên fach gynnes i fi.

"Ti'sho i fi ddod?" gofynnodd.

"Na, dwi'n iawn dwi'n meddwl," medda fi, er do'n i ddim yn siŵr. O'n i'n dal heb edrych ar beth o'dd o dan y bandij.

"Ti'sho ista?" gofynnodd Morgan. Cymerais sêt ar yr un gadair ag y bues i'n ista arni i gael torri'r bysedd i ffwrdd.

Gafaelodd Morgan amdana i, wrth i Eigra dynnu'r bandij yn ofalus.

"Sbia arna fi," meddai Morgan. "A 'dan ni am gyfri i bump, iawn?"

"Iawn. Un, dau, tri…" medda fi.

"Pedwar, pump!" meddai Eigra yn fuddugoliaethus. "'Di gorffan!"

Edrychais ar y llaw. O'dd y ddau fys ar goll, a gwacter rhyfedd yn eu lle. Ond o'dd y graith yn daclus, ac yn edrych yn ddigon iach.

"Diolch, Eigra," medda fi, gan ei gwylio hi'n sgubo'r stitshys i ddarn bach o disiw, a'i daflyd.

"Ydi hi'n amser i ni siarad am fwyd, rŵan?" meddai Morgan.

"Os ti'sho, ond di'm yn amser swper," atebodd Eigra.

"Na," meddai Morgan. "Dwi'n meddwl ei bod hi'n amser i ni gael sgwrs gall am sut 'dan ni am nadu'n hunain rhag llwgu i farwolaeth am weddill yr amser 'dan ni ar yr ynys."

Daeth Martha a Julie draw.

"Be 'dach chi 'di drafod yn barod?" gofynnais.

"Wel, yn sicr, does na'm byd yn tyfu yma fysa ni'n medru'i fyta. Felly, dwi'n meddwl mai trio pysgota di'r syniad cyntaf," meddai Julie

"Does gynnon ni ddim offer pysgota!" medda fi.

"Na," cytunodd Julie, "ond fedra i neud bachyn yn ddigon hawdd, ac mewn gwirionedd, does dim angen y rod ei hun – dim ond llinyn, a ffordd i'w dynnu nôl."

"Neu, be am roi'r bêt yn y dŵr a defnyddio rhwyd neu waywffon?" cynigais.

"Tribal. Lyfs it, bêbs!" meddai Morgan. "Ocê ta, nawn ni drio'r ffordd hen ffash, a gobs fod y pysgod ma'n licio Spam, chos dwi deffo ddim."

"Ti'n figan ddo, Morgan," meddai Martha, "be ti am fyta?"

"Os na'r opsiwn arall ydi marw, dwi am fyta be bynnag sydd ar gael, Martha," atebodd yn swta.

Digon teg 'fyd. O'dd hi'n amser i fi ofyn y cwestiwn o'n i wedi bod yn ei osgoi.

"Ga i ofyn," cychwynnais. "Lle ma 'mysedd i? 'San ni'n medru eu defnyddio nhw fath â bêt?"

Edrychodd pawb arna i mewn syndod.

"Be? Dwi'm angen nhw, nac'dw, a doedd 'na neb yn bwriadu'u byta nhw, gobeithio! Felly pam ddim?" O'n i'n teimlo bach yn offended. O'dd pawb arall yn medru dod i fyny efo rhyw syniadau, ond pan o'n i'n trio helpu, o'dd o'n wîyrd!

"Maen nhw 'di mynd, Nia. 'Dan ni di'u claddu nhw, efo dant Julie," atebodd Eigra. "O'n i'm yn siŵr sut o'dda chdi'n teimlo am y peth, a do'n i'm isho stresio chdi allan drwy ofyn."

"O. Wel, neud sens, dydi? 'Na fo, ta," medda fi. O'dd hi'n teimlo'n od fod pawb arall yn gwybod lle o'dd fy mysedd i, heblaw amdana i. Ond dyna fo, o'ddan nhw 'di mynd rŵan. Nid dyna o'dd y peth pwysicaf.

"Mae 'na un rhwyd, a digon o linyn fedran ni'i ddefnyddio, yr un stwff 'nath neud stitshys Nia," meddai Julie, i newid y pwnc.

"Be am y bachau?" gofynnodd Morgan.

"Mae 'na ddwy nodwydd grom. Nesh i ddefnyddio un ar Nia, felly fysan ni'n gorfod taflyd honno fel arall, eniwe, does na'm ffordd i'w sterileisio hi i'w hailddefnyddio. A fedran ni ddefnyddio'r llall, hefyd."

"Os 'di hi'n dal yn y pacad, cad hi am y tro, jyst rhag ofn," meddai Martha, a chytunodd pawb.

Felly, efo'r un rhwyd rhyngddynt, pishyn o linyn efo nodwydd di'i phlygu ar y pen, a tun o Spam, aeth Morgan, Eigra, a Julie allan i drio dal rhywbeth i swper.

Oriau maith yn ddiweddarach, daeth y criw yn ôl. Yn y rhwyd, o'dd 'na bysgodyn. Cwynodd fy stumog cyn gynted ag y gwelish i unrhyw beth tebyg i fwyd. Ond o'dd o mor fach, i fwydo pump ohonan ni. Dychmygais orfod rhannu un pysgodyn pitw, yn ddyddiol, weddill yr wythnosau ar Ynys Safísk... Yn sydyn, gwylltiais i.

"'Dach chi 'di bod wrthi drwy'r dydd, a 'di dal un pysgodyn bach tila?" Daeth y geiriau allan cyn i fi fedru atal fy hun.

"Dos allan i weld os fedri *di* neud yn ffocin well, ta," gwaeddodd Eigra yn sydyn, gan daflyd y pysgodyn ata i. Glaniodd ar lawr wrth fy nhraed i, efo slap uchel, a rhai o'r sgêls yn dod i ffwrdd. O'dd ei llaw hi'n ddisglair efo sgêls hefyd.

Am funudau hir, ddudodd neb ddim byd, tan i Martha dorri ar y distawrwydd.

"'Dan ni'n ganol yr Arctic, hogs. Does na'm llawer o bysgod yma, wrth y lan, ma'r morfilod yn goro nofio allan yn bell er mwyn eu dal nhw, a does gynnon ni ddim cwch. Ma'r morloi 'di bod yn byta lot ohonyn nhw, hefyd, ma'shwr."

Distawrwydd pellach.

"Ma 'na opsiwn arall, does?" gofynnais o'r diwedd. Os o'dd neb arall yn mynd i'w ddeud o, mi o'n i.

"Ti... ti'm yn meddwl?" Doedd Julie druan yn methu â

gorffen y frawddeg, ei llygaid fel dwy soser fawr gron.

"Wel, pam ddim? 'Dan ni ar lwgu'n fa'ma, a mae 'na ddigonedd ohonyn nhw, does?"

"Wel, nagoes Nia, chos dyna'r ffocin point ein bod ni yma!" O'dd Eigra, yn amlwg, yn dal yn flin.

"Ocê, ocê, dyna ddigon ledis," (Morgan y peacekeeper rŵan), "be am i ni goginio'r sgodyn 'ma efo bach o reis, ac ella, ar ôl bwyta, fydd meddwl pawb yn gliriach."

Rhywsut, o'dd y broses o baratoi'r pysgodyn, taflyd y gyts allan ar y rhew – achos bod y bin compost yn orlawn erbyn hyn – a thrio coginio bob dim yn y meicrowêf, yn cadw ni'n ddigon prysur i'r mŵd wella dipyn bach.

"Eigra, dwi'n sori," medda fi drwy gegiad o fwyd. "O'n i jyst mor llwglyd, a doedd o ddim yn edrych fath â lot o fwyd. Ond ma'n ymeising bo' chi 'di llwyddo i ddal unrhyw beth. Mae hwn yn rili blasus, diolch."

"Ma'n ocê, sori am ei cholli hi efo chdi. O'dd hi'n rili anodd trio dal unrhyw beth. Ddaru ni neud twll yn y rhew, a nath hynny gymryd eijis, wedyn o'ddan ni yna am oria'n trio dal hwn."

Meddyliais am yr oriau o'ddan nhw wedi bod i ffwrdd, yn trio pysgota. Faint o fethiannau o'dd 'na 'di bod, a thybed pa mor flin o'dd pawb wedi dechrau mynd. Nesh i'm sôn y bysa jyst bwyta'r Spam ei hun 'di bod yr un mor effeithiol â'r pysgodyn 'na. O'dd 'na beth ar ôl i'w ddefnyddio ar gyfer yr alltaith nesaf i bysgota, o leia. Cynigais neud y paneidiau ar ôl bwyd, ac esh i i lenwi'r bowlen fawr o'ddan ni'n ei defnyddio fel teciall yn y meicrowêf, er mwyn c'nesu pump cwpanaid o ddŵr ar unwaith.

Pan rois i'r bowlen o eira yn y meicrowêf a thrio'i throi ymlaen, ddigwyddodd 'na ddim byd.

"Ffoc sêcs," medda fi dan fy ngwynt, gan drio eto. Trois y switsh i ffwrdd ac yn ôl 'mlaen, a thrio bob un botwm ar y peiriant ei hun. Ond doedd hwnnw ddim am weithio i ni, rhagor. O'dd rhaid i fi dorri'r newyddion.

"Sori pawb, don't shoot the messenger. Ma'r meicrowêf 'di mynd rŵan." Daeth cwyn fawr fel côr gan bawb ar unwaith.

"Hang on," meddai Martha, "hwnnw o'dd un o'r chydig betha o'dd yn dal i weithio yn y lle ma. Ydi hi... wel, dwi'm yn licio deud ond... ydi hi 'di oeri yma?"

Cododd pawb mewn panig a mynd at y redietyrs, ond doedd yr un ohonyn nhw'n gweithio.

Ciciodd Morgan un yn flin, cyn gafael yn eu troed mewn poen.

"Sut 'dan ni'n mynd i goginio, rŵan?" gofynnodd Martha y cwestiwn o'dd ar feddwl pawb.

"Dyna fo, dwi 'di cael digon," meddai Morgan. "Fydd rhaid ni ddefnyddio'r radio argyfwng, gofyn i Ny-Ålesund yrru r'wun i'n nôl ni. Ma'r prosiect 'ma drosodd."

Aethon nhw draw at y radio yng nghefn y labordy a dechrau mynd trwy'r sianeli.

Er ein bod ni i gyd yn gwybod o'r dechrau ei fod o'n opsiwn, mewn argyfwng, dwi'm yn meddwl bod yr un ohonan ni wedi gwir ystyried y bydden ni'n gofyn am help, neu'n gadael yn fuan.

"Hello? Hello, do you copy?" daeth llais Morgan o'r cefn.

Meddyliais tybed beth fydden nhw'n ei ddeud, sut o'ddan nhw'n mynd i fedru esbonio'r sefyllfa 'ma.

Dechreuais i helpu Eigra glirio'r bwrdd, er do'n i ddim yn siŵr sut yn union o'ddan ni'n mynd i llnau'r llestri heb fedru c'nesu'r dŵr.

"Be am i ni ddefnyddio eira, a sort of eu sgwrio nhw efo hwnnw?" cynigodd hi.

"Werth trio, ma'shwr," medda finnau.

"Dwi rili yn sori am gynna," meddai hi, heb edrych arna i.

"Fi 'fyd," medda fi. "Dwi'm yn gwybod be ddoth drosta fi."

Meddyliais am fynd adra. Sut fyswn i'n esbonio i Huw lle aeth y fodrwy, a'r llwynog bach aur? Fyswn i'n medru deud 'mod i 'di colli'r fodrwy yr un pryd â'r bysedd, fysa fo'm callach. Sylwais nad o'n i wedi meddwl gofyn am y fodrwy'n ôl gan Eigra. Ond beth fysa'n digwydd i fi ac Eigra? Doedd hi ddim yn byw yng Nghymru, a do'n i'm 'di planio meddwl am hyn tan yr amser o'ddan ni i fod i fynd adra yn wreiddiol.

Aethon ni drwadd i'r gegin a dechrau llnau'r llestri, neu drio gneud, pan ddoth Julie i fewn.

"Newyddion da, ta newyddion drwg?" gofynnodd.

"Da," medda fi ac Eigra ar unwaith.

"Ocê, wel does 'na ddim acshyli newyddion da. Y newyddion ydi, di'r radio ddim yn gweithio."

Rhywsut, o'n i wedi disgwyl hyn. O'n i, hefyd, 'di disgwyl teimlo'n siomedig, neu'n flin, neu'n drist, o leia. Ond do'n i'm yn teimlo llawer o ddim byd. Ynys Safîsk o'dd fy nghartref i, a'r pedwar yma o'dd fy nheulu i, a doedd clwad ein bod ni'n cael aros am chydig yn hirach ddim wedi fy siomi i.

"O, na. Wel, fydd rhaid ni jyst neud be fedran ni i oroesi tan iddyn nhw ddod i'n nôl ni felly, bydd?" meddai Eigra. Doedd hithau ddim yn swnio'n rhy ypsét, chwaith!

"Fydd rhaid ni ddysgu sut i fod yn well pysgotwyr, yn bydd!" medda fi, gan ei thynnu hi i fewn am sws. Yn y labordy, clywais i r'wun yn chwerthin. Tu allan, yn dawel, ymlwybrodd yr arth tuag at lle ro'ddan ni wedi taflyd gyts y pysgodyn, a dechreuodd fwyta.

Os nad wyt ti wedi bod yn llwgu, wir yn llwgu, ddim jyst 'di methu cinio ambell dro, does na'm ffordd i esbonio'r teimlad, a'r anobaith. Mae o fel rhyw greadur yn byw yn dy stumog di, yn cwyno ac yn gwingo, a does na'm ffordd o'i ddistewi, na'i anwybyddu fo. Mae o'n brifo, mae o'n neud i chdi daflyd i fyny, a'r cyfog hwnnw'n ddim byd ond beil poeth, afiach. Doedd yr un ohonan ni'n medru cysgu, na chanolbwyntio, ac o'dd pawb yn flin neu'n dechrau crio ar ddim. O'ddan ni'n barod i neud unrhyw beth i nadu'r teimlad. Fyswn i wedi bod yn fodlon torri bob un bys i ffwrdd er mwyn cael pryd o fwyd. O'n i'n breuddwydio, weithiau, bod rh'wun arall yn colli bys, neu fraich gyfan, a finnau'n cael ei fwyta. Dyna ydi llwgu go iawn.

Ddaru ni fwyta popeth o'dd yn y tuniau yn gyntaf, y pethau fysan ni'n medru eu bwyta heb orfod eu c'nesu, wedyn y bwyd-di'i-sychu wedi'i gymysgu efo dŵr oer. O'dd hwnnw'n afiach, ond yn llenwi twll, am chydig. Yn y diwedd, yr unig fwyd ar ôl o'dd reis. Fysa'n rhaid i ni ddal pysgodyn arall, a thrio'i goginio, rhywsut.

O'dd hi'n haf, o leia, ac ro'ddan ni'n medru cadw'n gynnes. Neu beidio rhewi i farwolaeth, eniwe. Doedd hi ddim yn bosib mynd yn noethlymun am gawod go iawn, a do'n i'm 'di cael golchi 'ngwallt ers 'dwn i'm pa bryd. Doedd dim ots. Ei stwffio fo i fewn i het, bob dydd, fel pawb arall, o'n i.

"Pwy sy am ddod i bysgota?" gofynnodd Julie, gan godi'r rhwyd i'r awyr. Yn y diwedd, penderfynon ni i gyd fynd. Doedd na'm llawer o'm byd arall i'w neud, ac o'dd bod tu allan, ganol dydd, yn g'nesach na bod tu fewn.

Rhois i notebook a phensiliau yn y sach i fynd efo fi, rhag ofn i ni gael cyfle i astudio'r snípur wrth y traeth. Weithiau, o'ddan ni i gyd yn dal i feddwl amdanyn nhw, ond bwyd o'dd y peth o'ddan ni'n ei drafod ac yn meddwl amdano fo'n amlach na dim byd arall.

Tro dwytha'r aeth Eigra, Julie a Morgan allan, o'ddan nhw wedi llwyddo i dorri twll yn y rhew, rhywsut, ac o'dd o'n dal yna.

"Sut ddaru chi neud hyn?" gofynnodd Martha, a dyma fi'n sylwi pa mor drwchus o'dd y rhew.

"Efo'r polion cerddad. Nath o gymryd eijis," meddai Morgan yn fflat. Yn amlwg, doeddan nhw'm isho treulio amser yn atgofio'r profiad hwnnw.

Rhois fy mreichiau o gwmpas Eigra.

"Ti am gadw ni'n saff, os daw'r arth 'na nôl?" gofynnais yn ei chlust.

"Na, geith hi fyta chdi," meddai hi gan droi ata i efo sws.

"Os dwi'n marw, gei di fyta fi, iawn?" medda fi.

"Nia! Paid â siarad fel'na, dwi ddim am fyta chdi!"

"Wel, ella fysat ti'n medru–"

"Iawn lovebirds, dyna ddigon o sôn am fyta, plis!" meddai

Morgan, efo golwg boenus. "'Dan ni am drio dal sgodyn, ta be?"

Yn amlwg, o'ddan nhw'n cael trafferth clymu'r nodwydd grom yn ôl ar y darn o linyn, felly esh i draw i helpu. O'dd 'na Spam ar ôl, ond o'dd o 'di dechrau troi'n ddrwg, erbyn hyn. O'dd hynny'n ei neud o'n fwy soled, ac o'dd hi'n haws cael darn go lew i aros ar y 'bachyn'.

"'Dan ni angen wbath i ddal sylw, fel lure," medda fi. "Di'r pysgod dan y rhew 'ma ddim am weld llawer. Angen wbath i symud o gwmpas ydan ni."

"Croeso i ti feddwl am wbath," meddai Morgan yn flin.

Doedd na'm llawer o adegau pan nad oedd o leia un ohonan ni'n flin, bellach. O'n i'n dechrau poeni, efo rhai o'r meddyliau o'n i 'di dechrau eu cael. Meddyliais, yn yr eiliad honno, am foddi Morgan yn y twll o ddŵr rhewllyd, er mwyn i ni fedru bwyta'u corff nhw.

Ond 'sa hi 'di bod yn amhosib coginio'r corff, wedyn.

Tra ro'dd Morgan a finnau'n trio pysgota, o'dd Julie wedi crwydro ymhellach efo Martha a'r reiffl, i dynnu lluniau o'r snípur a gneud arsylwadau.

"Fysan ni'n medru dal un o'r rheini'n ddigon hawdd, 'sti," medda fi wrth Morgan.

"Na, Nia! Nid bwyd ydyn nhw. Dwi'n dal ddim yn hapus iawn gorfod bwyta pysgod er mwyn aros yn fyw. Dwi ddim yn mynd i ganiatáu i neb ladd y craduriaid bach – 'dan ni yma i'w hastudio er mwyn eu gwarchod nhw, i fod!"

"Pawb yn figan tan eu bod nhw ar lwgu, tydyn?" medda fi fel jôc, ond doedd Morgan yn amlwg ddim yn hapus ynglŷn â gorfod bwyta cig, a ddudon nhw ddim byd fel ateb. "Sori

Mogs, ma'shwr bod hyn yn anoddach i chdi na neb," medda fi, fel rhyw fath o ymddiheuriad.

"Diolch. Ma'n anodd i ni i gyd, dwi'n gwybod," meddan nhw.

"Ti'n meddwl 'san ni'n medru bildio cwch?" gofynnais i. "Mae 'na ddigon o betha fysa'n arnofio, yn enwedig ar y môr lle ma'r dŵr yn hallt. Fysa 'na fwy o siawns i ni ddal pysgodyn efo'r rhwyd, wedyn, yn lle aros i un ddod yn agos at y twll 'ma."

"Ella bod hynna'm yn syniad rhy ddrwg, 'sti bêbs," meddai Morgan, cyn neidio am yn ôl wrth i gleddyf saethu allan o'r twll yn y rhew.

"Shit, be ffwc o'dd hwnna?!"

Edrychodd y ddau ohonan ni i lawr i'r twll yn ofalus.

"Narwhals! O, mai God – be di'r ods bod hynna'n mynd i ddigwydd eto?" meddai Morgan, yn swnio'n ecseited.

"Fuest ti bron â chael dy stabio," medda fi. Ond, am ryw reswm, o'dd y ddau ohonan ni'n chwerthin.

"Be uffar o'dd hwnna?" meddai Eigra wrth ddod draw atan ni.

"Morgan bron â chael eu lladd gan narwhal," medda fi.

"O, na! O na, genod, dwi mor sori," meddai Morgan, mwyaf sydyn.

"Be sy?"

"Nesh i ollwng y llinyn pysgota."

Edrychodd i fewn i'r twll yn anobeithiol.

Anadlais yn araf, i fewn ac allan, i atal fy hun rhag gwylltio. Yn y diwedd, ista'n dawel ar y traeth ddaru ni, a gwylio'r narwhals yn y môr.

Bob hyn a hyn, fysa 'na gorn enfawr yn dod allan o'r

rhew, neu gynffon yn diflannu i'r tonnau. O'dd 'na rywbeth hudolus am yr olygfa, ond urddasol hefyd.

Daeth Julie a Martha draw, gan sefyll i edrych arnyn nhw efo ni.

"Dyma chi, cymerwch un o'r rhein bob un," meddai Martha, gan dynnu rhywbeth allan o'i phoced.

Wyau, pump ohonyn nhw.

"Na, Martha, 'di hyn ddim yn iawn," meddai Morgan gan godi ar eu traed.

"Jyst am heddiw, i gadw ni fynd. Neith pump wy ddim llawer o wahaniaeth i bethau," meddai Julie.

"Be 'dan ni am neud, byta nhw'n amrwd? Be os awn ni'n sâl?" medda fi.

"Ffwcio fo, lawr y lôn goch â fo," meddai Eigra, a chyn i fi gael siawns i ateb, o'dd hi 'di cracio'r wy a 'di tollti'r cynnwys i'w cheg, a'i lyncu. "Mmm, ddim rhy ddrwg. Na i fyta un chdi os ti'm isho fo, Morgan."

Rhoddodd Morgan yr wy i Eigra, ac mi fwytodd hi hwnnw hefyd.

Gwnaeth Martha yr un peth, llyncu'r cynnwys mewn un, felly dyma Julie a finnau'n neud yr un peth. Doedd na'm llawer o flas arno fo, o'dd o mor oer, ond o'n i'n meddwl 'mod i'n teimlo'r maeth yn cyrraedd fy stumog i.

Lledodd distawrwydd ocwyrd, ac mi eisteddodd pawb yn gwylio'r narwhals, heb siarad. Daeth cyrn allan o'r môr, yn achlysurol. Dechreuodd Julie dynnu llun ohonyn nhw. Gwylion ni'r arddangosfa tan iddyn nhw ddiflannu, cyn codi i fynd am adra. Chysgodd neb y noson honno, efo boliau gwag ac un wy yn llithro o gwmpas y tu fewn i ni. Fory, byddai'n rhaid i ni adeiladu cwch.

Doedd na'm gymaint o offer i adeiladu cwch ag o'n i wedi'i ddychmygu. Er bod 'na ddigon o raffau, doedd na'm llawer o ddarnau o bren, neu rywbeth solet felly, i'w ddefnyddio fel gwaelod un.

Yn y diwedd, penderfynon ni ddefnyddio un o'r gwelyau, a gwthio'r pedwar o'dd ar ôl yn agosach at ei gilydd.

"Os 'nawn ni orwadd mewn rhes ar eu traws nhw, fydd o jyst fel rhannu un super-kingsize neu rwbath," meddai Morgan yn obeithiol.

"Ia, iawn, os ti'n deud," medda fi, gan eu helpu nhw i dynnu'r coesau a'r headboard i ffwrdd. Y bwriad oedd gosod y slats i gyd wrth ymyl ei gilydd, a thorri gweddill y ffrâm i ffwrdd, i greu gwaelod, wedyn clymu barel plastig bob ochr – y rhai o'ddan ni wedi bod yn eu defnyddio i gadw afalau a tatws, er na 'mond chydig o ffrwythau crebachlyd o'dd ar ôl, erbyn rŵan.

"Be 'dach chi'n ei feddwl o hyn?" cynigiodd Julie, gan ddod draw efo canhwyllau a bocs o fatsys, "fedran ni ddefnyddio'r cwyr i lenwi'r gaps rhwng y pren, fel bod yr holl beth yn fwy waterproof?"

Cytunodd pawb ei fod o'n syniad da, ond mi gymerodd y dasg oes oesoedd i'w gwneud.

"Fydd o werth o," ddudai Morgan bob hyn a hyn, pan fyddai r'wun yn cymryd anadl ddofn i drio peidio â cholli mynadd.

Erbyn amser cinio, o'dd y 'cwch' (o'dd yn fwy o rafft nag o gwch, deud gwir) yn barod. Clymodd Eigra ddarn o raff wrtho.

"Be 'nawn ni ydi rhoi dwy ohonan ni ar y rafft – neu ddau, sori Morgan – efo'r rhwyd, ac un neu ddau ohonan ni ar y lan yn dal y rhaff. Wedyn does dim angen rhwyfau, nawn ni jyst tynnu chi i fewn unwaith bod gynnoch ni gwpwl o bysgod."

Aeth pawb i'r traeth, chos doedd na'm byd arall yn teimlo'n bwysig, bellach, ac o'ddan ni isho gweld beth fysa'n digwydd.

Eigra a fi o'dd y rhai cyntaf i destio'r rafft, ac er bod gen i ofn, ddaru hi arnofio yn ddidrafferth. O'dd y môr yn llonydd, dim gwynt, ac er fod y tonnau bach yn symud y platfform bach pren yn achlysurol, doedd na'm teimlad ein bod ni am gael ein gwthio allan i'r môr mawr.

"Faint o ddyfn ti'n meddwl ydi o?" gofynnais i wrth i ni fynd allan hyd y rhaff, rhyw ddeg metr.

"'Dwn i'm. Fedri di weld unrhyw bysgod?" gofynnodd Eigra. Doedd na'm posib gweld llawer yn y dŵr, o'dd o'n dywyll.

"Ti'n cofio faint o forfilod 'dan ni di'u gweld? Be os 'di un o'r rheini'n dod ac yn gwthio ni oddi ar y rafft?" medda fi, wrth feddwl am y morfil pen bwa, a'r narwhals ddoe. O'n i'n dechrau teimlo bod y morfilod yn ein herbyn ni.

"Ella bod 'na rai meddylia ti fod i jyst eu cadw'n ddistaw i chdi dy hun, a dim eu rhannu'n uchel," meddai Eigra.

Eisteddodd y ddwy ohonan ni'n dawel, yn gwylio'r môr. Yna, daeth haid o bysgod i'r golwg, rhai eitha bach, ond digonedd ohonyn nhw. Yn bwyllog, rhois i wasgiad bach i fraich Eigra a nodio 'mhen i gyfeiriad y pysgod. Diolchais i fod ein cysgodion ar ochr arall y dŵr. Saethodd Eigra y rhwyd i fewn i'r dŵr, ac allan eto.

"Damia!" meddai hi, wrth i'r rhwyd ddod allan yn wag.

"O'n i'n siŵr bo' chdi 'di dal un yn fanna!" medda fi, gan drio'n galed i gadw'r siom allan o'n llais.

"Ishd, ella nawn ni gael un tro nesa."

Daeth y pysgod yn eu holau, wrth i ni syllu ar y môr o gwmpas ein traed. Ond, unwaith eto, daeth y rhwyd allan yn wag. Ddudish i ddim byd, ac ar ôl y trydydd tro, rhoddodd Eigra'r rhwyd i fi.

Chesh innau fawr o lwc, chwaith, a dyma fi'n sylweddoli pa mor wyrthiol o'dd hi eu bod nhw 'di medru dal pysgodyn y tro cyntaf hwnnw, pan aethon nhw ati i naddu'r twll yn y rhew. Yn sydyn, dyma 'na rywbeth ar wyneb y dŵr yn dal fy sylw i.

Snípur, yn arnofio ddim yn bell oddi wrthan ni.

"Sbia, maen nhw'n nofio!" medda fi, gan anghofio am drio peidio â dychryn y pysgod. Diflannodd y snípur dan y dŵr, cyn ymddangos eto chydig yn agosach, fel chwadan mewn pwll.

Heb feddwl, rhois i'r rhwyd allan a dal y snípur, cyn ei dynnu i fewn at y rafft. Codais i'r peth bach allan o'r rhwyd, ac mi eisteddodd yn ddigon hamddenol yn fy llaw i, ei flew a'i blu yn wlyb a'i lygaid bach disglair yn edrych arna i efo diddordeb.

"Mi fysan ni'n medru byta hwn, bysan?" medda fi'n ddistaw.

"Bysan," meddai Eigra, "ond dwi'm yn meddwl bysa'r lleill yn cytuno."

"Be am i ni ddeud bo' ni 'di'i weld o'n dechra boddi yn y dŵr... Bo' ni 'di mynd i'w godi fo efo'r rhwyd i drio'i helpu fo, ond bod o jyst 'di marw o'n blaena ni?"

"Be os..." cychwynnodd Eigra, cyn llyncu ei phoer a chario 'mlaen, "be os 'di o *yn* boddi, wedyn 'dan ni ddim yn rili deud clwydda, nac'dan?"

"Ond sut? Ti'sho gneud?" cynigiais yr anifail bach yn fy nwylo iddi.

Cymerodd hi'r snípur a'i roi o nôl yn y rhwyd, ei glymu ynghau a'i ostwng i'r dŵr.

Edrychais tua'r lan, ond doedd y lleill ddim i'w gweld yn cymryd fawr o sylw, a do'n i ddim yn meddwl ei bod hi'n amlwg, o bell, beth o'ddan ni'n ei neud, beth bynnag.

"Pa mor hir, ti'n meddwl?" gofynnais.

"Dwi'm yn gwybod," meddai Eigra, gan ddal y rhwyd efo dwy law. Daeth dagrau i'w llygaid. "Dwi'n dal i'w deimlo fo'n symud." Ac o'dd y polyn yn ei dwylo'n crynu ac yn ysgwyd yn arswydus. "Fedra i ddim, Nia," meddai hi'n sydyn, gan dynnu'r rhwyd allan a'i rhoi ar y pren.

Yng ngenau'r rhwyd, o'dd y snípur yn gorwedd ar ei ochr, yn edrych yn wael.

"Be nawn ni?" Dyma fi'n datod y cwlwm ac yn codi'r snípur. O'dd o'n dal i orwedd ar ei ochr, ac o'dd ei anadl i'w weld yn arafu. Edrychais i arno fo'n fanwl, ond ymhen munud, o'dd o wedi mynd yn fflopi yn fy nwylo i.

"Ydi o...?"

Rhois i'r corff bach wrth fy nghlust a gwrando ar ei fron.

"Yndi."

Eisteddodd y ddwy ohonan ni'n fud, fi'n dal i afael yn y snípur yn ofalus ac Eigra yn snwffian ac yn cwffio dagrau ac yn trio smalio nad oedd hi. Ar ôl iddi orffen crio, dyma ni'n chwifio'n breichiau i drio dal sylw'r lleill, a ddaru nhw ddechrau'n tynnu ni yn ôl i fewn yn araf.

Paratoais fy hun am ymateb y lleill, yn enwedig Morgan, ond wrth i'r corff bach cynnes oeri yn fy nwylo, oerodd fy nheimladau innau, hefyd. Doedd dim byd cynnes y tu fewn i fi, bellach. O'n i 'di lladd snípur.

Er ei bod hi'n ddigon amlwg i fi bod Eigra ddim yn deud y gwir, am ei bod hi mor ypsét, dwi'n meddwl ei fod o 'di helpu pobol i gredu'r stori'n bod ni wedi ffeindio snípur o'dd yn boddi'n barod. Neu, ella eu bod nhw jyst angen coelio'r fersiwn yna o'r stori.

Y cwestiwn nesaf oedd, sut i goginio'r peth bach. Do'ddan ni'm 'di cael bwyd cynnes ers y pysgodyn, oherwydd bod y meicrowêf wedi torri, a doedd na'm pethau gneud tân ar gael.

"Be am i ni'i roi o ar hambwrdd metal o'r lab, a goleuo llwyth o ganhwyllau o dano fo," cynigiais.

"Di o'm yn syniad drwg, ei ffrio fo, mewn ffordd. Fydd rhaid ni dynnu'r croen a'r gyts a ballu," meddai Martha. Er nad o'dd ganddi'r stumog i wylio Julie yn cael tynnu dant, neu fi'n colli 'mysedd, doedd hi ddim i'w gweld yn malio am agor perfedd y snípur a'i llnau o allan, diolch byth.

O'dd Morgan fel arall, yn ddigon hapus i wylio llawdriniaeth ond yn methu â gwylio'r snípur yn cael ei fwtsiera.

"Os na fel'na 'dan ni am drio'i goginio fo, fysan ni'n well off yn dorri fo'n ddarna tena, a defnyddio'r badell ffrio," meddan nhw. "Dwi ddim yn ffansi cael food poisoning ar ben gorfod byta cig, dwi'm yn siŵr sut sa'n stumog i'n handlo fo."

"Be am y stof fach campio, mae 'na dipyn bach o danwydd ar ôl yn honno, does?" meddai Julie.

"Julie, ti'n acshyli jîniys," medda fi gan roi sws iddi ar ei thalcan. "Sut 'nathan ni anghofio am hynna?"

"'Di pobol ddim yn meddwl yn glir pan maen nhw isho bwyd," meddai hi'n garedig.

Ond erbyn i ni ffeindio'r stof fach a'r botel o nwy, o'dd rhaid rhannu'r newyddion drwg nesaf – doedd na'm llawer o nwy ar ôl ynddi.

"Mae 'na botel arall yn y cefn, lle mae'r bylbs a ballu. Be am i ni ddefnyddio hon am heddiw, i goginio'r reis a'r deryn, ond trio peidio â'i defnyddio hi bob dydd. Fedran ni goginio digon am sawl pryd, a wedyn trio'i gadw fo mewn bocs bwyd yn yr eira," cynigiodd Martha.

"A byta reis sych, oer, fory?" gofynnodd Morgan.

"Sgen ti syniad gwell, ta?"

"Oes, chos dwi'n dallt thermodynamics, Martha! Does na'm point c'nesu llond pot mawr o ddŵr jyst i neud batsh o reis heddiw, might as well i ni g'nesu jyst digon i'w ddefnyddio heddiw, a wedyn neud o'n ffresh fory. Yr un faint o egni neith o gymryd, de?"

"Paid â siarad fel'na efo fi, mae gena i PhD!" meddai Martha.

O'dd yr holl beth yn swnio mor wirion, o'n i'n methu stopio'n hun rhag chwerthin. Wrth i fi drio'i ddal o i fewn, dyma Eigra yn cychwyn hefyd, a chyn bo hir, ro'ddan ni i gyd yn chwerthin. Am fod bwyd ar y ffordd, o'dd hi i'w weld yn haws i ni reoli'n tymer.

Dyma Morgan yn cynnig neud y reis, tra bod Martha yn paratoi corff y snípur, a finnau'n torri'r cig yn ddarnau tenau, er mwyn eu ffrio nhw dros sawl cannwyll o'dd wedi'u gosod ar hambwrdd metal. O'dd yr olew cwcio wedi dechrau troi'n jeli yn yr oerni, ond buan iddo droi'n hylif eto, ac unwaith o'dd o 'di dechrau poeri yn y badell, dyma ni'n rhoi'r darnau o snípur i fewn i'w coginio.

Daeth yr ogla â llond cegiad o boer i fi'i lyncu, ac mi sylwais i ar bawb arall, hyd yn oed Morgan, yn troi at y sŵn ffrio. Ddaru fo ddim cymryd yn hir, er iddo fo deimlo felly, tan bod y rhan fwyaf o'r corff bach wedi'i goginio. Rhannon ni'r reis a'r cig rhwng pum plât, a ddudodd neb ddim pan gymerodd Morgan ddigon o reis, ond dim ond un darn bach o gig.

"Dwi angen arfer yn slo bach 'chi, gens," meddan nhw, a nodiodd pawb wrth ganolbwyntio ar fwyta.

"Slofa lawr," meddai Eigra wrtha i, "ti heb fyta'n iawn ers dyddia, ti'm isho poen yn bol."

Rhywbryd yng nghanol y nos, mi ddeffrais i efo poen yn bol. Dyma fi'n gorwedd yn llonydd ac yn anadlu'n ddyfn. Doedd o'm rhy ddrwg, ond o'n i'n difaru bwyta gymaint â nesh i, mor gyflym, ar ôl peidio bwyta'n iawn ers dyddiau – a heb gael cig ers yn hirach fyth. Gorweddais i yna efo'n llygaid yn agored, y dent o 'nghwmpas i'n dywyll, a gwrando ar y lleill yn cysgu'n drwm wrth i'r bwyd symud yn araf bach drwy 'mherfedd. Fyswn i 'di rhoi unrhyw beth am dabled Gafisgon yn y foment yna.

Torrodd rhywbeth trwy'r hanner breuddwyd mintys pinc o'n i wrthi'n suddo iddi. O'dd 'na rywbeth tu allan. Bron i'r bwyd i gyd ddod yn ôl i fyny wrth i fi feddwl am yr arth. O'dd hi 'di dod yn ôl, i orffen beth ddaru hi'i gychwyn. Yn y tywyllwch, dyma fi'n agor a chau'n llaw chwith, efo'r tri bys o'dd ar ôl arni, a dechrau gweld arth o 'mlaen, teimlo'i dannedd yn cau am weddill y llaw.

"Nia, ti'n iawn?" sibrydodd Eigra. "Ti 'di cael breuddwyd ddrwg?"

"Mae 'na arth tu allan," medda fi, bron heb symud fy ngheg o gwbwl.

"Dwi'm yn clwad ddim byd, wyt ti'n siŵr?"

"Ma'i tu allan, mae hi'n dod i'n nôl i!" O'dd fy nghalon i'n cyflymu.

"Fedrith hi ddim dod i fewn, ti'n saff. Tyd yma." Rhoddodd hi ei breichiau amdana i, a 'nal i'n agos ati. Clywais i'n stumog yn gyrglio wrth i fi droi ar fy ochr. "Nesh i ddeu'tha chdi beidio byta'n rhy gyflym, do!" meddai hi'n ddistaw, ei llais yn muffled wrth iddi siarad i fewn i'r het wlân o'n i'n ei gwisgo bron trwy'r adeg, ers i'r gwres fynd.

Disgynnodd Eigra yn ôl i gysgu, bron yn syth, ond nesh i ddim cysgu eto'r noson honno, o'n i'n rhy brysur yn gwrando am yr arth, yn aros am sŵn y drws yn cael ei dorri i lawr, neu ffenast yn chwalu, a'r corff enfawr yn dod allan o'r tywyllwch i 'mwyta i, a phawb arall.

Yn y bore, o'dd gweddillion corff y snípur, o'dd Martha di'u gadael allan yn y rhew i'r llwynogod, wedi diflannu.

Doedd neb yn siarad am yr arth, ond ro'n i 'di bod yn meddwl amdani bob dydd ers iddi drio fy lladd i ac Eigra. Lle o'dd hi 'di mynd, a lle o'dd hi'n cuddio'n ystod y dydd? Bob eiliad o'ddan ni tu allan, o'dd rhan ohona fi'n edrych allan amdani, yn neidio ar laniad bob pluen eira. Ers i ni gyrraedd Ynys Safîsk, ro'ddan ni 'di arfer rhedeg o'r tŷ i'r labordy, heb feddwl am berig a heb ddefnyddio'r reiffl. Bellach, ro'n i'n gwrthod camu dros stepan y drws heb Eigra neu Martha efo fi, yn dal y gwn wedi'i lwytho. O'dd y graith galed ar fy llaw chwith wedi gwella'n dda, doedd hi ddim yn rhy flêr, ond o'dd hi'n stiff drwy'r adeg – am ei bod hi mor oer, ma'shwr. O'n i'n lwcus mai llaw-dde o'n i, felly doedd y colli bysedd ddim yn effeithio'n ofnadwy arna i, ac o'dd y bysedd eraill wedi dod dros y llosg eira yn gyfan gwbl, erbyn hyn. Weithiau, fyswn i'n dychmygu sut i esbonio'r sefyllfa i Huw, neu i unrhyw un fysa'n holi neu'n syllu yn y dyfodol. Yn enwedig rŵan bod 'na 'mond chydig o wythnosau ar ôl o'n hamser ni ar Ynys Safîsk. Fyswn i'n dechrau hanner meddwl am Huw, a'r briodas, a'r fodrwy, ond wedyn fysa'r teimlad o fod isho bwyd, neu'r oerni, neu flinder llwyr, yn cymryd drosodd.

Erbyn hyn, o'ddan ni i gyd, dw i'n meddwl, yn cysgu – neu'n troi a throsi, o leia – am tua 10 awr bob nos, am bod 'na jyst dim digon o fwyd yn ein cyrff ni i roi egni i ni. Ond ar ôl diwrnodau hir, syrffedus, o ymarfer, o leia ro'ddan ni'n medru dal pysgodyn, bron bob dydd; ac wrth gadw'r stof ar gyfer reis yn unig, a ffrio'r pysgod dros y canhwyllau – achos doedd dim ots os nad o'dd y sgodyn wedi'i goginio drwyddo i gyd – o'dd y tanwydd wedi para'n dda. Doedd neb wedi siarad am y snípur ddaru ni'i fyta, na, chwaith, y ffaith ei fod o wedi'n llenwi ni'n well nag unrhyw bysgodyn, er ei fod o ddim yn fawr iawn.

Wrth i ni gerdded fel criw at y rafft – ro'ddan ni wedi bod yn ei gadael ar y traeth – efo'r reiffl a'r gwn fflêr yn ein dwylo, dyma Julie yn closio ata i ac Eigra.

"Ydach chi'n gwybod fod y stof wedi rhedeg allan o ynni?" gofynnodd yn ddistaw. "Dwi newydd ddeud wrth Morgan a Martha. Fydd 'na ddim rhagor o reis oni bai'n bod ni'n medru ffeindio tanwydd."

'Drychais i draw at Morgan a Martha, ond doedd hi'm yn bosib dyfalu eu teimladau o'r edrychiad difrifol ar eu hwynebau. Fel'na o'ddan ni i gyd yn edrych, y dyddiau yma. O'dd y siwt eira o'n i'n ei gwisgo wedi mynd i ddechrau teimlo'n llac, ac o'n i'n gorfod tynhau'r trowsus o'dd amdana i yn lot tynnach na phan ddaru ni gyrraedd yr ynys. O'dd Eigra, yn sicr, wedi colli pwysau – o'n i'n teimlo bob asen yn ei chefn yn hawdd, hyd'noed drwy grys thermal. Edrychais i'n ôl at Morgan a Martha, ac o'dd eu bochau nhwythau bendant yn edrych yn fwy tenau, yr esgyrn yn dangos yn amlwg.

"Be 'dan ni am neud?" O'n i'n gobeithio fod Julie wedi dod i sôn wrtha ni gan fod ganddi rhyw ateb.

"Ella fydd rhaid ni ddechra byta pysgod yn amrwd. Os fedran ni drio dal dau neu dri bob dydd, fysa hynna'n ddigon i gadw ni fynd heb y reis."

"O, syniad da, Julie. 'Dan ni jyst 'di bod yn diogi fyny at rŵan, ond ella os 'dan ni'n trio'n galed, fedran ni jyst dal mwy o bysgod! Perffaith!" meddai Eigra.

"Ocê, dyna ddigon," medda fi, yn trio aros yn calm, gan roi braich ar ei hysgwydd. "Nawn ni feddwl am rwbath." O'n i 'di meddwl am rywbeth yn barod, ond do'n i ddim yn meddwl y bysa neb yn fodlon iawn efo'r syniad, felly nesh i benderfynu peidio rhannu, am y tro.

Y diwrnod yna, efallai am fod pawb mor flin (ac felly'n ddistaw), ddaru ni lwyddo i ddal dau bysgodyn eitha mawr allan ar y rafft. O'dd hi'n anodd eu tynnu nhw i fewn. Morgan a fi o'dd 'di mynd allan, ac o'dd y pysgod bron yn fwy na'r rhwyd. Rhwng y ddau ohonan ni, ddaru ni fedru tynnu'r pysgodyn allan o'r dŵr ac ar y rafft, a'i ddal yn sownd o dan y rhwyd tan iddo fo beidio â neidio a fflopian o gwmpas, a'i geg o'n mynd yn llonydd.

Yn rhyfedd, do'n i ddim yn teimlo dim byd wrth wylio'r pysgod yn marw. Pan o'n i'n cofio am yr adeg ddaru fi ac Eigra wylio'r snípur yn boddi (rhywbeth o'n i'n trio peidio â meddwl amdano fo yn aml, os o gwbwl) o'n i dal i deimlo'n euog ac yn drist. Ond o'dd gwylio pysgodyn yn marw fel gwylio eira yn disgyn.

Wrth i ni gael ein tynnu nôl i'r lan gan y lleill, gofynnais i Morgan sut deimlad o'dd o i wylio pysgodyn yn marw.

"Ma'n od, chos o'n i'n disgwyl teimlo'n euog," meddan nhw. "Ella am fod nhw ddim yn neud sŵn, ma'n haws peidio meddwl am faint maen nhw'n diodda. Ond hefyd, dwi jyst mor llwglyd – fel dwi'n gwybod 'dan ni i gyd. Dwi'n meddwl os fyswn i efo digon o opsiynau o fwyd, fyswn i'n teimlo'n uffernol yn gwylio pysgodyn yn marw am ddim rheswm. Ond, ma'n teimlo dipyn bach fel 'him or me', t'go? Os di'r pysgod 'ma ddim yn marw, mi fyddan ni."

"Dwi'n gwybod be ti'n feddwl. O'dd o'n wahanol efo'r snípur," medda fi, heb feddwl.

"Ia, ond o'dd hynny *yn* wahanol doedd – trio'i achub o o'ddach chi, de," meddai Morgan.

Erbyn hyn, o'ddan ni 'di cyrraedd y traeth, ac o'n i'm isho ateb rhag ofn i Eigra glwad ac ypsetio. Wrth i bawb weld y ddau bysgodyn mawr, ddaru nhw floeddio'n uchel a dechrau clapio. Gwenodd Morgan led y pen, a dechrau camu oddi ar y rafft, ond mi ddoth 'na don annisgwyl wrth iddyn nhw neud, ac mi es i ar fy hyd. Wrth i fi lanio'n drwm ar y rafft, disgynnodd un o'r pysgod i'r dŵr. Bron i fi ei ddal o, ond o'n i'n ofn rhoi 'nwylo yn y dŵr rhewllyd, a cholli mwy o fysedd yn y broses. Neidiodd Eigra a Julie amdano fo ar yr un pryd, ond 'mond cnocio'n erbyn y rafft ac achosi i fi bron â disgyn i fewn ddaru nhw.

Mi ddigwyddodd hyn i gyd mor gyflym, ofn o'dd yr unig beth o'n i'n medru'i deimlo. Ofn llwgu, ofn y bysa pawb yn flin efo fi, ofn wrth feddwl am ddwylo oer, ac ofn disgyn i fewn i'r dŵr. Nesh i glwad yn rhywle mai saith eiliad fysa hi'n ei gymryd i foddi mewn dŵr iasol fel'na... o'dd yn swnio fel dim digon o amser i gael dy achub, ond lot rhy hir i ddiodda a gwybod dy fod di'n marw.

Steddais i'n llonydd ar y rafft, yn gafael yn y pysgodyn o'dd ar ôl yn dynn. Y lleia o'r ddau o'dd yn dal ar ôl, hefyd. O'r diwedd, estynnodd Eigra ei llaw tuag ata i, a'n helpu fi oddi ar y rafft yn ofalus. Cymerodd Morgan y pysgodyn, ei roi o'n y rhwyd, a thaflu honno dros eu hysgwydd – fel Pingu.

"Wel, ma'n well na ddim byd, dydi?" meddai Martha yn bwyllog, i drio setio'r mŵd cyn i neb fynd yn flin. Ar ôl wythnosau o fod yn hanner llwgu, o'dd pawb wedi'u trechu gan y diffyg bwyd, a'r ffaith ei bod ni mor oer trwy'r adeg a phopeth wedi torri, a'n bod ni bron â chael ein lladd gan rywbeth newydd bob dau funud. Dwi'm yn meddwl fod yr un ohonan ni efo'r egni i ddechrau rhyw ffrae fawr ar yr adeg yna. Daeth cwmwl o siom dros y grŵp wrth i ni gerdded am adra.

"Sut 'dan ni am goginio hwn, felly?" gofynnodd Eigra wrth i ni fynd.

"Fydd rhaid ni neud tân o ryw fath," meddai Julie yn benderfynol. "Mae genna i lot o luniau dwi di'u gneud. Fedran ni losgi heini i gychwyn y tân, wedyn be am i ni dorri'r gadair ddaru ni'i throi'n sled o'r blaen, a gweddill y gwely ddefnyddion ni ar gyfer y rafft?"

"Fydd rhaid i ni, bydd," meddai Eigra, "does na'm llawer o ddewis, erbyn hyn. O leia mae o'n ddigon sych, ddylsa bob dim danio'n eitha hawdd. Lle 'dan ni am neud y tân?"

Penderfynon ni y bysan ni'n trio neud y tân yn y gap rhwng y ddau adeilad, lle o'dd y bylb yn arfer goleuo'n ffordd. Wrth i Martha sefyll yn agos efo'r reiffl, ddaru ni rowlio rhai o sgetshys Julie yn fodrwyau bach tynn o bapur, a'u gosod nhw ar yr hambwrdd metal o'r labordy. Wrth law, o'dd darnau o'r gadair wedi'u torri'n wahanol feintiau.

"Be am i ni neud tân eitha mawr, wedyn rhoi'r pysgodyn yn y lludw i'w bobi," cynigiodd Morgan, felly dyna ddaru ni gytuno i'w neud.

"Lle ma'r matsys?" gofynnodd Julie, unwaith o'dd popeth yn ei le.

"Dyma chdi," meddai Morgan gan eu rhoi nhw iddi, "dwy sydd ar ôl, felly rhaid chdi neud siŵr fod o'n cynna!"

"Be 'dan ni am neud ar ôl i ni ddefnyddio hein, felly?" gofynnodd Eigra.

"'Na i ffeindio'n leitar," meddai Julie, "yr un o'n i'n ei ddefnyddio i danio'n smôcs pan ddaru ni gyrraedd. Fydd o o gwmpas y lle ma'n rwla, siawns."

Clywais i'r holl sgwrs yma fel tasa hi'n dod o bell, wrth i fi sefyll yn edrych allan i bob cyfeiriad rhag ofn fod yr arth yn dod. Ychydig droedfeddi i ffwrdd o'dd yr ardal lle o'n i 'di gorfod denig o dan yr adeilad i osgoi cael fy nal... fy ladd... Pa mor hir fues i yna'n cuddio? Do'n i'n dal ddim yn gwybod. Dwi'm yn siŵr os o'n i isho gwybod.

Unwaith o'dd y tanwydd wedi cydio, dyma Julie ac Eigra yn bwydo'r tân yn ofalus, a dyma Martha yn dod ata i efo'r reiffl.

"Paid â poeni," meddai hi'n dawel, "dwi'n cadw llygad barcud. Neith na'm byd ddigwydd i chdi."

Gwenais yn ddiolchgar arni, wrth wylio'r fflamau'n cydio yn y pren sych ac yn dechrau bwyta drwyddo fo. O leia o'dd y tân yn cael llond ei fol.

Safodd pawb o gwmpas y tân, yn mwynhau'r c'nesrwydd ac yn gwylio'r fflamau'n downsio a chodi, yna'n disgyn yn araf bach i greu lludw poeth, efo gwythiennau oren yn symud drwyddo wrth i ni roi'r pysgodyn ynddo fo a'i gladdu'n ofalus.

"Faint o hir gymrith hi?" gofynnodd Morgan. "Fydd rhaid ni aros efo fo, i neud siŵr bod na'm llwynog neu rwbath yn dod i'w ddwyn o."

"'Na i aros," meddai Martha. "Dwi'm yn meindio os 'di

pawb arall isho mynd i fewn." Edrychodd arna fi'n benodol.

"Iawn, ella a i i fewn, felly. Fedra i neud diod o ddŵr yn barod i bawb, a rhoi'r platiau allan," medda fi, gan smalio 'mod i am fod yn ddefnyddiol, yn hytrach na chyfadda bod gen i ofn a 'mod i isho cuddio.

"Ddo i efo chdi," meddai Eigra.

Arhosodd pawb arall tu allan, felly aethon i'r tŷ a dechrau rhoi platiau ar y bwrdd, gan gamu o gwmpas yr hen rewgell o'dd yn dal ar lawr, ac a oedd wedi dod yn beth naturiol i ni ei osgoi, rŵan, heb feddwl ddwywaith.

"Ti'n iawn?" gofynnodd wrth i ni orffen gosod bob dim.

"Yndw, ti?" medda fi gan ista i lawr.

"Yndw. Ond, w't ti yn iawn, go wir? Dim jyst gofyn i fod yn gwrtais ydw i." Steddodd Eigra ar fy nglin, yn fy wynebu i. O'dd hi mor ysgafn, o'dd hi'n sicr wedi colli gormod o bwysau.

"Dwi'n iawn, go wir," medda fi, am na dyna o'dd hi isho'i glwad. "Tyd yma."

Tynnais hi'n agosach a rhoi sws iddi. Daeth ei gwefusau a'i thafod i gwrdd â'n rhai fi. Er mai bwyd o'dd y peth cyntaf ar feddwl pawb, erbyn hyn, diflannodd y meddyliau yna am funud wrth i fi deimlo corff Eigra yn erbyn f'un i. Closion ni at ein gilydd, fel bod dim byd rhyngthan ni ond ein haenau o ddillad cynnes. Dechreuais i dynnu ei siwmper allan o fand gwasg ei throwsus.

"Ydi hyn yn ocê?" gofynnais, gan edrych i fyw ei llygaid.

"Yndi, paid â stopio," meddai hi, gan afael yn fy nwylo i a'u rhoi ar ei chorff. O'n i'n ofni bod fy nwylo i'n oer – o'dd bob dim yn oer yn y lle 'ma – ond mi g'neson nhw'n gyflym o dan dop thermal Eigra. Doedd ei bysedd oer hithau yn erbyn fy ngroen innau ddim yn teimlo'n anghyfforddus, chwaith. Efo'n llygaid ynghau, anghofiodd y ddwy ohonan ni am yr oerni, y pysgod, y snípur, popeth. Anghofiais i, hefyd, am y ffaith fod y lleill tu allan, ac y bysan nhw'n medru cerdded i fewn ar unrhyw eiliad.

Ond ddaru nhw ddim, diolch byth. Ella'u bod nhw'n synhwyro y dylsan nhw roi chydig o amser i ni, neu ella fod pysgodyn wir yn cymryd amser hir iawn i bobi mewn lludw, ond erbyn iddyn nhw ddod i fewn yn cario'r pysgodyn ar hambwrdd cynnes, o'dd Eigra a finnau wedi gwisgo'n ôl amdanan ac yn ista yn ddigon parchus ar y soffa, yn gafael yn ein gilydd yn gysglyd.

"Wel, 'dach chi'n edrych yn cozy iawn," meddai Martha efo gwên fach ddireidus.

Neidion ni i fyny, fel plant drwg yn cael copsan, a mynd i ista wrth y bwrdd efo pawb arall. Rhoddodd Julie y pysgodyn ar y bwrdd, ac o'dd stêm cynnes yn codi oddi arno fo yn oerni'r stafell. Llenwodd yr ogla fy ngheg i efo poer awchus, a chlywais i Eigra yn llyncu wrth fy ochr. Efo cylleth fain, rhwygodd Martha groen yr anifail i ffwrdd, gan ddatgelu'r cig o danodd, wedi'i goginio'n berffaith. Mi gafodd pawb ddarn digon mawr o fwyd, a ddudodd neb pa mor braf fysa hi 'di bod i gael dwbwl hynny, neu rywbeth i fynd efo'r pryd, neu jyst dipyn o halen a phupur, o'dd wedi rhedeg allan wythnosau yn ôl.

Wrth i fi drio cnoi bob cegiad yn ofalus, i neud iddo fo bara, dyma 'na rywbeth caled yn crensian yn erbyn fy nannedd. Poerais i o allan ar y plât, ac yna, safai llwynog yr Arctig bach aur. Y llwynog oddi ar fy nghadwyn.

"Ella'i fod o 'di rhewi yn yr eira, wedyn wrth i'r eira ddadmar a rhedeg fewn i'r môr, ma'r pysgodyn di'i weld o'n sgleinio a di'i fyta fo," meddai Martha. Dyna'r theori fwyaf coeliadwy o'dd gynnon ni ar y pryd.

"Be di'r ods i ni ddal yr union bysgodyn yna wedyn, ddo?" meddai Morgan. "A na hwnna di'r un ddaru ni'i achub, tra fod y llall 'di disgyn nôl i'r môr?"

"Wel, efo gorbysgota, ella fod yr ods yn uchel," cynigiais i.

"Ond ma 'na rwbath da 'di dod allan o'r wyrth ma 'fyd," meddai Eigra. "Fedran ni'i ddefnyddio fo fel lure i'r pysgod rŵan, gan bo' ni'n gwybod fod nhw'n licio fo!"

O'n i'm yn siŵr sut i deimlo am y ffaith fod fy llwynog bach i am gael ei droi'n offer pysgota, ond do'n i ddim, chwaith, isho tynnu'r bluen eira oddi ar y tsiaen. Meddyliais am Huw. O'n i heb neud ers wythnosau, erbyn hyn. Bwyd o'dd y prif beth i fi feddwl amdano fo, a'r arth, a 'mysedd. Fyswn i'n medru deud wrtho fo 'mod i 'di gorfod tynnu'r llwynog oddi ar y tsiaen er mwyn pysgota, a bod Eigra 'di rhoi'r bluen eira i fi fel diolch. Ond lle fysa Eigra, yn y fersiwn hon? Adra, 'di anghofio amdana i yn llwyr?

"Dwi'n meddwl, ar y nodyn yna, fod hi'n werth siarad am y pysgota 'ma," medda fi. "'Dan ni'n gwybod fod hi'n cymryd trwy'r dydd i, potenshali, dal un pysgodyn – neu weithia, ddim i ddal un o gwbwl. 'Dan ni'm efo llawer o danwydd, ac ma'r rafft yn berig. Welson ni hynny ddoe. 'Mond mater o amser fydd hi tan i r'wun lithro, a boddi."

"Be w't ti'n ei gynnig, felly?" gofynnodd Martha.

"Wel, dwi'n gwybod bo' ni'm isho meddwl am y peth... ond nath y snípur 'na lenwi ni'n iawn, do, er fod o'n fach. Ma'shwr bod 'na lot o faeth yn–"

"Na!" meddai Morgan, gan godi o'r gadair. "Dwi 'di deud yn barod sut dwi'n teimlo am hynny. 'Dan ni yma i edrych allan am y snípur a'u hastudio nhw, dim eu lladd a'u byta nhw!"

"Jyst un neu ddau, Morgan, i gadw ni fynd! Neu sut arall 'dan ni'n mynd i fyw tan i ni gael ein hachub o'r lle 'ma?"

"Ar bysgod! Fel 'dan ni 'di bod yn neud!"

"Dwi'n cytuno efo Nia," meddai Eigra yn dawel.

"Wel, mi fysat ti, bysat?" poerodd Morgan.

"Hei, paid â bod fel'na," medda fi.

"Dwi'n cytuno hefyd," meddai Julie. "Does neb o'nan ni isho gneud, dwi'n gwybod. Ond ma'n rhaid ni fyw."

"Be am i ni neud bob yn ail bryd, neu bob trydydd pryd, yn snípur?" gofynnodd Martha. "Pysgod weddill yr amser, ond snípur bob hyn a hyn i'n cadw ni fynd, ac i roi wbath newydd i ni'i fyta?"

"Sori Mogs, dwi'n meddwl bo' chdi'n outvoted," medda fi. "'Dan ni'n gwybod sut ti'n teimlo, wir, a does dim rhaid chdi fyta'r snípur, os ti'm isho. Ond ma'r gweddill ohonan ni am neud."

Gwelais i nhw'n derbyn y ffaith yma'n ddistaw, eu hwyneb yn llawn siom. O'n i'n teimlo bechod drostyn nhw, go wir, ond o'n i'n teimlo'n llwglyd fwy na dim.

Doedd dim rhaid i ni fynd yn bell i ffeindio snípur, hyd'noed heb y sganiwr. Yn yr eira tu allan i'r adeiladau, o'dd hi'n ddigon hawdd cael hyd i un. Sut i'w ladd o, dyna o'dd y broblem.

"Dwi'm isho ddim byd i neud efo hyn," meddai Morgan,

gan fynd yn ôl i fewn i'r labordy. Dwi'n meddwl eu bod nhw 'di gobeithio y bysan nhw'n medru dychryn y snípur i gyd i ffwrdd trwy gau drws y labordy gyda chlec mor swnllyd â phosib.

"Gad iddyn nhw fynd," meddai Martha, eiliad cyn datguddio snípur o dan yr eira.

Safodd Eigra wrth fy ysgwydd i yn gafael yn y reiffl, wrth i Martha ddal y snípur gyda dwy law, yn ofalus.

"Fyswn i'm yn beirniadu nhw am ei fyta fo," meddai Eigra.

"Na fi, chwaith. Be am i ni jyst rhoi pump platiad o fwyd allan, a deud dim, a gawn nhw fyta fo os 'dyn nhw isho?" medda fi.

"Syniad da," meddai Martha gan godi'n ofalus. "Dwi am jyst gwasgu gwddw'r peth bach 'ma, dwi'n meddwl. Neith o'm cymryd hir." Trodd ei chefn arnan ni fel ein bod ni ddim yn gorfod gwylio, chwarae teg iddi. Edrychodd Eigra a finnau ar ein gilydd, gan rannu edrychiad o euogrwydd.

"Dyna ni, mae o 'di mynd," meddai Martha, â chryndod yn ei llais, gan droi a chyflwyno'r corff bach llipa i ni.

"Ti'sho fi'i brepario fo?" gofynnodd Eigra.

"Na, na i neud. Dwi'n teimlo bod arna i hynna iddo fo," meddai Martha. Steddodd ar stepan drws y tŷ ac estyn ei chylleth boced. Agorodd Julie y drws o'r tu mewn, wrth iddi neud, a bu bron i Martha ddisgyn am yn ôl.

"Sori, Martha! Dwi 'di ffeindio'r leitar," meddai Julie, gan ei chwifio uwch ei phen yn fuddugoliaethus.

"A i i nôl wbath i gynna'r tân," medda fi. "Dwi'n meddwl y bydd rhaid ni ddechra llosgi rhai o'r nodiadau."

"Tiwbiau toilet rôl fysa'n handi rŵan, de," meddai Martha.

Doedd na'm papur toiled ar Ynys Snípur, molchi efo dŵr oer o'dd rhaid i ni neud.

Wrth fynd i mewn i'r labordy, meddyliais i am Huw. Do'n i'm yn gwybod a o'dd o'n medru cynnau tân, hyd'noed. Tasa fo yma rŵan, beth fysa fo yn ei neud? Ta fysa'r arth di'i ladd o erbyn hyn?

Safodd Morgan wrth y byrddau efo'r mapiau a'r nodiadau arnyn nhw, yn edrych drwyddyn nhw – neu'n smalio gneud, beth bynnag.

"Ydi o di'i neud, 'dach chi di'i ladd o?" gofynnodd, heb droi rownd.

"Do. Martha ddaru neud," medda fi, a do'n i'm yn siŵr ai jyst symud y bai o'n i, ta be'.

Ochneidiodd Morgan yn uchel. Esh i atyn nhw a rhoi'n llaw ar eu hysgwydd.

"Dwi'n sori, Mogs. Nath o ddim diodda." Naddo? Do'n i ddim yn gwybod, wir.

Symudon nhw rai o'r nodiadau o gwmpas a dangos tudalen i fi. "Dwi'n trio ffeindio tudalennau eitha gwag, neu dudalennau lle 'dan ni 'di ailadrodd ein hunain. Rhag ofn i'r cyfrifiaduron beidio â gweithio byth eto, am ryw rheswm, fydd rhaid ni gadw gymaint o'r nodiadau ag y medran ni."

Doedd na'm papurau hollol wag ar ôl, erbyn hyn, do'ddan ni ddim wedi disgwyl gorfod sgwennu gymaint i lawr dros y flwyddyn. Ond nid nodiadau gwyddonol o'dd y cwbwl, ac o'n i'n gwybod fod pawb yn cadw rhyw fath o ddyddiadur personol bob un. Penderfynais i 'mod i'n fodlon llosgi'n un i.

"A i i nôl 'nyddiadur, geith yr holl beth fynd i'r tân," medda fi.

"Ti'm yn gorfod bod yn ferthyr," meddai Morgan, gan edrych arna i, o'r diwedd. "Ella fyddan ni angen rhai tudalennau ohono fo, eventually, ond cym on... fedran ni, o leia, ddefnyddio'r bits o bapur 'ma a'r cloriau a ballu, gynta."

Gwenais i mewn ymateb i'r peace offering 'ma, a dechrau helpu i ffeindio'r papurau o'dd yn hanner gwag, a rhwygo'r haneri gwag i ffwrdd. Yn y diwedd, o'dd 'na ddigon o bapurau i gynnau tân, ac mi losgwyd gweddill y gwely er mwyn creu tân ddigon mawr i roi'r snípur yn y lludw, fel ddaru ni'i neud efo'r pysgodyn.

O'dd o mor flasus, ddaru fi ddal fy hun yn llyfu'r olew oddi ar fy mhlât. Gorffennodd Morgan bob tamaid, hefyd, a doedd yr un ohonan ni yn eu beirniadu nhw am drio aros yn fyw. Doedd na'm tamaid o berfedd ar ôl i'r llwynogod y noson honno. Ddaru ni fwyta'r rheini, hefyd.

Ar y fainc yn y labordy, safai dwy fodrwy fach blastig, o'dd wedi bod ar goesau'r snípur ddaru ni eu lladd a'u bwyta. Doedd neb yn siŵr beth i'w neud efo nhw, neu a ddylsen ni eu cadw nhw – fel rhyw dlysau morbid.

"Be am eu claddu nhw efo'r dant a'r bysedd?" gofynnais, wrth i ni sefyll yn edrych arnyn nhw.

Edrychodd pawb yn eitha ocwyrd, tan i Julie fentro deud: "'Dan ni'm yn siŵr lle ma heini, bellach, ma bob dim yn edrych yr un peth dan yr eira. Ella fod 'na lwynog, neu wbath, wedi'u cymryd nhw."

Cymryd. Gair bach diniwed.

"Be am i ni'u gwisgo nhw, jyst rhag ofn," meddai Eigra.

"Rhag ofn i ni fynd ar goll, a rhywsut cael y sganiwr i weithio, a wedyn ffeindio'n gilydd ffordd 'na, rwla ymysg y snípur?" gofynnodd Martha.

"Wel, pan ti'n ei ddeud o fel'na."

"Be am i ni jyst gwisgo nhw? Pam ddim?" meddai Morgan, a chymeron nhw un o'r modrwyau a'i thrio hi ymlaen, ond o'dd hi'n lot rhy fach.

Edrychais i ar Eigra, ac mi edrychodd hithau i lawr ar y fodrwy ddyweddïo ar ei bys. Codais i fy llaw chwith i fyny a chwifio'r bysedd. Efo jyst dau fys a bawd ar ôl, o'dd o'n debycach i droed y snípur nag i law person. Dyma ni'n casglu'n pethau i fynd i lawr i'r traeth.

Morgan a Martha aeth allan ar y rafft tro'ma, efo Julie a finnau'n dal y rhaff i'w tynnu nhw i fewn, ac Eigra yn sefyll efo'r reiffl, jyst rhag ofn.

"Be ti'n meddwl ddigwyddodd i'r arth 'na, wedyn?" gofynnodd Julie. Hi o'dd yr unig un o'dd wedi mentro sôn wrtha i am yr arth... o'dd 'na ormod o ofn ar bawb arall i godi'r pwnc.

"Dwi'n dechra meddwl bo' fi 'di hallucinate-io'r holl beth," medda fi. "Weithia, pan dwi efo maneg ymlaen, dwi'n smalio fod y bysedd yn dal yna." O'n i heb gyfadda hyn wrth neb o'r blaen.

"Bechod bo' nhw ddim fel dannadd, de, a'r lleill sy'n dal yna ddim yn symud i lenwi'r bwlch," meddai, gan wenu arna i. Mi sylwais i ei bod hi'n iawn, doedd 'na bron ddim bwlch i'w weld lle o'dd y dant yn arfer bod.

"Ella ga i brosthetics pan awn ni adra," medda fi. "Dim llawar i fynd rŵan, nagoes?" Dyna o'dd y mantra o'ddan ni 'di dechrau ei adrodd wrth ein gilydd. O'dd jyst angen i ni oroesi tan hynny.

"Ylwch!" meddai Eigra, mwyaf sydyn – ac am eiliad, mi deimlais i fy stumog yn suddo fel carreg drom mewn pwll. Ond rhesiad bach o snípur o'dd yno, yn rhedeg ar draws y traeth.

Dechreuodd fy stumog i rymblio'n uchel.

"Pa mor hawdd fysa hi i jyst cymryd un?" meddai Eigra yn ddistaw. Ddaeth 'na ddim ateb.

Allan ar y môr, gwelais i rywbeth cyfarwydd. Asgell morfil. Orca.

"Shit, ddylsan ni'u tynnu nhw nôl fewn," medda fi, gan brysuro i neud hynny.

"Na, hang on," meddai Julie. Edrychais arni mewn syndod. "Ar y funud, maen nhw – mwy na thebyg – yn edrych fel darn o rew ar wyneb y dŵr, neu rwbath, ond os 'dyn nhw'n dechra symud, mi fydd y morfilod isho dod i weld be ydyn nhw."

Allan ar y rafft, o'dd y ddau wedi gweld yr asgell, a 'di dechrau chwifio'u breichiau arnan ni.

"Dwi'n meddwl bo' nhw isho dod yn ôl, Julie," medda fi, gan dynnu eto ar y rhaff. Symudodd yr asgell yn agosach, yna mi ddiflannodd o dan y dŵr.

Ddigwyddodd 'na ddim byd, am chydig, ond yna neidiodd yr orca allan o'r dŵr – yn agos iawn at y rafft – gan greu ton.

Rhewais i mewn ofn, a gwelais i Morgan a Martha yn gafael yn ei gilydd, er mwyn peidio â disgyn.

Ond tu ôl i'r rafft o'dd yr orca wedi plymio, ac mi ddechreuodd y don eu gwthio nhw tuag at y lan. Er syndod, neidiodd y morfil am yr eilwaith, a gneud yr un peth eto – fel y byddan nhw'n ei neud i sgubo morloi oddi ar haenau o rew.

"Pawb dynnu, cwic," medda fi, a rhoddodd Eigra y reiffl i lawr a dechrau tynnu'r rhaff. O'dd y rafft prin wedi cyrraedd y tir cyn i Morgan a Martha neidio oddi arni hi a dechrau rhedeg yn wyllt tuag atan ni.

Ffrwydrodd y morfil allan o'r môr tuag at y rafft, am y trydydd tro – ac o'n i'n ofni y bysa fo'n mynd yn sownd ar y rhew – ond llithrodd yn ôl i fewn i'r dŵr. Yn araf, aeth yr asgell yn bellach, tan iddo ddiflannu.

Wrth fy ochr, o'dd Morgan yn gaspio am aer, ac roedd Martha yn gryndod i gyd. Rhoddodd Julie ei breichiau am Martha, a thynnais i'r rafft tuag atan ni ar draws yr eira. O'dd hi i weld yn dal yn gyfa, ond ma'shwr y bysa hi'n amser hir cyn i unrhyw un fod yn fodlon mynd allan arni hi eto, os o gwbwl.

"Ddaru ni ddal pysgodyn, hefyd," meddai Morgan, "ond mi sleidiodd o nôl i'r dŵr, efo'r tonnau 'na."

"Be nawn ni, felly?" gofynnodd Julie.

Dilynais i ongl ei llygaid, tuag at y rhesiad o snípur, oedd heb fynd yn bell iawn, eto.

"Nawn ni jyst cymryd un, ia?" medda fi, wrth gerdded ar draws yr eira. Er fod tag ar ddau o'r snípur, o'dd 'na un efo coes noeth, a doedd hi'm yn anodd ei godi o i fyny a mynd â fo nôl at y grŵp.

"Cad o'n fyw, tan 'dan ni adra," meddai Martha, "wedyn fedra i brepario fo."

Cariais i'r deryn bach dan fy nghesail, ac mi gyd-deithiodd o'n ddigon hamddenol adra efo ni.

Y noson honno, o'dd y tân yn ddigon poeth i ni fedru coginio reis i'w gael efo'r snípur 'di'i rostio. Mai God, o'dd o'n flasus.

Daeth yr haf i'w ben yn araf, a daeth y Llewyrch yn ôl i'r awyr wrth i hydref ddychwelyd. Dechreuodd hi nosi unwaith eto, er nad oedd y nosweithiau'n hollol dywyll, yn dal i fod. Erbyn hynny, ro'ddan ni'n medru byw ar un pryd o fwyd bob dydd, ond o'dd y broses o drio dal pysgodyn, neu snípur, yn cymryd y rhan fwyaf o'n hamser.

Am ein bod ni'n medru astudio corff y snípur – gan gynnwys yr esgyrn, a'i holl organau – o'dd gynnon ni fwy o wybodaeth i fynd adra efo ni, o leia, a sgerbwd cyflawn hefyd. Penderfynon ni y bysa un yn ddigon hawdd i'w esbonio, gan nad o'dd Eigra a finnau byth wedi cyfadda i'r lofruddiaeth gyntaf honno. Claddwyd y gweddill, neu eu taflyd i'r môr. I safio tanwydd, ro'ddan ni'n bwyta'r pysgod yn amrwd, a doedd o ddim yn rhy ddrwg chwaith, os o'ddan ni'n eu torri nhw'n ddarnau bach, bach ac yn eu llyncu nhw bron yn gyfan. Ond o'dd pob snípur yn gorfod cael ei goginio'n iawn, felly prydau arbennig o'dd rheini, ac o'dd un deryn yn medru'n cadw ni i fynd am ddau ddiwrnod, weithiau.

Ers i Martha a Morgan gael ffrae efo'r orca, doedd yr un ohonyn nhw'n hapus i fynd allan ar y rafft, ond doedd 'na fawr o drafferth wedi bod ers hynny. Daeth Eigra a Julie yn ôl efo dau bysgodyn enfawr ar y trip diweddaraf, felly dyma ni'n penderfynu cael gwledd a'u coginio nhw'n iawn.

"Fedran ni sbario chydig o'r nodiadau sy'n sort of ailadrodd eu hunain," meddai Martha, "neu, hyd'noed, copïo rhai i'r papura llawn, yn y marjins."

"Dwi'n dal efo 'nyddiadur personol i," medda fi. "Dwi'n

meddwl ei bod hi'n amser llosgi hwnnw, ma pob tudalen wag 'di mynd i'r tân yn barod."

Dyma luwch o symudiad wedyn, wrth i bawb drio ffeindio rhywbeth fysa'n llosgi. Papurau personol, lluniau, pâr o nicyrs efo staen gwaed arnyn nhw, un faneg unig (a'i chwaer wedi hen fynd ar goll), clawr bob un llyfr nodiadau, beibl, un paced cardbord bach, siwmper wlân wedi'i rhwygo, a'r ail wely. Fysan ni'n medru cysgu mewn rhes ar draws y tri o'dd ar ôl. Ddaru ni'i dorri fo'n ddarnau, a rhoi'r rheini mewn tri phentwr: darnau bach, darnau canolig, a darnau mawr. Y gobaith oedd y bysa hynny'n gneud dau neu dri o danau cyn i ni orfod aberthu un arall o'r gwelyau. O leia fysa 'na lai o bethau i'w gludo adra, ac o'dd y bocs ailgylchu yn hollol wag, erbyn hyn, popeth wedi'i losgi.

Am ei bod hi mor sych, a'r awel yn ysgafn, cydiodd y tân yn hawdd, a chlosiodd pawb o'i gwmpas. Daeth haid o wyfynod arth gwlanog yr Arctig tuag at y golau, ac yn aml fysa 'na un yn trengi efo sŵn bach distaw fel hisian. Neu efallai mai dychmygu'r sŵn o'n i. Ers i ni ddechrau bwyta cyn lleied â phosib, o'n i'n dychmygu lot.

Ym mhobman, ro'n i'n gweld yr arth. Ym mhob cysgod, pob breuddwyd, pob pentwr o eira. Pob sŵn annisgwyl, neu ebychiad gan un o'r lleill... hyd'noed yn sisial fy anadl fy hun yng nghanol y nos.

Arth.

Wrth wylio'r fflamau yn amlyncu'r pysgod, o'ddan nhw'n ffurfio siâp yr arth. Siâp arth o'dd yn y mwg, a'i hanadl yn llenwi'r aer. Hyd'noed y gwyfynod, o'dd wedi'u henwi ar ei hôl. Nhw o'dd ei negeswyr, yn datgan ei dychweliad. Disgynnodd plu eira mawr yn araf o'r awyr, dim rhy drwm i ddiffodd y tân, ond yn ddigon trwm i wneud sŵn cynnil wrth iddyn nhw daro'r fflamau. Pob pluen, pob diferyn yn bawen arth, yn camu drwy domen eira tuag ata i.

Wrth i ni fwynhau'r wledd, yn ein nyth bach o welyau efo lantar uwch ein pennau, dychmygais ein bod ni allan yng nghanol yr eira, a bod yr arth yn cylchu'r dent. O'n i'n gweld pawb yn mwynhau'r bwyd, yn sychu olew oddi ar eu gwefusau, yn pigo darnau o esgyrn mân allan o'i cegau. I 'nglustiau i, o'dd bob sŵn fel sŵn arth yn brathu drwy groen, yn rhwygo.

O'dd y bwyd fel darnau o gyrff meirw yn fy ngheg.

"Genna i syniad," meddai Eigra un bore. O'dd hi'n fore? O'dd yr haul yn tywynnu drwy un o'r ffenestri budron.

Cododd pawb yn araf, yn dal yn ein sachau cysgu, neb yn barod i adael aer cynnes y dent, eto, er ei bod hi'n dechrau ogleuo yn eitha stêl tu fewn iddi. Pryd o'dd y tro dwytha i fi olchi 'nannedd? Tynnais i Eigra yn agosach i gael teimlo mwy o g'nesrwydd. Doedd hi'n fawr o beth tu fewn i'r sach, fel corff bach snípur ar ôl i ni fwyta'r cig. "Be di'r syniad sgen ti?" gofynnais.

"Wel, dwi'm yn gwybod pam bo' ni'm 'di meddwl am hyn yn gynt, ond ma'r reiffl yma… Felly, pam ddim?"

"'Sgenna i ddim mynadd efo'r sysbéns 'ma," meddai Morgan, gan godi o'u sach. "Jyst deu'than ni p'run ohonan ni ti'sho ei saethu."

"Morgan! 'Di hynna'm yn ffyni," meddai Martha, ac mi welais i Julie yn fflinshio.

"Morlo," meddai Eigra, cyn iddi fynd yn ffrae.

Dychmygais i forlo, yn rolio ar ei stumog tew, llygaid mawr a mwstásh blewog, a'i fflipers bach yn chwifio'n ddiymadferth. Ond o'ddan ni 'di gwylio'r morloi'n cwffio yn y gwanwyn, a doeddan nhw ddim mor ddiymadferth â hynny chwaith. Efo'r reiffl, fysa lladd un yn hawdd, ac yn ddigon i'n bwydo ni am ddyddiau. Efallai, am weddill ein hamser ni yna. Wrth edrych ar wynebau pawb, o'dd hi'n amlwg eu bod nhw i gyd yn cysidro'r peth, hyd'noed Morgan, er 'mod i'n gwybod y bysan nhw'n bryderus.

"Sut fysan ni'n seperatio fo oddi wrth y lleill, er mwyn i

ni gael nôl y corff?" gofynnais i'r grŵp, nid i Eigra yn unig. Doedd hi'm yn teimlo'n deg rhoi hyn i gyd ar ei hysgwyddau hi, pan o'ddan ni i gyd yn cytuno i neud.

"Dwi'n meddwl fysa twrw'r reiffl yn eu dychryn nhw i ffwrdd," meddai Martha. "Neu ella fysan ni'n medru defnyddio gwn fflêr, os ddim."

"Sut 'dan ni'n mynd i gario'r corff holl ffordd adra?" gofynnodd Eigra, rŵan ei bod hi'n amlwg ein bod ni'n planio hyn go iawn.

"Ar y rafft? Fysan ni'n medru'i llusgo hi'n eitha hawdd, dwi'n meddwl," cynigiais, gan ein bod ni wedi llosgi sled Morgan gwpwl o wythnosau'n ôl.

"Werth trio, dydi," meddai Martha, "jyst efo un."

"Dyna ddaru ni'i ddeud am y snípur, a sbiwch lle ma hynna di'n cael ni," meddai Morgan.

"Ia, 'dan ni dal yn fyw!" snapiodd Eigra.

"Mae ganddi boint," meddai Julie. "'Dan ni'n dal yn fyw am ein bod ni 'di byta'r snípur. Os na dyna fydd rhaid digwydd efo'r morloi, hefyd, dwi'n fodlon neud be sydd angen ei neud."

Cododd Martha o'r gwely a sefyll wrth ddrws y dent. "Morgan, dwi isho chdi ar ein hochr ni," meddai hi. "Ti'n wych, a ti'n grêt mewn sefyllfaoedd lle ma pawb arall yn colli'u pennau. Ond, os ti ddim isho bod yn rhan o hyn, dwi'n dallt. A hyd'noed os ti'n diseidio bo' chdi'n fodlon byta'r morlo, ar ôl i ni'i ladd o, dwi ddim am farnu chdi."

Edrychodd Morgan arnan ni i gyd, a dwi'n meddwl eu bod nhw wedi penderfynnu bod ni wir ddim am eu barnu nhw am beidio â bod yn figan er mwyn byw tan ddiwedd yr ymchwil ar Ynys Safísk.

"Iawn," meddan nhw, efo ochneidiad fawr, "fine ta, na i helpu. Fydd rhaid chi godi o'r gwely ddo, 'dach chi fel y grandparents yn Charlie and the Chocolate Factory yn fan hyn!"

"Paid â neud ni feddwl am siocled, plis Morgan," ebychodd Julie, a diolch byth, ddaru'r tensiwn dorri ar hynny.

Cododd pawb, a dechrau paratoi i fynd allan i'r oerni. Meddyliais am y briffiau diogelwch gawson ni ar Ny-Ålesund, a'r rhestr fawr o bethau i fynd efo ni ar bob alltaith. Erbyn hyn, doedd na'm perig o fedru cael Thermos cynnes, na llawer o ddillad sbâr. Ond o'dd y reiffl wastad yn dod efo ni, ac o'dd 'na ryw gytundeb di-eiriau wedi cael ei neud – ein bod ni i gyd yn mynd i bobman efo'n gilydd, heb adael neb ar eu pennau eu hunain. Teithio fel un corff, meddwl fel un corff, bihafio fel un corff... dyna o'dd y peth, rŵan. Un corff mawr efo pump pen, 47 bys a 50 bodyn troed. Wel, am wn i; o'n i heb weld traed pawb, chwaith.

"Ti am stopio synfyfyrio, a dod efo ni?" gofynnodd Eigra, gan ddringo drosta i allan o'r gwely.

Dilynais hi, yn ofalus. O'dd codi o'r gwely yn neud fi'n benysgafn, erbyn hyn. Meddyliais am y morlo. Cyn hir, mi fysa 'na ddigon o fwyd i bara wythnos. 'Runig beth o'ddan ni angen ei neud o'dd lladd un morlo gyntaf. O'ddan ni i gyd yn barod.

Wrth i ni agosáu at y traeth, sylweddolais i faint o egni o'dd o'n ei gymryd i wthio drwy'r cwpwl o fodfeddi o eira o'dd wedi disgyn y noson gynt. O'n i'n teimlo mor wan, mor aml, a do'n i ddim yn medru meddwl am lusgo corff y morlo adra. Ond doedd o'm yn mynd i fod cweit mor anodd rŵan, o leia, gan bod 'na haen daclus o eira gwyn, glân, dros bob dim – fel cwilt yn ffresh o'r tymbl-draiyr.

Am chydig, esh i ar goll yn f'atgofion o gwiltiau glân, efo'r ogla cysurus hwnnw… pa mor gynnes a chlyd fysan nhw. Er ein bod ni i gyd wedi arfer, erbyn hyn, cysgu mewn gwely budr efo pedwar person arall, heb ddim lle i droi a throsi, o'dd na'n dal ran ohona i o'dd yn ysu am wely go iawn, fy ngwely fy hun. Dydi arfer efo rhywbeth ddim yr un peth â'i fwynhau o. Dydi'r teimladau drwg ddim yn diflannu, mae rh'wun jyst yn gorfod eu derbyn nhw, rhywsut. Fedrith rh'wun ddod i arfer efo rhywbeth, er ei fod o ddim, yn angenrheidiol, yn hapus efo'r hyn mae o wedi gorfod arfer efo fo.

"Guys, lle ffwc ma'r rafft?" Torrodd Morgan drwy'r freuddwyd ddatgysylltiol o'n i ar goll ynddi. Edrychais i o 'nghwmpas mewn dryswch. O'ddan nhw'n iawn, doedd y rafft ddim yna bellach. Am eiliad, o'n i'n poeni fwy 'mod i wedi bod yn synfyfyrio, a heb fod yn cadw golwg am yr arth. Edrychais i o 'nghwmpas mewn panic llwyr, ond doedd dim golwg ohoni. Downsiodd smotiau bach o flaen fy llygaid, ond unwaith i fi lwyddo i wahaniaethu rhyngthyn nhw ac arth, dechreuais i anadlu'n iawn eto.

"Ydi'r orca 'di bod yn ei ôl? Wedi'i chymryd hi, rywsut?" holodd Martha.

Y meddylfryd, cyn hyn, oedd bod y rafft yn mynd i fod yn saff ar y traeth, am nad o'dd 'na unrhyw berson arall o gwmpas i'w dwyn hi, neu i'w gwthio hi i fewn i'r môr, ond mae'n rhaid fod rhyw anifail wedi cael hwyl arni hi tra ro'ddan ni i ffwrdd.

"Y morloi, ella, wedi synhwyro be o'ddan ni am ei neud," cynigiodd Eigra, er bod hynny, yn amlwg, yn syniad gwirion. Dyma fi'n meddwl ella bod yr arth wedi'i defnyddio hi, i adael yr ynys. Penderfynais i'n ddistaw bach, i fi fy hun, na dyna o'n i am ei goelio. O'dd yr arth wedi mynd, wedi hwylio i ffwrdd.

Doedd y morloi ddim i'w gweld fel tasen nhw wedi synhwyro ddim byd, ond wrth i ni agosáu dyma nhw'n dechrau mynd yn aflonydd, yn neidio o gwmpas a dros ei gilydd ac yn dechrau neud synau bach bygythiol. Daeth rhai o'r rhai mwy, y rhai o'n i'n meddwl amdanyn nhw fel y 'dynion', yn agosach, fel tasen nhw'n barod i amddiffyn y lleill. Cododd Eigra sgôp y reiffl at ei llygaid, ac o'n i 'di dychryn, braidd – o'n i'm 'di disgwyl i bopeth ddigwydd mor gyflym.

"Genna i un mawr yn fy seit, 'dach chi isho hwnnw? Yr un yn y canol, sy'n wynebu ni."

Rŵan 'mod i'n edrych yn fwy manwl ar y morloi, o'n i'n dechrau sylwi pa mor unigryw o'dd bob un... yn batrymau, lliwiau, a meintiau gwahanol, ac yn symud ac yn bihafio'n wahanol i'w gilydd. Safodd rhai yn llonydd yn ein gwylio ni, tra bod rhai eraill yn symud i ffwrdd, ac ambell un i'w weld heb sylwi arnan ni o gwbwl.

"Rhaid ni feddwl am orfod coginio'r holl gig," meddai Martha, "faint o'r tanwydd sydd ar ôl?"

"Ond ma'r Inuits yn bwyta morloi ym mhob math o ffyrdd, wedi'u coginio neu 'di'u smocio, neu 'di'u rhewi. Fysan ni'n medru neud bach o bob dim, efo jyst un tân," cynigiais.

"Wel, well ni ddewis, dwi'm yn mynd i sefyll fel hyn

drwy'r dydd," meddai Eigra yn ddiamynedd. Dwi'n meddwl ei bod hi'n flin mai hi o'dd yn gorfod neud y lladd.

"Dos am yr un wrth ei ymyl o, hwnnw sy'n wynebu i'r chwith," meddai Julie, "mae o'n dal ddigon mawr, ond fydd o'n haws i ni fynd â fo adra, a'i goginio fo wedyn. 'Dan ni'm isho lladd un, a wedyn gorfod wastio fo."

Gwyliodd pawb Eigra yn anelu'n ofalus, ella am nad o'ddan ni isho gwylio'r morlo ei hun. Pan ddaeth yr ergyd, o'dd o'n uwch na beth o'n i'n ei gofio, a neidiodd pawb.

Dechreuodd y morloi fynd yn wyllt, gan weiddi a fflopian o gwmpas i bob cyfeiriad – rhai i'r môr, rhai yn bellach i lawr y traeth – ond yn y diwedd, ddaru nhw setlo ddigon i ni fedru gweld beth o'dd hanes yr un anffodus.

"Lle mae o?" Clywais i sŵn panic yn llais Eigra... o'dd hoel gwaed mawr ar y rhew, ond dim golwg o'r morlo.

O'dd yr hoel coch yn arwain at ymyl y dorf o forloi bywiog.

"Mae o'n ganol nhw'n rwla! Ydi o 'di marw?" Dechreuais i gerdded tuag at y morloi yn ofalus, a dilynodd pawb, ond doedd y morloi ddim i'w gweld yn fodlon symud i ddatgelu'r un o'dd 'di marw. "Lle mae'r gwn fflêr?" gofynnais, ond cyn i fi droi rownd, mi saethodd fflêr mawr coch i'r awyr yn sydyn.

Troais, a gweld Morgan yn gafael yn y gwn. "Be?" gofynnodd. "'Dan ni 'di saethu'r peth rŵan, do, rhaid ni gael wbath i'w ddangos amdana fo, o leia!"

Fuon ni wrthi'n trio dychryn y morloi am tua awr neu fwy, dw i'n siŵr (er nad o'dd gynnon ni ffordd i fesur amser ar yr ynys ers wythnosau) ond o'ddan nhw'n anfodlon ildio'r aelod marw i ni. O'ddan nhw'n gwybod fod o wedi marw, ac yn ei gadw fo oddi wrthan ni, ta o'ddan nhw'n amddiffyn un o'dd wedi brifo? Ella'u bod nhw jyst mor ofnus a conffiwsd fel nad o'ddan nhw'm yn gwybod yn iawn beth o'ddan nhw'n ei neud.

"Be am i ni drio ffeindio'r rafft?" gofynnodd Julie o'r diwedd. "Ella nawn nhw symud ymlaen, rhyw ben."

"Lle 'dan ni am chwilio? Allan yn y môr?" O'dd Eigra, yn amlwg, wedi colli mynadd yn llwyr, ac ella yn dal yn flin am mai hi o'dd wedi cael y syniad o ladd morlo, ac wedi gorfod saethu'r peth, heb ddim byd i'w ddangos am yr ymdrech. Yn y cyfamser, fysan ni probybli 'di medru dal pysgodyn, neu ffeindio snípur. Sylwais i 'mod i'n projectio, dipyn bach – nid Eigra o'dd yn meddwl y pethau yma, ond fi. O'n i'n flin efo hi, ond dim ei bai hi o'dd hyn. Nesh i drio cael gair bach efo fi fy hun, ond ro'n i mor llwglyd, o'dd hi'n anodd meddwl yn glir.

"Awn ni am dro ar hyd y traeth, 'dan ni byth yn mynd yn bell iawn ffordd 'na, a gweld os ydi hi wedi golchi fyny'n rwla," meddai Julie gan ddechrau cerdded.

"Ond does 'na ddim marcyrs, be os awn ni ar goll?" holais i, gan ei dilyn hi'n ddigon ufudd yn dal i fod.

"Os 'dan ni jyst yn dilyn y lan, a wedyn troi nôl arnan ni'n hunain, fydd o'n ddigon hawdd, bydd?" meddai Morgan, gan gerdded ar ein holau ni'n benderfynol.

"'Dach chi'n dod?" gofynnais i Eigra a Martha.

"Dwi am aros," meddai Eigra, "a gweld os fedran ni gael hyd i'r morlo 'ma. Dwi'm isho'i adael o allan o 'ngolwg."

Wrth i ni ddilyn y lan, gan gadw llygad am y rafft, sylwais

i fod y gwynt yn dechrau chwythu'n gryfach. Pan adawon ni'r tŷ, o'dd hi'n ddiwrnod tawel... ond o'dd y tywydd yn troi. Nesh i drio peidio â phoeni, ond o'n i'n dechrau pryderu am yr oerni, a sut o'ddan ni'n mynd i gynnal tân. Fysa'r snípur yn anoddach i'w ffeindio yn y gwynt, hefyd, doeddan nhw ddim i'w gweld yn ei licio fo.

Ar y gair, gwelais i snípur yn bobian heibio ar y môr, i'w weld yn ddigon hapus.

"Braf tasa'r rhwyd gynnon ni rŵan, de?" medda fi wrth Morgan a Julie, ond doeddan nhw ddim wedi clwad, neu o'ddan nhw'n fy anwybyddu i. Cerdded yn bwrpasol o'ddan nhw, gan edrych o'u cwmpas fel tasa'r rafft yn mynd i jyst ymddangos allan o nunlle, a'n safio ni i gyd. Doedd neb yn licio mynd allan arni hi, ers yr orca, felly ella'i fod o'n beth da ei bod hi 'di mynd – er, fysan ni 'di medru'i defnyddio hi fel coed tân, o leia.

Mi o'dd 'na goed ar Ynys Safísk, ond o'ddan nhw'n fytholwyrdd, a mor fawr, a doedd gynnon ni'm bwyall iawn, mond hatshiet bach – digon da i dorri gwely neu gadair yn ddarnau, ond 'mond sgriws o'dd yn dal rheini at ei gilydd beth bynnag. Doedd na'm ffordd i ni dorri coeden i lawr, a hyd'noed tasan ni, rywsut, yn llwyddo... beth wedyn? Sut 'san ni'n ei dragio hi at y tŷ, ac yn ei thorri hi'n ddarnau llai a sychu rheini allan? O'ddan ni i gyd mor wan, erbyn hyn, o'dd hyd'noed dychmygu gneud hynny'n fy mlino i.

"Pa mor bell 'dan ni am fynd?" gofynnais i Julie a Morgan, gan dorri allan o'r synfyfyrdod. "Hang on, rhaid ni fynd nôl!"

Mae'n rhaid eu bod nhw 'di clwad y panic yn fy llais i achos mi ddaru'r ddau ohonyn nhw stopio a throi tuag ata i.

"Be sydd?" gofynnodd Julie, gan gymryd cam yn nes.

"Does gynnon ni'm reiffl, mae o gan Eigra a Martha," medda fi, gan eu gweld nhwythau'n sylweddoli wrth i fi siarad. "Be tasan ni'n gweld yr arth? 'San ni'm yn medru amddiffyn ein hunain!"

"Shit, ti'n iawn, dwi 'di saethu'r gwn fflêr yn barod," meddai Morgan. Am ryw reswm, ddaru hyn neud fi'n flin, er na 'mond rŵan nesh i gofio, o'n i'n teimlo y dylsai rh'wun fod wedi sylwi'n gynt. Doedd yr un o'r lleill wedi meddwl, ac felly, wedi'n rhoi ni i gyd mewn perig. Edrychais i o 'nghwmpas mewn ofn, yn gweld arth ym mhob man o'n i'n sbio – bob symudiad bach o eira yn y gwynt yn arth, yn neidio allan ac yn carlamu tuag ata i.

"Rhaid ni fynd yn ôl, 'dan ni'n sitting ducks yn fan hyn," medda fi, gan droi ar fy sowdwl.

"Hang on," meddai Julie, "be os 'di'r rafft jyst rownd y gongol nesa 'ma?"

"So what? Be os 'di'r arth jyst rownd y gongol nesa, yn barod i'n rhwygo ni'n ddarna?!"

Dwi'n meddwl fod y ddau arall wedi sylweddoli 'mod i wir wedi dychryn, ac mi ddaethon nhw i sefyll bob ochr i fi.

"Ocê, awn ni nôl," meddai Morgan yn gefnogol. "Paid â poeni, does na'm unrhyw arwydd bod 'na arth 'di bod ffordd yma. Fedri di weld Eigra a Martha yn y pellter fanna, sbia. Jyst yn ôl i fanna 'dan ni angen mynd."

Do'n i'm 'di sylwi pa mor bell o'ddan ni 'di cerdded, ac o'dd troedio yn ôl at y lleill a'r reiffl i'w weld yn cymryd am byth. Teimlais i fy anadl yn mynd yn fyr, ac o'dd smotiau'n codi o flaen fy llygaid i, eto.

"Tyd rŵan, Nia, anadla efo ni," meddai Julie, gan sylwi 'mod i ddim yn iawn.

Anadlodd Julie yn ddyfn i fewn, ac allan, a dechreuodd Morgan neud yr un peth, nes i fi ymuno efo nhw. Daeth y gwynt yn gryfach eto, oddi ar y môr, ac o'dd yr aer yn ogleuo'n hallt – ac o'dd o'n brifo 'nhrwyn i. Tynnais fy sgarff yn dynnach o gwmpas fy wyneb, a ddaru hynny helpu efo'r anadlu a'r teimlad o banic, hefyd, fel anadlu i fewn i fag papur. Er do'n i erioed 'di gneud hynny, 'mond 'di'i weld o ar episod o *Friends,* un tro.

The One With… the Polar Bear.

Do'n i ddim yn meddwl yn glir bellach, o'dd y diffyg bwyd yn neud i'n ymennydd i weithio mewn ffordd wahanol i'r arfer. Neu, ella ei fod o'n rhywbeth i neud efo'r arth, a cholli 'mysedd. Yn sicr, o'n i'n teimlo fel 'mod i 'di colli chunk mawr o 'ngallu i fod yn rhesymegol, neu hyd'noed i ddefnyddio synnwyr cyffredin. Beth haru ni, yn mynd allan i chwilio am damaid o rafft o'dd 'di hen fynd allan i'r môr, neu 'di cael ei dinistrio, heb unrhyw ffordd i amddiffyn ein hunain. O'ddan ni'n mynd yn slopi.

Pan gyrhaeddon ni Eigra a Martha, o'r diwedd, o'ddan nhw'n amlwg ar ganol ffrae, y ddwy yn sefyll yn lot rhy agos at ei gilydd, a golwg ymosodol arnyn nhw.

"–dim point saethu un arall," clywais Eigra yn gweiddi.

"A dwi'n deud wrtha chdi, fysa'n well genna i beidio llwgu i farwolaeth!" gwaeddodd Martha yn ôl.

"Hei, bedi hyn?" meddai Morgan wrth frysio nôl atyn nhw.

Trodd y ddwy tuag atyn nhw, fel dau blentyn yn barod i ddeud eu hochr nhw o'r ffrae wrth athro.

"Mae Martha yn meddwl y dylsan ni drio saethu morlo arall, pan 'dan ni ddim hyd'noed 'di ffeindio'r un cyntaf, eto, a ddim yn gwybod os 'di hwnnw 'di marw hyd'noed!"

"Ac ma Eigra yn meddwl y bysa'n well i ni safio bwledi ar gyfer rhyw argyfwng dychmygol yn y dyfodol. Ma hi'n ffocin argyfwng arnan ni'n barod!"

Trodd y ddwy at ei gilydd a dechrau gweiddi drachefn.

"Granda di–"

"Paid â siarad–"

"Stop!" gwaeddodd Julie. Bron bod y gair yn adleisio o'n cwmpas ni, er do'n i ddim yn meddwl fod hynny'n bosib, ar lan y môr ac efo gymaint o wynt ag o'dd 'na erbyn hyn.

"Sori, Julie," meddai Martha yn euog, "dwi'n gwybod bo' chdi'n sensitif i–"

"Na, dim hynny," torrodd Julie ar ei thraws. "Ac, i fod yn onest, dwi'n ffed-yp o bawb yn cerdded ar blisgyn wy o 'nghwmpas i drw'r adeg. Dwi'n wyddonwr, fel chi i gyd, a dwi'n medru goroesi ar yr ynys 'ma cystal â phawb. Rŵan, *sbiwch*!"

Edrychodd pawb tuag at lle ro'dd Julie yn pwyntio, a gweld fod y morloi'n dechrau gadael yr ynys. Un ar y tro, i ddechrau, ac wedyn fesul grwpiau bach, yna o'dd hi fel tasa rh'wun wedi tipio'r ynys drosodd a thollti'r morloi i gyd i fewn i'r môr ar unwaith.

I gyd, heblaw am un. Ar y rhew, mewn pwll coch, ro'dd corff llonydd yn gorwedd ar ei ochr, un ffliper yn yr awyr, a'i lygaid o'n gilagored.

"Be sy'n mynd 'mlaen?" gofynnodd Morgan mewn syndod. "Ydi hi'n amser iddyn nhw fudo?"

Ond doedd neb yn gwybod yr ateb. Yn ofalus, aeth pawb fel un tuag at y morlo. Yn agos, o'dd o'n enfawr, ei gorff yn dewach na'r un ohonan ni, a thrwyn-i-gynffon, yn dalach na ni i gyd, hefyd. Yn ofalus, gwthiodd Morgan ei gorff efo'u troed, ond ddaeth dim symudiad.

"Sut 'dan ni am fynd â fo adra?" gofynnais, ac o'dd yn rhaid i fi weiddi dros y gwynt o'dd yn chwipio'n erbyn fy wyneb i erbyn hyn.

Gafaelodd Eigra yn y gynffon, ond o'dd hi'n amlwg fod hyd'noed codi honno'n ymdrech iddi. Mi driodd hi dynnu, a llithrodd y morlo rhyw fodfedd, ond wedyn gollyngodd ei gafael ac anadlu'n ddyfn.

"Mae o'n drwm," meddai hi'n ddiangen.

"Dewch ta, pawb efo'i gilydd, cyn i'r gwynt ma fynd yn waeth," gwaeddodd Morgan, gan afael yn y gynffon.

Doedd hi'm yn bosib i bawb afael ynddi ar unwaith, ond o'dd dau ar y tro'n medru dragio'r corff am chydig o fetrau, wedyn o'dd rh'wun arall yn gorfod cymryd drosodd. O'ddan ni'n gadael olion gwaedlyd ar ein holau, ac mi deimlais i'n bod ni'n creu trywydd amlwg i'r arth ein dilyn ni adra, ond penderfynais i beidio â deud hynny'n uchel. Fysa 'na neb wedi 'nghlwad i, erbyn hynny, beth bynnag – o'dd y gwynt yn chwipio yn ein herbyn ni mor galed. O'ddan ni'm 'di profi gwynt mor gryf ers ni gyrraedd Ynys Safísk, ac i ddeud y gwir, o'n i bach yn ofnus. Diolchais nad o'dd hi'n bwrw eira ar yr un pryd, neu mi fysa hi 'di mynd yn amhosib i ni ffeindio'n ffordd adra. Pan o'dd y visibility yn isel, o'dd y tirlun cyfarwydd yn troi'n ddrysfa wen.

Am fod 'na bump ohonan ni, doedd hi'm yn bosib bod yn deg iawn o ran cymryd twrn i ddragio'r corff, yn enwedig gan fod Martha neu Eigra yn gorfod bod yn barod efo'r reiffl. O'n i'n gwybod mai er mwyn fy nhawelwch meddwl i o'ddan nhw'n neud hynny, mwy na dim, felly do'n i'm isho cwyno... ond pan o'n i'n gorfod neud dybl-shifft o ddragio'r corff, o'dd 'na ran ohona i isho deud, "Ffwciwch yr arth, jyst dragiwch hwn i fi!"

O'r diwedd, dyma ni'n cyrraedd adra, ac o'dd y gwynt bron ag ysgwyd yr adeiladau.

"Be nawn ni?" gofynnodd Eigra. "Does na'm posib neud tân yn y tywydd yma!"

"Fydd rhaid ni adael o tu allan, bydd, a sortio fo unwaith ma'r gwynt yn distewi," meddai Morgan.

"Be, a denu'r arth yn ôl?" gwaeddais. Dyma'r gwynt yn dwyn y geiriau wrth i fi'u deud nhw, a'u chwipio nhw heibio clustiau pawb yn gyflym cyn diflannu i'r goedwig.

"Be am i ni'i roi o'n y lab? Mae hi'n ddigon oer yna – ac wedyn, hwyrach ymlaen, fedran ni ei goginio fo," cynigiodd Julie.

Do'n i erioed 'di talu llawer o sylw i'r grisiau bach o'dd yn arwain i fewn i'r labordy, o'r blaen, ond rŵan ein bod ni angen gwthio a thynnu hanner tunnell o blwber i fyny nhw, o'n i'n methu meddwl am ddim byd arall. Syniad pwy o'dd o i osod grisiau, yn hytrach na ramp, meddyliais.

O'r diwedd, ro'ddan ni i fewn, a'r drws di'i gau ar y gwynt. Bron bod yr adeilad yn crynu, a dyma sŵn y gwynt yn udo o gwmpas yr adeiladau yn gyrru iasau drwydda i.

Safodd pawb yn edrych ar y corff o'dd yn llenwi'r holl gyntedd, bron iawn. Do'n i erioed 'di bod mor agos at forlo, ac o'dd o'n reit hardd… y marciau ar ei groen, ei drwyn mawr meddal fel trwyn buwch. Penderfynais i feddwl amdano fo fel buwch, er mwyn ei gneud hi'n haws i'w fwyta fo, ond eto, pan fyddwn i'n gweld buwch adra, do'n i ddim yn meddwl am y darn o gig llwyd ar fy mhlât – felly, doedd hi'm yn rhy hawdd gneud hynny efo'r morlo, chwaith. Anifail byw o'dd o chydig oria nôl, a rŵan, o'ddan ni am orfod ei dorri fo'n ddarnau a thrio bwyta'i gorff o. Dechreuais i deimlo'n sâl.

"Ti'n iawn, Nia?" gofynnodd Martha.

"'Di blino," medda fi, "ella a i am lie-down bach."

"Fi 'fyd," meddai Morgan, gan ddal eu llaw allan i ni weld faint o'dd hi'n crynu. "Isho bwyd dwi, dyna be 'di hyn."

"Wel, chawn ni'm bwyd tan bod hwn 'di cael ei brepario," meddai Martha, gan nudge-io y morlo efo'i throed. "Be am i fi ddechra neud hynny'n fan hyn?"

"Be, tu fewn? Fydd 'na waed yn bob man!" meddai Eigra.

"Dim os 'dan ni'n neud o ar y fainc, a gadael i'r gwaed lifo fewn i'r sinc," atebodd Martha.

"Hongian o ben i lawr fysa'r peth gora i neud, de, a gadael i'r gwaed lifo allan," meddai Julie.

"Be am i ni'i hongian o oddi ar y to, a wedyn ei adael o tan bod y tywydd yn well, a fedran ni goginio fo?" cynigiais.

"Sut ddiawl 'dan ni am gael morlo ar ben to?" gofynnodd Eigra yn anghrediniol.

"Dim y to tu allan, y jolpan! Y to fan hyn!" medda fi'n flin. O'n i mor llwglyd, o'n i'n teimlo y dylsai pawb jyst dallt beth o'dd ar fy meddwl i, heb i fi orfod defnyddio egni i esbonio fy hun bob dau funud.

"Y nenfwd?" meddai Morgan.

"Ffocin poteito, potato," medda fi, "ia, y *nenfwd*, 'dach chi'n gwybod be o'n i'n feddwl!"

Diolch byth fod yr ystol yn y labordy, ac nid yn y tŷ, fel ein bod ni'n medru rhoi rhaff o gwmpas y trawst yn eitha handi. Ddywedodd neb air wrth i'r rhaff hongian i lawr i'r llawr, nac wrth i ni glymu slipknot o gwmpas cynffon y morlo, ond dwi'n siŵr fod pawb 'di meddwl yr un peth â fi, hyd'noed am eiliad. Pa mor hawdd fysa hi i roi'r rhaff rownd fy ngwddw, a rhoi diwedd ar y cyfan.

Rhoddodd Eigra ei llaw ar fy mraich, ac mi ddiflannodd y meddyliau'n gyflym. Tynnodd pawb ar y rhaff, a llusgo'r corff i fyny uwch ben y fainc, a'i glymu i goes y bwrdd o'dd wedi'i folltio i'r llawr. Am funud, o'dd hi'n edrych fel tasa'r bwrdd ddim am afael, ond ar ôl i'r morlo stopio siglo, o'dd popeth yn llonydd.

"Iawn ta," meddai Martha yn grynedig, gan drio swnio'n ddewr, "ffwrdd â hi."

Camodd tuag at y morlo, ac estyn ei chylleth boced allan.

"Hang on," meddai Julie, "fyddi di yna drwy'r dydd!"

Aeth i chwiliota drwy ei bag, a thynnu cylleth fawr, mewn gorchudd lledr, o'i grombil.

"Lle ti 'di bod yn cuddiad hwnna, Julie?!" holodd Morgan, yn amlwg yn impresd. Rhoddodd Julie wên fach swil, a chynnig y gylleth i Martha.

Safodd hithau yn barod i dorri, yna trodd at Julie. "Ti'sho neud yr onyrs?"

Petrusodd Julie, am eiliad, cyn derbyn y gylleth yn ôl. "Dwi'm 'di neud hyn o'r blaen, ond na i drio."

Daliodd Martha a finnau'r corff yn llonydd, er 'mod i'n

teimlo bod fy mreichiua i ar fin disgyn off ar ôl yr holl ymdrech o lusgo'r morlo adra a'i godi i fyny efo'r rhaff.

Yn ofalus, tynnodd Julie y gylleth yn gadarn dros wddw'r creadur, neu o leia dros y darn trwchus o'dd rhwng y pen a'r corff, chos doedd dim gwddw amlwg i'w weld.

Daeth y gwaed yn araf i gychwyn, yna mae'n rhaid ei bod hi 'di mynd drwy arteri neu rywbeth, a llifodd y gwaed fel rhaeadr dros ei dwylo, a throstaf fi a Martha. Aeth peth ohono fo i fewn i'r sinc, ond aeth o i bobman arall hefyd. Dros y fainc, y llawr, Julie, ei breichiau a'i hwyneb... O'dd 'na waed ar hyd bob dim, ac ogla cryf arno fo, hefyd.

Rhedodd Morgan i ffwrdd, a chlywson ni nhw'n chwydu'n uchel yn y toiled.

Heb ddeud gair, trodd Julie y tap ymlaen a dechrau molchi yn y dŵr oer.

Llifodd y dŵr yn gymysg â'r gwaed i lawr y sinc, a meddyliais i tybed a o'dd Julie wedi dychmygu torri gwddw rh'wun arall, ac mae ei waed o o'dd yn llifo rŵan. Ella bod hynny'n esbonio'r ffordd dawel ddaru hi olchi'r gwaed oddi ar y gylleth yn hamddenol, ag edrychiad bodlon ar ei hwyneb wrth iddi wylio'r gwaed trwchus yn disgyn.

Wrth i'r diferion olaf ddripian o gorff y morlo, o'dd y pump ohonon ni'n cysgu'n drwm. Weithiau, o'dd cwsg yn medru bod fel pryd o fwyd, yn rhoi egni i ni, ac weithiau o'dd o'n fwy fel colli pryd, a fyswn i'n deffro efo uffar o boen bol, a dim ffordd i'w wella nes ein bod ni'n bwyta.

Deffrodd pawb yn grogi i gyd, ac ar ôl i ni ista i fyny a

dechrau meddwl am fynd allan i'r eira i dorri'r morlo'n ddarnau, dyma ni'n sylwi bod Martha ddim yna.

"'Di hi 'di mynd i gychwyn arni'n barod?" gofynnodd Morgan, gan godi. Dilynon ni i gyd, i weld beth o'dd yn mynd ymlaen. Diolch byth fod y gwynt wedi tawelu.

Yn y labordy, o'dd Martha wrthi'n gweithio ar y nodiadau yn y cefn. Mi gerddon ni heibio'r corff o'dd yn dal i hongian o'r nenfwd. O'dd y labordy yn ogleuo fath â siop bwtshiar, ac er 'mod i'n llwgu, o'dd o'n codi cyfog arna i. Doedd o'm yn ogleuo fel bwyd, eto. Sylwais i ar Morgan yn rhoi eu sgarff o gwmpas eu hwyneb wrth glwad ogla'r gwaed.

"Be ti'n neud, Martha?" gofynnais.

"Trio penderfynu be fedran ni'i losgi," atebodd yn swta.

"Ella fedran ni jyst torri fyny chydig o'r pren o un o'r gwelyau. Fedran ni gadw gweddill y nodiadau, dwi'n siŵr," medda fi. Er ein bod ni i gyd yn gobeithio bod y wybodaeth yn dal tu fewn i'r cyfrifiaduron, a bod modd iddyn nhw gael eu trwsio a'u defnyddio unwaith ein bod ni adra, doedd dim ffordd i fod yn hollol sicr, achos doeddan ni'n dal ddim yn dallt yn union sut o'dd popeth jyst 'di stopio gweithio.

"'Dan ni angen creu digon o fwg," o'dd ateb Martha. "Dwi'sho trio coginio'r morlo i gyd ar unwaith, fel bod o'm yn pydru. Fedran ni goginio peth yn y tân, smygu peth yn y mwg – fel bod o'n sychu ac yn para am chydig o wythnosa i ni – a fedran ni rewi peth, a defnyddio hwnnw bron yn syth, unwaith ei fod o 'di rhewi'n solet." Mi dybiais i ei bod hi 'di bod yn effro drwy'r nos yn meddwl am hyn, o'dd 'na olwg manig yn ei llygaid.

"O, wela i. Na i fynd i weld be sy gan bawb arall i'w losgi, felly," medda fi, gan fynd yn ôl at y lleill, o'dd yn sefyll wedi closio at ei gilydd wrth y morlo, fel tasan nhw'n aros i fi fynd i ofyn caniatâd gan Mam i gael sleepover.

"Ma hi isho llosgi'r nodiadau, i greu gymaint o fwg â phosib," medda fi. "Ma hi isho cwcio'r morlo i gyd ar unwaith, fel bod o'n para gweddill yr amser 'dan ni yma, a ddim yn pydru ac yn mynd yn wastraff."

"Wel, dwi'n gedru gweld y synnwyr yn hynny, rywfaint, ond does na'm angen llosgi'r nodiadau!" meddai Eigra. "Be am dorri stribedi oddi ar bren y gwely, a defnyddio rheini i gynnau tân?"

"Fyddan ni angen rheini i greu'r mwg, hwyrach ymlaen," meddai Julie. "'Dan ni angen rwbath i gychwyn y tân, jyst chydig o bapur neith y tro. Yna siafins tenau o bren, wedyn unwaith ma'r tân mor boeth ag y medran ni'i gael o, fedran ni roi'r darnau pren ar y lludw a chreu gymaint o fwg â phosib, wrth i ni rostio darnau o'r cig yn y tân ar yr un pryd."

"Ers pryd ti'n ecsbyrt?" gofynnodd Morgan, ond o'ddan nhw'n gwenu efo edmygedd wrth ei ddeud o.

"Hang on," medda fi, "dwi 'di cael un o'n syniadau!" Rhedais i i'r toiled, ac estyn y bocs o damponau. Ers i ni i gyd fynd mor llwglyd, doedd neb i'w weld yn cael mislif, neu o'ddan nhw'n ysgafnach ac yn dod yn llai aml. "Fydd rhaid fi fynd yn ôl i'r tŷ i chwilio, ond dwi'n siŵr bod genna i Vaseline, yn rwla, ac os rown ni hwnnw ar y cotwm – neu be bynnag sydd yn hein – nawn nhw firelighters i ni!"

"Nia, ti'n jîniys," meddai Morgan, gan osod eu dwylo bob ochr i 'mhen a rhoi sws i fi ar fy nhalcen. Edrychais i draw i weld a o'dd Eigra yn teimlo'n genfigennus, ond doedd na'm golwg felly arni. Mewn gwirionedd, o'dd golwg reit ddrwg arni.

"Ti'n iawn, Eigra?"

Ond cyn i fi orffen y frawddeg, o'dd hi wedi llewygu.

Gosododd Julie a finnau Eigra ar y gwely'n ofalus, a rhoi blancedi pawb drosti.

"Tra 'dan ni yma, awn ni ag un arall o'r rhein i'w losgi, ia?" medda fi, gan gymryd pen un o'r gwelyau. "Helpa fi fynd â fo drwadd i'r lolfa."

Er na pren digon rhad, ysgafn, o'dd y gwelyau, o'ddan nhw'n anodd i'w symud, erbyn hyn, a 'mreichiau fi'n teimlo fel dwy raffan wlyb. Sut deimlad o'dd bod yn llawn, ac yn effro, yn meddwl yn glir ac efo digon o egni?

"Mond alan key ma'r rhein ei angen," meddai Julie, "a fedran ni dorri'r darnau ar wahân yn eitha hawdd. Sut ddaru ni fethu hynny tro dwytha?"

"Jyst isho esgus i smasho petha fyny, ella?"

Efo ymdrech, mi wthion ni'r gwely ar ei ochr, a diolch i'r nefoedd, o'dd 'na r'wun, rhyw dro, 'di bod yn ddigon meddylgar i dapio'r alan key i waelod un o'r slats.

"Ti'n cofio ni'n adeiladu rhein?" gofynnais i Julie.

"Na, o'ddan nhw'm 'di cael eu hadeiladu cyn ni gyrraedd?"

Triais i feddwl, ond do'n i ddim yn medru cofio. Beth o'dd yma o'r blaen, a beth o'ddan ni wedi'i greu wrth fyw yma? Do'n i bron ddim yn medru cofio'n iawn sut beth o'dd bywyd cyn Ynys Safísk, os o'dd bywyd o gwbwl. Beth o'dd paswyrd fy nghyfrifiadur gwaith i... Fysan nhw'n medru rhoi un newydd i fi unwaith o'n i'n nôl yn yr offis?

Aethon ni â'r slats pren allan, un ar y tro. Doeddan nhw ddim yn drwm, ond mi o'ddan ni'n wan.

"Sut mae hi?" gofynnodd Morgan, o'dd wrthi'n rhoi Vaseline ar dampon, wrth i Martha neud rhyw bethau erchyll i gorff y morlo efo cylleth fawr Julie.

"Iawn, 'dan ni 'di rhoi hi'n gwely. Dwi'n meddwl ei bod hi jyst angen bwyd. Fyddan ni'n well ar ôl cael bwyta," medda fi'n obeithiol. "A sut mae...?" holais i, gan edrych draw at Martha.

"Dwi 'di llwyddo i'w chael hi i adael llonydd i'r rhan fwya o'r nodiadau. 'Dan ni am ffrio rhai petha'n y badell wrth i'r tân gnesu fyny... y llygid a rhyw fân organau, y tafod a ballu. Ma Martha yn deud fedran ni ddefnyddio'r croen fel tent, i gadw'r mwg i fewn, 'dan ni am ei stretshio fo dros y gap 'ma rhwng y ddau adeilad."

"Ti i'w weld yn eitha chill am y peth," medda fi.

"Iyp, jyst 'di dechra dadgysgylltu'n llwyr. Weld yn gweithio'n dda," meddai Morgan heb dynnu llygaid oddi ar y tampon.

"O, 'na chdi, ta," medda fi, yn teimlo'n eitha datgysylltiol fy hun. Esh i draw at Martha, lle ro'dd hi wedi agor corff y morlo allan fel llyfr hunllefol. Gwasgarodd yr organau dros yr eira.

"Ti'sho dechra sortio hein allan?" gofynnodd i fi, heb droi. "Jyst torra nhw'n ddarnau tenau i'w ffrio."

Sylwais fod 'na sgalpel a bwrdd torri wrth ei ochr. Tynnais nhw tuag ata i yn ofalus, gan edrych ar y darnau gwaedlyd o 'nghwmpas. Do'n i ddim yn siŵr a o'dd iau morlo yn beryglus i'w fwyta, fel un arth wen.

"Gei di fyta'r iau," meddai Morgan. Bron i fi neidio allan

o 'nghroen, nesh i'm eu clwad nhw'n dod ata i o'r tu ôl i fi. "Dwi 'di bod yn darllen lot am yr Inuit cyn dod i'r Arctig, ma'n bwysig parchu pobol frodorol pa bynnag wlad neu gyfandir ti'n mynd iddo fo, dydi?" Heb roi cyfle i fi ateb, cymerodd yr organ a'r gyllleth gen i, a dechrau ei dorri fo'n sleisys tenau. "Fedran ni rewi hein, a fyddan nhw'n llawn maeth. Fydd o'n dda i Eigra."

"Be am y stumog?"

Gafaelais i ynddo fo, ac o'dd o'n lot mwy soled nag o'n i'n ei ddisgwyl. Heb yngan gair, rhoddodd Morgan gyllleth arall i fi, a dechreuais i dorri i fewn i'r stumog.

Bysedd. O'dd fy mysedd du, afiach i, tu fewn i'r stumog. A rhywbeth gwyn. Daint o'dd o... daint Julie!

"Be sydd?" gofynnodd Morgan. Daeth Martha draw, ac mi sylwais i 'mod i wedi gwthio'n hun oddi wrth y stumog ar hyd yr eira, wysg fy nghefn.

"Bysedd, mae o 'di byta 'mysedd i!" Bron na fedrwn i gael y geiriau allan.

Brysiodd Martha at y stumog, a dechreuodd archwilio'i gynnwys. "Lle maen nhw?" gofynnodd gan droi ata i.

"Yn... tu fewn i'r..." Pwyntiais tuag at y stumog yn ei dwylo.

"Nia, jyst bwyd sy'n fa'ma, does na'm byd tebyg i fysedd."

"BE?!" Gorfodais fy hun i godi a mynd i edrych. Ond doedd na'm byd amlwg yng nghynhwysion y stumog, jyst rhywbeth o'dd yn edrych fel chwd brown. "Ond welish i..."

"Pam na ei di i weld os oes 'na fachau neu rwbath felly yn y lab, i ni fedru hongian y croen i fyny?" meddai Martha yn garedig.

"Sori, na, dwi'n ocê," medda fi. "Diffyg cwsg, a dwi jyst

isho bwyd. Na i fynd i helpu Julie efo gweddill y pren i'r tân."

Es i i fewn i'r tŷ, lle o'dd Julie wrthi'n tynnu'r darn olaf o'r ffrâm gwely yn rhydd.

"Bob dim yn ocê?" gofynnodd.

"Yndi, na i jyst tjecio ar Eigra yn sydyn," medda fi, gan frasgamu i'r stafell wely.

O'dd Eigra yn cysgu'n drwm, a'i hanadl hi'n mynd a dod yn esmwyth. Dringais i'r gwely a gorwedd wrth ei hochr, o dan yr haenau o gwilts, a gafael yn sownd ynddi tan i fi stopio crynu.

Mi feiais i'r hallucination ar ddiffyg bwyd. Mi esgusodais i'r rhan fwyaf o bethau ar gownt diffyg bwyd, a deud y gwir, er enghraifft y ffordd o'dd Morgan wedi troi yn rhyw syrfeifalecsbyrt, ac yn medru bwtsiera'r morlo yn ddidrafferth, mwyaf sydyn. Dydi darnau o iau morlo wedi'u rhewi ddim yn ddrwg, gyda llaw. Llwyddodd Martha i goginio'r rhan fwyaf o'r cig, a phenderfynon ni beidio â bwyta'r perfeddion gan nad o'ddan ni'n siŵr sut i neud hynny mewn ffordd saff. Mi adawon ni nhw tu allan yn yr eira, ymhell o'r adeiladau, ac mi ddiflannon nhw dros nos – yr un fath â rhai'r snípur a'r pysgod.

"Tydan ni ddim jyst yn bwydo'r arth?" gofynnais, wrth i Julie a finnau eu llusgo nhw allan i'r coed a'u gadael nhw'n un pentwr gwaedlyd.

"Fysa arth yn dechra paratoi ar gyfer gaeafgwsg rŵan, os 'di hi'n dal o gwmpas. Ac, o leia, os di'n bwyta rhein, fydd 'na lai o siawns iddi ddod i chwilio am fwyd yn rwla arall."

Do'n i ddim yn confinsd. O'n i'n eitha sicr 'mod i 'di darllen na eirth gwynion beichiog oedd yr unig rai i aeafgysgu. Dwi'n meddwl mai trio 'nghysuro fi oedd Julie, a do'n i ddim, chwaith, yn siŵr pam nad o'dd neb arall yn poeni gymaint am yr arth ag o'n i, er ein bod ni ddim di'i gweld hi ers wythnosau lawer.

Tu allan i'r labordy o'dd y darnau o gorff y morlo yn hongian yn stribedi – fel sanau gwaedlyd ar lein ddillad; ac yn araf bach, wrth i ni fwyta'n ffordd drwyddo fo, daeth egni yn ôl i'n cyrff ac mi ddechreuodd pawb feddwl yn gliriach.

"Dwi'n meddwl bod ni angen penderfynu be i neud am weddill yr amser 'dan ni yma," meddai Martha un bore. "'Dan ni 'di llwyddo i gadw mor gynnes â phosib, hyd yn hyn... Ac er na 'mond cwpwl o wythnosau sydd ar ôl, dw i'n meddwl, 'di'r morlo ddim yn mynd i bara i ni mor hir â hynny."

"Mwy o bysgod?" cynigiodd Eigra, "neu, ydi'r morloi 'di dod yn ôl, 'sgwn i?"

Tra bod 'na ddigon o fwyd i'n cadw ni i fynd, doeddan ni'm 'di gadael yr adeiladau rhyw lawer. Ein prif flaenoriaeth ni o'dd cadw'n gynnes heb y gwres, ac er bod 'na amser yng nghanol y dydd pan fyddai'r haul yn taro ochr y labordy yn berffaith, a'r waliau yn adlewyrchu ei g'nesrwydd i'n cyfeiriad ni, doedd na'm llawer o reswm i fynd allan fel arall.

Doedd na'm papur ar ôl i gofnodi unrhyw beth am y snípur. Mi gadwon ni'r map, hwnnw o'dd un o'r pethau pwysicaf, a ddaru ni sgwennu'n fach, fach ar hyd ei gefn o. O'dd 'na chydig o bapurau pwysig eraill yn dal ar ôl, efo'r brif wybodaeth o'ddan ni di'i hel – graffiau a siartiau, ac ati. Rhesymodd pawb y byddai'r cyfrifiaduron yn gweithio'n iawn unwaith o'ddan ni adra, a fysan ni'n medru cael y wybodaeth i gyd yn ôl.

"Awn ni i weld os fedran ni bysgota rhywfaint, heb y rafft," meddai Morgan, "a jyst gweld be di'r sefyllfa efo'r morloi tra 'dan ni yna?"

Cytunodd pawb, ac aethon ni am dro i'r traeth. O'dd y môr yn las golau y diwrnod hwnnw, yn hollol glir, a bron yr un lliw â'r awyr ar y gorwel. Doedd na'm cwmwl, a doedd na'm morloi, chwaith.

"Ni sydd wedi'u dychryn nhw i ffwrdd, 'dach chi'n meddwl? Ta o'ddan nhw'n mynd i adael 'radag yna, beth bynnag?" gofynnais.

"Does na'm ffordd i wybod, nagoes? Ond lwcus bo' ni 'di medru cael un pan o'dd angen, de," meddai Eigra.

Lledodd atmosffer anghyfforddus dros bawb, chos doeddan ni ddim wedi arfer efo'r traeth mor dawel, a bron ein bod ni'n disgwyl i forfil neidio allan unrhyw eiliad. Dechreuodd Morgan a Julie greu twll yn y rhew, i ni drio pysgota, ond dwi'n meddwl fod pawb yn gwybod mai ofer fyddai eu hymdrechion. Ar ôl oriau o aros, doedd na'm golwg o unrhyw bysgodyn. Allan ar y môr, o'dd ambell snípur i'w weld yn cael gwell hwyl arni – yn neidio o dan y tonnau, bob hyn a hyn, ac yn dod allan yn fuddugoliaethus.

"Maen nhw 'di adaptio i fedru byw'n berffaith ar yr ynys, tydyn?" meddai Eigra, gan ddilyn trem fy llygaid i. Daeth i sefyll wrth fy ochr i, a rhoi ei braich am fy nghanol. "Gwyfynod a phryfid eraill yn y gaeaf, creaduriaid bach yn y môr yn yr haf, nythod dan yr eira. Dwi'n gobeithio fedran ni rannu be 'dan ni di'i ffeindio unwaith 'dan ni adra. Dwi'n meddwl fydd o'n eitha groundbreaking!"

Gwenais arni. "Ma'n braf gweld chdi'n llawn brwdfrydedd, eto," medda fi, gan roi sws iddi ar ei boch.

Trodd ata i a rhoi sws i finnau, ar fy ngwefusau.

"Oi, lovebirds," gwaeddodd Morgan ar ôl rhyw funud neu ddau. "Dewch i helpu!"

Yn y rhwyd o'dd pysgodyn anferth, ac mi gymerodd hi dri ohonon ni i'w dynnu fo allan o'r dŵr. Gorweddodd ar y rhew yn marw am amser hir, doedd o'm yn fodlon mynd yn sydyn.

"Neith hwn fwydo ni am gwpwl o ddyddiau," meddai Martha yn hapus, gan roi'r corff yn ôl yn y rhwyd.

Edrychais i fyny wrth i rywbeth ddal fy llygad. O'dd 'na arth yn cerdded ar draws y rhew yn y pellter.

"Arth!"

Edrychodd pawb mewn ofn, ac wrth neidio, gollyngodd Martha y rhwyd drom. Llithrodd y pysgodyn o'r neting, ar draws y rhew, yn ôl i'r twll.

"FFOC sêcs, Nia, chdi a dy blydi arth!" gwaeddodd Morgan. "Does na'm byd yna!"

"Oes, fanna, sbi–" Ond pan edrychais i'n ôl, o'ddan nhw'n iawn, doedd na'm byd yna. "Hang on, welish i hi, ma'n rhaid ei bod hi'n cuddiad, neu…"

"Na, dwi 'di cael digon o hyn. O'dd 'na bysgodyn masif yn fanna, rŵan – digon i'n bwydo ni am ddau ddiwrnod cyfa – ac achos chdi, 'dan ni 'di golli fo. Nesh i dreulio *oria*–"

"Hei, cym on, rŵan," meddai Martha, "fi ddaru ollwng y rhwyd."

"Paid â neud ecsgiwsys drosti, fysa chdi heb ollwng tasa Nia heb weiddi 'Arth!'. Ti'n gwybod be nath ddigwydd i'r boy who cried wolf, dwyt?" meddan nhw gan droi arna i.

"O, be, dwi'n mynd i gael fy myta gan arth, yndw? Dyna ti'n ddeud, ia?" Teimlais fy hun yn dechrau crynu drwyddaf, ond mi ddaliais i i sefyll yn eu hwynebu nhw.

"'Di hyn ddim yn helpu neb, na'di?" meddai Martha. "'Dan ni 'di colli'r pysgodyn, mae o 'di mynd, a does na'm byd fedran ni neud am y peth. Ma'shwr bod eich gweiddi chi wedi dychryn y lleill i ffwrdd, hefyd."

Edrychodd Morgan ar y llawr, yn euog, a nesh innau'r un fath.

"Mae na'n dal snípur," cynigiodd Eigra.

Ochneidiodd Morgan yn uchel. "So 'dan ni 'di lladd hiwj o bysgodyn am ddim rheswm, a rŵan, ti'sho lladd mwy o'r snípur?"

"'Mond un neu ddau, i gadw ni fynd. Be arall ti'sho i ni neud, Morgan?"

"Dwi'n ddigon hapus i aros am bysgodyn arall," oedd yr ateb swta.

"Wel aros fyddi di, ar y rêt yma!"

Yn amlwg o'dd pawb 'di dechrau teimlo'n llwglyd eto, ac yn flin. Cydiais yn y rhwyd. Fi ddaru greu'r sefyllfa yma, a fi o'dd am ei datrys hi, penderfynais.

Brasgamais i draw at y môr, ac efo un sweip, llwyddais i i ddal dau snípur o'dd yn agosáu at y lan. Rhois i'r rhwyd dros fy ysgwydd a cherdded tuag at y grŵp, yna heibio nhw, am adra.

Nesh i'm edrych i weld o'ddan nhw'n dilyn neu beidio, na chwaith i gadw llygad am yr arth. Mi gerddais i'n fwriadol mewn llinell syth, yr holl ffordd nôl.

Doedd na'm byd ar ôl i'w losgi, bron. Penderfynon ni losgi rhai o'n dillad – gan nad o'dd gynnon ni ffordd i'w golchi nhw, beth bynnag – a chadw un set bob un. Aeth gweddill y gwelyau yn goed tân, hefyd, a matresi ar y llawr oeraidd o'dd ein nyth ni bellach. Doedd y dent ddim yn ein cadw ni mor gynnes, rŵan, am fod y gwaelod ddim yn cyffwrdd y llawr. Safodd pawb o gwmpas y tân wrth i Martha ei brocio, efo cyrff y ddau snípur yn barod i fynd i'r fflamau.

Wrth drio creu tanwydd, gesh i syniad. Cymerais i gylleth Julie a thynnais i'n het. O'dd 'na ogla ar fy ngwallt i erbyn hynny, o'dd yn un cwlwm mawr hir yn hongian i lawr fy nghefn. Torrais i'r holl beth i ffwrdd mewn un, a'i osod yn danwydd. Braidd yn dramatic, ella, ond o'dd o'n teimlo'n symbolaidd. Faint ohonan ni'n hunain o'dd wedi mynd i'r tân, erbyn hyn? Yr ymchwil, yr holl ymdrech, ein nodiadau gwerthfawr. Dillad o'dd wedi bod yn bwysig i ni unwaith, darluniau o'dd wedi cymryd oriau, dyddiaduron personol yn llawn atgofion a theimladau. Doeddan nhw ddim yn llai gwir am eu bod nhw wedi eu llosgi. Bob tro nesh i droi at fy nyddiadur, o'dd hynny achos bod rhywbeth pwysig wedi digwydd, neu fod rhywbeth yn pwyso'n drwm ar fy meddwl i. Ond rŵan, doedd 'na ddim byd ar ôl o hynny.

Llosgodd y gwallt yn gyflym – efo ogla ddaru ddod â dagrau i'n llygaid i – ond mi lwyddodd i gynnal gweddill y tanwydd, rywfaint, a dyma'r fflamau'n cydio. Wrth i ni wylio'r gwelyau yn llosgi, dychmygais i sut y bysan ni'n esbonio hyn i gyd i'r rhai o'dd yn dod i'n nôl ni o'r ynys, neu i bawb adra. Sut newyddion fysa 'na yn y papurau newydd, am grŵp o wyddonwyr, heb ddyn i'w 'harwain', yn llwyddo i dorri'r holl dechnoleg pwysig, drud, o'dd wedi'i rhoi iddyn nhw, ac wedi difrodi tirlun yr ynys lle o'dd cadwraeth yn bwysicach na dim. A beth o'dd gynnyn nhw i'w ddangos am hyn? Dim byd. Un map mawr efo rhyw sgribls ar y cefn, ac ambell siart wedi'i gwneud â llaw.

Aeth cyrff y snípur i fewn i'r tân unwaith ei fod o'n ddigon poeth, a'r gwythiennau oren yn rhedeg drwy'r lludw. Closiodd pawb yn agosach wrth i'r fflamau losgi i lawr, ac o'dd teimlo'r gwres ar ein hwynebau mor gysurus. Hwn o'dd y rhan gorau o bob dydd (neu bob yn ail ddiwrnod, yn dibynnu pa mor llwyddiannus o'dd ein hela wedi bod). Tân cynnes ar fy wyneb, a bwyd yn coginio, ac wedyn fyswn i'n teimlo'n llawn ac yn fodlon am chydig o oriau.

Daeth llaw Eigra i ffeindio'n un i, ei miten fach hi'n gafael ym mysedd fy llaw chwith i.

"Hwn di'r amser gora o'r dydd," meddai hi'n ddistaw wrtha i.

"Dyna o'n innau'n ei feddwl, jyst rŵan!"

"Ma popeth mor ddistaw, a 'dan ni'n cael amser i feddwl, a jyst bod efo'n gilydd."

Dim fel'na o'n i wedi meddwl am y peth, ond rŵan ei bod hi 'di deud hynny, o'n i'n gwybod beth o'dd hi'n ei feddwl. Doedd dim sŵn heblaw am y fflamau, a bob hyn a hyn, un o'r darnau pren yn popian yn uchel. Siaradodd neb wrth i'r snípur goginio, o'dd meddyliau pawb ar y bwyd, ond hefyd o'dd o'n gyfle i ni adlewyrchu ar y diwrnod, a sut o'ddan ni'n teimlo, a jyst bod yn bresennol efo'n gilydd.

"Fyddan ni ddim yn gorfod neud hyn am llawer hirach," medda fi wrth Eigra, ond clywodd bawb.

"Sgwn i pryd yn union fydd yr helicopter yn dod i'n nôl ni," meddai Martha. "Nesh i drio cadw trac o'r dyddiau, ers i'r cyfrifiaduron fynd i lawr, ond ma'r papur 'na 'di llosgi erbyn rŵan."

"Sut ma pawb yn teimlo am fynd adra?" gofynnodd Morgan.

Bu distawrwydd wedyn, a phawb yn meddwl am fynd adra, a gadael yr ynys a'n teulu bach ni. Do'n i ddim am fethu'r teimlad llwglyd a gorfod chwilio am fwyd a thanwydd bob dydd, ond mi o'dd 'na rywbeth braf am gael pwrpas i'n diwrnodau – a dim teledu a ffôn, neu Wi-Fi, a jyst cael byw i'r eiliad.

"Be os tydyn nhw ddim yn dod?" gofynnodd Julie yn ddistaw.

"Julie! Fydd rhaid iddyn nhw, siŵr. Fedran nhw'm ein gadael ni yma. Mae nhw'n gwybod bo' ni'n mynd i redeg allan o fwyd, rywbryd neu'i gilydd," meddai Martha.

"Be os mai ni ydi'r ymchwil go iawn... sut mae grŵp o ferchaid–"

"A Morgan," meddai Martha.

"...sut 'dan ni'n ymddwyn unwaith ma bob dim yn torri, a 'dan ni ben ein hunain."

"Ti'n swnio bach yn paranoid 'sti, Jules," meddai Morgan, gan drio ysgafnhau'r sgwrs.

"Ydw i? Sut ti'n esbonio fo, felly? Ma bob dim jyst 'di torri yn slo bach, heb ddim rheswm y medran ni'i ffeindio na'i egluro. Sut fysa hynna 'di medru digwydd, oni bai bod rh'wun di'i setio fo i fyny fel'na?"

"Dwi'm yn meddwl mai dyna sy 'di dig–"

"Ac wedyn, ma 'na'r arth!" Rhewodd pawb wrth i Julie sôn am yr arth. Synhwyrais i eu llygaid nhw'n troi ata i – pawb yn trio bod yn gynnil – i weld sut fyswn i'n ymateb.

"Be amdani hi?" gofynnais. O'n i'm am ddeud hynny wrth bawb, ond mi o'dd 'na ran ohona i yn cytuno efo Julie. O'dd 'na deimlad bod hyn i gyd yn orchestrated, ond wrth wrando arni hi'n siarad, o'dd hi'n swnio'n rêl conspiracy theorist. O'n i'm isho swnio fel'na.

"Wel, sut gyrhaeddodd hi Ynys Safísk? Doedd na'm sôn bod 'na eirth yn byw yma, ac yn sicr, does na'm digon o diriogaeth i fwy nag un fedru cyd-fyw, a wedyn paru a chael cenau."

"Ond chdi ddudodd, bod hi'n bosib fod 'na un 'di dod drosodd ar ddarn o rew," medda fi, ond o'n i'n gwybod beth fysa'r ateb cyn iddi'i ddeud o.

"Deud fysa hynny ddim yn bosib nesh i! Na dyna'r unig ffordd i un allu cyrraedd, ond fod o'n amhosib."

"Yn ystadegol, ma'r siawns yn isel," meddai Martha, gan drio bod yn rhesymegol, "ond ddim yn hollol amhosib, chwaith."

"Iawn ond, yn *ystadegol*," ynganodd Julie y gair fel tasa fo'n hollol wirion bost fod Martha 'di cynnig y ffasiwn beth, "be ydi'r acshiwal ods o hynny'n digwydd? A'i fod o 'di digwydd pan nath o?"

"Y bwyd!" Neidiodd Eigra tuag at y tân, a daeth ogla llosgi o'r parsel bach o'dd wedi bod yn pobi'n braf yn y gwres.

Cafodd y sgwrs ei hanghofio wrth i ni ganolbwyntio ar achub y snípur rhost, ond dim ond ar y tu allan o'ddan nhw 'di dechrau llosgi. Tu fewn, o'dd y croen yn berffaith, a fuodd na'm trafodaeth bellach wrth i ni sglaffio'r cig, ei sugno oddi ar yr esgyrn, ac yna torri'r rheini'n eu hanner er mwyn crafu'r mêr blasus. Gan ista o gwmpas beth o'dd ar ôl o'r tân, er mwyn cadw'n gynnes wrth i ni fwyta, mi drawodd fi sut o'ddan ni'n edrych fel anifeiliaid gwyllt, wrthi'n gwledda ar ein hysglyfaeth. Ond er fod y sgwrs drosodd, a phawb ar goll yn y bwyd, o'n i'n methu peidio â meddwl am beth o'dd Julie di'i ddeud, a chwestiynu faint o wirionedd o'dd 'na i'w geiriau hi.

"Dwi'm yn siŵr pam ein bod ni'm 'di meddwl am hyn yn gynt," meddai Morgan y bore wedyn, "ond dwi'n meddwl ein bod ni angen trio ffeindio coed tân a petha i'w llosgi, yn hytrach na jyst petha i'w bwyta."

Ma'shwr ein bod ni heb feddwl am hyn yn gynt am ein bod ni ar lwgu, ac efo pethau i'w llosgi tan yn ddiweddar iawn, ond ddudish i ddim mo hynny'n uchel achos o'n i'n dal yn teimlo'n llawn ac yn braf ar ôl y snípur neithiwr, ac wedi llwyddo i ddistewi'r meddyliau o'dd Julie 'di'u hadu yn fy mhen. Rhywfaint.

"Ti'sho mynd ar alltaith? Na i ddod efo chdi," meddai Eigra. O'n i'm yn licio'r syniad o fod hebddi trwy'r dydd, ond chwaith do'n i ddim isho mynd allan i ganol yr ynys lle fysa 'na arth yn medru bod yn cuddio, yn enwedig os o'ddan ni'n mynd i ganol y coed, rhywbeth doeddan ni ddim yn neud yn aml. "Ti'sho dod, Nia?" gofynnodd i fi.

"Does dim rhaid i chdi," meddai Morgan yn frysiog, "gei di aros fan hyn a chwilio am fwyd efo'r lleill."

"Ond pwy sy'n cael y reiffl, felly? 'Mond un sy'na."

Edrychodd pawb yn ocwyrd. Yn amlwg, doedd neb isho bod yr un i fachu'r reiffl gyntaf, ond ar y tu fewn, o'dd pawb isho bod yn saff. Penderfynais i fyswn i'n dewis aros efo p'run bynnag grŵp o'dd yn mynd â'r reiffl, felly arhosais i'n dawel i weld sut y bysan nhw'n penderfynu.

"Os 'dan ni'n mynd i drio pysgota, ella fyddan ni'n iawn efo'r gwn fflêr," meddai Martha. "Ma hi'n ddigon gwastad yma, a fedran ni weld yn bell, a 'dan ni 'di bod ar y traeth ddigonedd o weithiau heb weld arth. Ella bod 'na fwy o jans ei bod hi wrth y coed, yn cysgu neu'n cuddiad – neu'n hela. Be ti'n feddwl, Julie?"

O'dd Julie yn edrych fel tasa hi filltiroedd i ffwrdd, ond wrth glwad ei henw, trodd i edrych ar Martha. "Ia, iawn," meddai hi, ond dwi'm yn siŵr a o'dd hi'n gwybod beth o'dd hi'n cytuno iddo fo.

"Diolch," meddai Eigra. "Awn ni â'r reiffl, felly, a trio ffeindio unrhyw beth neith losgi'n eitha handi. Fedran ni fwyta pysgod amrwd am gwpwl o ddiwrnoda, os bydd angen, ond 'sa hi'n neis cael mwy o snípur."

Edrychais i ar y pentwr bach o dagiau tracio ar y fainc, lle o'ddan ni 'di bod yn eu casglu nhw wrth i ni ddal a bwyta'r adar bach. Jyst chydig o wythnosau yn ôl, fysan ni wedi bod yn mynd allan i astudio a thracio'r snípur, yn sgwennu adroddiadau, creu mapiau a siartiau. Rŵan, do'ddan ni ddim yn meddwl am y snípur ond fel bwyd. Sylwais nad o'dd neb yn gwadu beth o'dd Eigra newydd ei ddeud, sef ein bod ni isho bwyta'r snípur. Ddim jyst angen, ond isho. Sylwais nad o'n i'n deud dim byd yn ei herbyn chwaith.

"Na i ddod efo chdi a Morgan," medda fi, er mwyn newid y pwnc, a hefyd cyn i fi newid fy meddwl a thrio ffeindio rhyw esgus i aros yn y labordy. Os nad o'n i'n mynd i helpu mewn rhyw ffordd, fyswn i wedi teimlo'n euog.

Camodd pawb i fewn i'w siwtiau eira. Er ein bod ni'n

gwisgo bron bob un dilledyn o'dd gynnon ni, erbyn hyn, i drio cadw mor gynnes â phosib, o'ddan ni 'di penderfynu cadw'r siwtiau eira a'r sgidiau-tu-allan ar wahân i'n dillad arferol. Doedd na'm byd i'w gontaminêtio, bellach, ond o'dd hi'n neis cael haen ychwanegol, gynnes, i'w rhoi ymlaen cyn mynd allan. Mi rois i fy mitens ymlaen dros fy menig, sbectol haul ar fy nhrwyn, a sgarff drwchus dros fy ngheg.

"Barod i fynd?" gofynnodd Eigra. O'n i'n gwybod beth o'dd hi'n ei ofyn go iawn. Dim jyst a o'ddwn i efo popeth o'dd ei angen arna i, ond a o'n i'n teimlo'n ocê'n emosiynol. 'Mond un o'r cwestiynau hynny o'n i'n medru ei ateb yn onest.

"Yndw, barod," atebais i efo gwên. "Ti'sho rhannu bag?" Am nad o'ddan ni efo diod poeth i'w roi mewn Thermos, na bwyd i fynd efo ni, na chwaith haenau o ddillad sbâr, doedd 'na ddim llawer i'w roi mewn pecyn erbyn hyn. Yn y diwedd, mi roddon ni fflasgiau o eira rhwng ein siwtiau cynnes a'n dillad-tu-fewn, er mwyn cael dŵr, ac yna pecyn cymorth cyntaf, cyllell, hatshiet, cwmpawd, a dwy chwiban yn y bag, a chymerodd y tri ohonan ni ein twrn i'w gario fo. Bag gwag – i roi beth bynnag fysan ni'n ei ffeindio ynddo fo – a'r reiffl, ac o'ddan ni'n barod i fynd.

Do'ddan ni ddim wedi mentro reit i ganol y coed o'r blaen, chos o'dd gynnon ni ofn mynd ar goll, ac unwaith o'ddan ni 'di dechrau ffeindio'r snípur, ddaru ni ddysgu ei bod hi'n well gynnyn nhw fod mewn llefydd mwy agored, o dan haenau o eira. Efo'r cwmpawd, y ffaith fod ein llwybr drwy'r eira yn ddigon amlwg, ac am nad o'dd hi'n bwrw eira ar y pryd, mi benderfynon ni na fysan ni'n mynd ar goll – cyn belled â bod pawb yn cymryd cyfrifoldeb dros aros efo'i gilydd, a pheidio â mynd yn rhy bell.

Clymodd Morgan hyd o raff i goeden wrth i ni fynd i fewn i'r goedwig, a gafaelodd ynddi'r holl ffordd wrth i ni fynd, gan adael dipyn bach mwy o slac o'r bwndel yn eu dwylo bob hyn a hyn.

"Am be yn union 'dan ni'n chwilio?" gofynnodd Eigra. "Mae'r canghennau isaf dal rhy uchel i ni'u cyrraedd, a rhy denau a gwyrdd i losgi'n iawn, beth bynnag."

"Chdi o'dd isho dod," snapiodd Morgan yn ôl.

"Dwi'm yn ffraeo efo chdi, Morgan. Jyst gofyn cwestiwn syml," atebodd Eigra yn ddigon pwyllog.

"Sori, ti'n iawn. Dwi jyst yn snapi, heddiw. Dwi'n meddwl fod y stwff 'na ddaru Julie ddeud neithiwr 'di bod yn chwara ar fy meddwl i."

"Finna 'fyd," medda fi, gan edrych yn wyllt drwy'r coed am unrhyw olwg o'r arth. Ond o'dd yr eira o'n cwmpas ni'n esmwyth a heb ei styrbio, felly o'dd hi heb fod ffor'ma, neu ddim yn ddiweddar, o leia…

O'dd y tawelwch yn y coed yn wahanol i'r tawelwch wrth y traeth, neu wrth yr adeiladau. Fwy muffled, rhywsut. Fel tasa'n geiriau ni'n cael eu llyncu, a ddim yn teithio mor bell. Doedd na'm sŵn anifeiliaid, dim gwynt nac awel yn sïo drwy'r canghennau. Pinau o'dd ar y coed, nid dail, felly doedd na'm byd i'w glwad yn disgyn nac yn chwifio'n erbyn ei gilydd. Llonyddwch. Caeais fy llygaid ac anadlu'r aer glân yn ddwfn. Agorais nhw'n sydyn eto wrth i fi glwad Eigra yn gafael yn y reiffl, ond 'mond ei symud o o un ysgwydd i'r llall o'dd hi. Gadawais anadl allan.

"Sut wyt ti, Nia?" gofynnodd Morgan.

"Bach yn ffed-yp o pawb yn gofyn hynny i fi, i fod yn onest," medda fi, ond yn eitha hamddenol.

"Digon teg. Dwi'm yn meddwl fod 'im un ohonan ni'n hollol iawn erbyn hyn, nagoes?"

"Ma Martha i'w gweld yn iawn," meddai Eigra.

"Ia, wel. Ma Martha yn medru rhoi'r impreshiyn yna," meddai Morgan.

"Be ti'n feddwl?"

"Ma hi'n poeni lot, 'sti, ond yn cadw fo i gyd i fewn... Dyna ran o'r rheswm pam o'dd hi'n well genna i fod yn ffrindia nag yn gariadon. Dwi'n meddwl fod ein perthynas ni 'di gneud iddi gwestiynu petha, t'go... i neud efo gender a rhywioldeb, a ballu. O'n i'm isho goro gafael llaw rh'wun trwy hynna i gyd, eto. Dwi 'di gneud hynny unwaith. Ella bod hynna'n swnio'n selffish."

"Na, dwi'n gwybod be ti'n feddwl," meddai Eigra. O'dd hi'n sôn amdana i? Ond do'n i 'rioed wedi gofyn iddi edrych ar f'ôl i!

"Ma Julie 'di rili dod allan o'i chragen, do?" medda fi, wrth i ni symud yn araf drwy'r coed, gan dyrchu drwy'r eira am olwg o unrhyw beth fflamadwy.

"Do, ella bach gormod, nithiwr!" meddai Morgan. "Ond doedd hi'm yn deud dim byd do'ddan ni ddim 'di'i feddwl ein hunain rywbryd neu'i gilydd, nagoedd?"

Siglodd Eigra a finnau ein pennau mewn cytundeb.

"Be os oes 'na gamerâu yn y coed? A'n bod nhw'n ein ffilmio ni, rŵan?" Do'n i'm yn meddwl 'mod i wir yn coelio hynny, a Duw â ŵyr pwy o'ddan 'nhw', ond o'dd o'n rhywbeth i siarad amdano fo heblaw bwyd a tanwydd, am tjenj.

"Be os na dau ddyn mewn siwt o'dd yr arth?" gofynnodd Morgan. O'ddan nhw'n hoff o jôcs risque.

"Rh'wun enwog, ti'n meddwl? Ta jyst ecstras?"

"Rh'wun enwog i'r blaen, ond jyst ecstra i'r pen-ôl," meddan nhw gan chwerthin. O'dd hi'n braf cael chwerthin.

Ond peidiodd y chwerthin pan gyrhaeddon ni lannerch yn y coed. Wedi'i wasgaru hyd bobman, o'dd toman o wastraff. Hen boteli, darnau o raffau budr wedi rhwygo, bob math o ddarnau o 'nialwch plastig. O'dd o'n edrych allan o'i le yn llwyr, ond hefyd yn olygfa gyfarwydd – o draethau a llwybrau cerdded adra.

"Be 'di hyn i gyd?" meddai Eigra yn ddistaw, fel tasan ni wedi dod ar draws bedd rh'wun – ac mi o'dd o'n teimlo felly, i raddau. O'dd o'n teimlo fel bod diniweidrwydd y tirlun wedi cael ei ddifetha'n llwyr, a'i fod o'n edrych fel unrhyw ynys arall yn y byd, wedi'i llygru gan ddyn.

"Wel, o leia fedran ni edrych drwyddo fo, gweld oes 'na rwbath gwerth ei ddefnyddio," medda fi, gan gamu i fewn i'r sbwriel a dechrau chwilota'n ofalus.

"Dwi'n meddwl fod 'na swnami 'di bod ar yr ynys 'ma, rywbryd. Ella yn eitha diweddar, hefyd," meddai Eigra.

O'dd hynny'n neud synnwyr, neu gwell synnwyr nag unrhyw beth arall, beth bynnag. O'dd yn rhaid bod 'na esboniad call i'r peth.

O dan y poteli a'r plastig, o'dd 'na ddarn hir o goedyn wedi golchi i'r lan, rhan o fast rhyw gwch, efallai. Efo'r hatshiet, mi lwyddon ni i dorri notshys ynddo fo, ac efo'r rhaff o'dd yn dal wedi'i chlymu i'r goeden gyntaf honno, medrodd Morgan a finnau ei ddragio fo allan o'r pentwr ac ar yr eira llyfn, i fynd â fo adra i'w dorri'n ddarnau llai.

"O'n i'n gwybod fysa'r rhaff ma'n handi," meddai Morgan, sawl gwaith, wrth i ni glymu'r goeden.

Yn y diwedd, llwyddon ni i gasglu digon o hen ddarnau o raff, priciau coed a phlanhigion-y-môr o'dd wedi cymysgu a sychu efo'r holl wastraff, a hyd'noed tudalennau o gylchgronau a thaflenni lliwgar o'dd wedi cael eu cario yma, rhywsut, efo'r lluniau a'r sgwennu 'di hen ddiflannu. Mi gasglon ni bron i sach gyfan o bethau, ac efo'r darn o goeden, fysan ni'n sicr yn medru cadw'n gynnes a choginio bwyd am chydig o ddyddiau.

Ddudodd neb ei bod hi'n andros o lwcus ein bod ni 'di digwydd ffeindio yn union beth o'dd ei angen arnan ni, mewn lle ddim ymhell o adra, ar yr union adeg pan o'ddan ni ei angen o fwyaf. Ddudodd neb rhyw lawer o ddim byd, wrth i ni gerdded yn ôl yn araf drwy'n olion traed ein hunain, un llygad ar y llwybr o'n blaenau, un arall ar bob cysgod yn y coed o'n cwmpas – jyst rhag ofn.

"Ta-da!" meddai Morgan, wrth i ni agosáu at yr adeiladau a gweld Martha a Julie yn cerdded tuag atan ni o'r cyfeiriad arall, a rhywbeth i'w weld wedi'i ddal yn eu rhwyd.

Doeddan nhw ddim yn edrych mor falch ag o'n i wedi meddwl y bysan nhw. I ddeud y gwir, doeddan nhw ddim yn edrych yn hapus o gwbwl.

"Be sydd?" gofynnais, wrth i ni i gyd gyrraedd drws y labordy ar yr un pryd.

"Na i ddeu'tha chdi wedyn," meddai Martha yn ddistaw, gan ysgwyd ei phen tuag at Julie, o'dd i'w gweld ar goll yn ei byd bach ei hun, eto.

"Hei, catsh da!" meddai Morgan yn galonnog wrth Julie, o'dd yn cario pysgodyn yn y rhwyd dros ei hysgwydd. Atebodd Julie ddim.

"'Dach chi 'di neud yn dda, hefyd," meddai Martha, wrth sylwi'n iawn ar y goeden, a'r bag llawn 'nialwch. "O lle ma hyn i gyd 'di dod?"

"Ma'r goedwig yn llawn sbwriel. Eigra yn meddwl fod 'na swnami 'di bod, rywbryd. Beth byns, be am i ni gael tân yn barod, a cwcio hwnna?" meddai Morgan, gan ystumio tuag at y pysgodyn.

Deffrodd Julie wrth glwad hyn. "Be ti'n feddwl, 'llawn sbwriel'? Oes 'na r'wun arall 'di bod yn byw yna?"

Edrychodd Morgan yn bryderus, yn ansicr sut i ateb.

"Na, jyst fel be fysa'n golchi fyny ar draeth, 'sti," medda fi'n gyflym, "poteli plastig a rhaffau a ballu. Gei di weld be sy'n y bag 'ma, os ti'sho, helpa fi i ffeindio be fysa ora i gynna tân – a be sydd angen ei sychu allan yn iawn, neu'n rhy berig i'w losgi."

Ond aeth Julie i fewn i'r labordy heb ateb.

"Ma hi 'di bod fel hyn drwy'r dydd," sibrydodd Martha, "jyst yn ei byd bach ei hun, ac yn hanner deffro o ryw freuddwyd, bob hyn a hyn, i ofyn petha fel 'ti'n meddwl fod y pysgod ma'n rhy hawdd i'w dal?' neu 'ti'n teimlo fel bod rh'wun yn gwylio ni?'."

"Wel, maen nhw'n eitha hawdd i'w dal, erbyn hyn, i gymharu â phan ddaru ni ddechra dysgu sut i bysgota, yndyn. Ond fel'na ma'i de, ma pobol yn gwella wrth ymarfer, dydyn?" atebodd Eigra, fath â tasa hi'n trio rhesymegu efo Martha.

"Ia, dw i'n gwybod hynny, ond tria di ddeud wrth Julie. Ma ganddi bob tro ateb, neu ma hi jyst yn dechra anwybyddu chdi. Ac eniwe, o'ddan ni yna am oria, o'dd hi jyst awê efo'r ffêris, rhan fwyaf o'r amser! Dwi'm yn gwybod pam fod hi 'di dechra mynd mor paranoid, ond dwi yn poeni amdani," gorffennodd Martha.

"Wbath i neud efo'i gŵr, ella?" cynigiais. "Os o'dd o'n gaslight-io hi, a ma'shwr ei fod o, fysa hi 'di arfer cwestiynu ei realiti, bysa? Wedyn, unwaith ma bob dim 'di dechra mynd o'i le yn fan hyn, ma hi 'di mynd i ymateb efo'r unig sgiliau o'dd ganddi adra, sef trio cwestiynu bob dim, a pheidio â jyst coelio be o'dd o'n ei ddeud wrthi heb feddwl yn ofalus gynta."

"Ma hynna'n un theori," meddai Morgan, ac mi deimlais i braidd yn wirion, chos o'n i'n meddwl 'mod i 'di datrys y sefyllfa. Ond, rili, hyd'noed os o'n i'n iawn, beth o'ddan ni i fod i'w neud am y peth? "Theori fi ydi ei bod hi 'di byta wbath, paraseit, ella – yn un o'r pysgod amrwd – a ma hwnnw 'di mynd i'w brên hi."

Nath fy stumog i ollwng, ac am eiliad o'n i'n meddwl 'mod i am chwydu.

"Ond fysa hynna 'di effeithio ni i gyd, bysa?" meddai Eigra. "Nid jyst Julie."

"Pwy sy'n deud fod o heb?" gofynnodd Morgan.

Tawelodd pawb pan ddaeth Julie allan o'r labordy efo powlen lawn perfeddion. "Ydan ni am neud tân, ta sefyll o gwmpas yn hel clecs?" gofynnodd yn ddigon didaro, wrth daflyd y gwastraff i'r eira. Rhannodd pawb edrychiad, ond ddudodd neb ddim byd. O'dd o fath â bod Julie 'di deffro, eto, ac yn bihafio'n hollol arferol.

Mi ddaeth hi i chwilio drwy'r sach efo fi, wrth i Martha, Eigra a Morgan dorri'r mast pren cystal ag y medren nhw. Diolch byth, o'dd bron popeth yn medru cael ei losgi, a gwnaeth Julie bentwr, i'w ddefnyddio'r diwrnod hwnnw, o'r pethau mwyaf sych, a gwasgaru'r gweddill o gwmpas lle o'dd y tân yn mynd i fod, er mwyn iddyn nhw gael sychu'n iawn.

"Julie," medda fi, gan gofio, "be ddigwyddodd i groen y morlo?"

Edrychodd arna i mewn syndod.

"Croen y morlo, ti'n cofio? O'dd o'n hongian yn fan hyn, uwch y tân."

Cododd Julie mewn penbleth, a dilynais i hi tuag at lle o'dd y lleill yn gweithio – chwys yn dechrau cronni ar eu hwynebau.

"Lle ma croen y morlo?" gofynnodd iddyn nhw.

"Dydi o'm yna?" gofynnodd Eigra, gan sythu ei chorff a strejio'i chefn yn flinedig.

"Mae o 'di mynd," medda fi, gan ystumio i'r tri ein dilyn ni.

Daeth pawb, a sefyll yn edrych ar y lle gwag rhwng y ddau adeilad yn ddiymadferth. Doedd y peth ddim yn gneud sens. Ddoe, o'dd o yna, a rŵan doedd o ddim… ond doedd na'm unrhyw dystiolaeth bod 'na rywbeth, na rhyw *un*, wedi bod ar gyfyl y lle.

"Wel, ma hynna'n ffocin wîyrd, dydi?" meddai Morgan. "Ga i fod yn onest, ddo? Dwi'n gwybod fysan ni'n medru gwastraffu lot o amser yn mwydro am hyn, ond dwi jyst rili isho bwyd. Does na'm ots genna i am y croen sych 'na, doedd o'm yn mynd i fod yn ddefnyddiol iawn, eniwe, oni bai bod rh'wun isho dysgu trin lledar yn y chydig ddyddiau sydd ar ôl yn y lle 'ma?"

Atebodd neb, ond o'dd Morgan yn iawn. Beth o'dd y pwynt gwastraffu amser yn poeni am ddarn o groen. Mewn chydig ddyddiau, fysan ni'n cael mynd adra... a pheidio â meddwl am Ynys Safísk byth eto, os nad o'ddan ni isho. Heb ddeud gair, aeth pawb yn araf yn ôl at eu swyddi, ond sylwais i fod Julie wedi mynd yn ôl i synfyfyrio.

Penderfynais i y byswn i'n canolbwyntio ar adael yr ynys yn fyw, mewn – mwy neu lai – un darn cyfa, a dim byd mwy. Dyna o'dd fy unig bwrpas, rŵan, meddyliais. Jyst goroesi, dim ots beth. Taniais y leitar i'r tampon, a chychwynnodd y fflamau fwyta'r pentwr o danwydd. Ar ôl rhyw funud, daeth Eigra draw i ddechrau bwydo'r tân efo darnau bach o bren. Mi glywais i r'wun, Morgan neu Martha, wrthi yn dal i dorri'r mast pren yn llai. Cracliodd y tân yn gysurus. Rhywle yn y pellter, o'dd sŵn llwynog yn udo. Rhywle, o'dd yr arth yn aros amdanom ni, o'n i'n ei deimlo fo ym mêr fy esgyrn.

Daeth Julie â'r pysgodyn allan a'i osod ar y tân.

Ddywedodd neb air.

Mi barodd y tanwydd am chydig ddyddiau. Bob dydd, fysa rh'wun yn deud, "heddiw ddaw'r helicopter, dwi'n siŵr", ond ddaeth o ddim, ac erbyn i'r mast a'r mân bethau fflamadwy redeg allan, ac ambell snípur arall gael ei fwyta, doedd na'm hwyliau da ar neb. O'n i'n dechrau teimlo'n anobeithiol.

Nath Eigra drio'i gorau i 'nghysuro fi, ond o'n i'n gweld fod ei chalon hi ddim yn y peth. Weithiau, o'dd hi'm hyd'noed yn sbio arna fi'n iawn pan o'dd hi'n siarad efo fi. Do'ddan ni'm 'di cael secs ers dyddiau. Edrychais ar y fodrwy'n disgleirio ar ei bys, a chwarae efo'r syniad o ofyn amdani yn ôl, ond nesh i ddim gofyn. O'dd y sglein wedi dechrau mynd arni, beth bynnag.

Yn hytrach na mynd ar allteithiau i ffeindio bwyd a thanwydd, o'ddan ni 'di dechrau aros yn yr unfan, jyst yn gobeithio y bysa rh'wun yn landio unrhyw funud i fynd â ni adra. Bob hyn a hyn, fysa rh'wun yn trio cael y radio i weithio, er mwyn cysylltu efo Ny-Ålesund, ond, wrth gwrs, o'dd o'n gwrthod gweithio.

"Pa mor hir ers i ni weld unrhyw arwydd o fywyd dynol?" gofynnodd Martha. "Dwi'm yn cofio gweld unrhyw gwch ar y gorwel, nac awyren hyd'noed."

"Dydi'r International Space Station ddim yn pasio fa'ma, chwaith," meddai Eigra. Cofiais fi'n sôn wrthi am hynny, ar yr alltaith i osod y camerâu – miloedd o flynyddoedd yn ôl, erbyn hyn...

"Welson ni'r holl sbwriel 'na, do? Does na'm byd yn arwydd gwell o fywyd dynol," meddai Morgan. "Speaking of, oes 'na r'wun isho mynd yn ôl yna, i weld be fedran ni'i ffeindio? Un ai yn y clearing yna, neu yn y goedwig ei hun? Ma'r rhaff yn dal genna i."

"Morgan! O'n i'n meddwl bo' ni 'di llosgi bob darn o raff," meddai Martha.

"Nesh i guddiad hon, chos doedd neb yn meddwl yn gall y diwrnod yna," meddan nhw'n hollol ddidaro, "o'n i'n gwybod y bysan ni'i hangen hi."

"A i efo chdi," meddai Eigra, "os ydi'n ocê i ni fynd â'r reiffl efo ni, eto?"

"Pam mai chi sy'n cael y reiffl, bob tro?" Doedd neb wedi sylwi ar Julie yn dod i fewn o'r tŷ. "Be os 'di'r arth yn dod yn ôl i fan hyn? 'Mond fa'ma 'dan ni wedi'i gweld hi, felly ma 'na siawns ddigon da."

Oedd 'na siawns ddigon da? O'n i yn cytuno efo'r ffaith mai dim ond wrth yr adeiladau o'ddan ni wedi acshyli gweld yr arth o'r blaen.

"Os arhosi di tu fewn, fyddi di'n ocê, Julie," medda fi. Do'n i ddim isho i Eigra fynd allan heb y reiffl.

"Be os 'di'r lab yn mynd ar dân, a dwi'n gorfod mynd tu allan? Be wedyn?"

"Dwi'm yn meddwl neith–"

"Na, fine, ewch chi. Arhosa i fan hyn, a jyst gobeithio fydda i'n dal yn fyw pan ddowch chi nôl, de!"

Doedd na'm iws ffraeo efo Julie pan o'dd hi fel hyn, ac fel arfer, fysa hi'n cwlio i lawr ohoni'i hun ar ôl chydig. Penderfynon ni gyd fynd, ond o'dd hi isho aros yn y labordy.

"Ond os ddoi di efo ni, Julie, fydd y reiffl yna, wedyn, a fydd ddim rhaid ti boeni," meddai Martha.

"Dwi'm yn poeni, diolch. Genna i ddigon o waith i'w neud yn fan hyn," meddai Julie, gan ystumio tuag at y map mawr o'r ynys. Yr unig bishyn o bapur o'dd ar ôl, rŵan, efo llond yr ochr gefn o nodiadau a graffiau. Ers chydig o ddiwrnodau, o'dd Julie wedi bod yn ychwanegu at y wybodaeth, ond doedd hi ddim yn gadael i neb weld beth o'dd hi wrthi'n ei sgwennu. O'n i past caring, i fod yn onest. Felly, efo rhaff Morgan a chwpwl o fagiau, aethon i'r coed eto.

Martha o'dd yn cario'r reiffl, ac o'dd pawb wedi addo cadw llygad effro am yr arth. Gafaelodd Eigra yn fy llaw i, ac mi afaelodd Morgan yn dynn yn y rhaff. Mae pawb angen rhywbeth cysurus i afael ynddo fo, weithiau.

O'dd hi heb fwrw eira llawer, felly o'dd y llwybr o'ddan

ni di'i greu y tro dwytha yn dal yna, i ryw raddau. Ar ôl cerdded am chydig, o'ddan ni'n dal heb gyrraedd y llannerch, a dechreuais i deimlo'n anesmwyth.

"Guys, 'dan ni'm i fod yna erbyn rŵan?" gofynnodd Morgan.

"Dwi'n siŵr bod ni. Dyma'r llwybr, de?" Estynnodd Eigra ei chwmpawd allan o'r bag i jecio. "Hang on, dwi'm yn siŵr, rŵan..." Dechreuodd droi mewn cylchoedd araf.

"'Dan ni ar goll?" gofynnais, gan drio peidio â swnio'n ofnus.

"Na, 'dan ni'n ocê," meddai Morgan, "genna i'r rhaff ma'n saff."

Er bod yr haul ddim yn mynd i lawr yn llwyr yn ystod yr haf, o'dd 'na rhyw gyfnos parhaol yn digwydd gyda'r nos, ac erbyn hyn, o'dd y cysgodion wedi dechrau mynd yn hirach. Fysa arth yn medru bod yn llechu yn unrhyw un ohonyn nhw. Sut o'ddan ni 'di mynd ar goll mor hawdd?

"Be 'nawn ni, troi nôl?" gofynnais, gan obeithio na 'ia' fysa'r ateb.

"Dwi'n meddwl ddylsan ni gario 'mlaen am chydig, jyst rhag ofn," meddai Morgan. Felly dyna beth ddaru ni'i neud, er 'mod i ddim yn hapus iawn am y peth. Unwaith o'n i'n cael y syniad yn fy mhen fod yr arth yn ein gwylio ni, o'n i'n teimlo'i llygaid arna i yn ddi-baid wedyn.

Aethon ni'n bellach, ond doedd dim golwg o'r llannerch. Dim byd ond eira, a choed hollol ddiwerth.

"Be am i ni droi nôl am rŵan, ond ddown ni eto fory i edrych? Dwi'n meddwl fod pawb yn dechra blino," meddai Martha.

"Iawn, syniad da," meddai Morgan. Dechreuodd lapio'r rhaff o gwmpas eu braich i'w hel yn daclus wrth i ni fynd. O'dd pawb yn flinedig, a phennau'r tri ohonyn nhw yn dechrau hongian i lawr, ond o'n i'n dal i edrych i fyny, ac i bob cyfeiriad, a chlustfeinio'n ofalus hefyd, rhag ofn. O'n i mor brysur yn cadw golwg am yr arth, a'r lleill yn dilyn Morgan yn ddiog, o'dd hi'n sioc i bawb pan ddaru nhw stopio'n stond, ac mi gerddodd Martha yn syth i fewn iddyn nhw.

"Sut–" Ond doedd Morgan ddim yn medru gorffen y frawddeg. Daeth pen y rhaff i'r golwg, wrth iddyn nhw sefyll yn llonydd a pharhau i'w weindio hi i fewn, fel cord hwfyr.

"Shit, 'nest ti'm ei chlymu hi'n iawn ma'rhaid," medda fi, heb feddwl.

"Do acshyli, Nia, a 'nest ti watsiad fi'n gneud," o'dd ateb Morgan yn syth. Ac o'ddan nhw'n iawn, o'n i wedi eu gwatsiad nhw'n gneud, ac mi o'n i 'di rhoi plwc hegar i'r rhaff wedyn, i neud yn siŵr ei bod hi'n sownd. Felly sut o'dd hyn 'di digwydd?

"Oes 'na wbath 'di cnoi drwyddi, ti'n meddwl?" gofynnodd Eigra, gan blygu i stydio'r rhaff yn fanwl.

"Anodd deud, chos ma hi'n eitha hen a 'di breuo ar y pen, eniwe, ond dwi'm yn meddwl. Ma hi'n edrych yn ddigon hir yn dal i fod."

"Ma'r llwybr yn dal i'w weld yn eitha amlwg, dydi?" cynigiais. "Be am i ni jyst cario 'mlaen i fynd y ffordd o'ddan ni?"

Edrychodd Eigra a Martha ar y cwmpawd am chydig, cyn penderfynu eu bod nhw'n cytuno efo fi.

O'dd y siwrna'n ôl yn teimlo'n hir, ond llwyddon ni i gerdded allan o'r goedwig. Meddyliais i pa mor braf y bysa hi i weld y golau rhwng yr adeiladau yn disgleirio'n braf arnan ni rŵan, i'n harwain ni adra... O'dd pawb yn gallu anadlu'n well ar ôl i ni adael y coed a cherdded y llwybr fwy cyfarwydd am adra. Ond doedd gynnon ni'n dal ddim byd i'w losgi, nac i'w fwyta. Teimlais fy stumog yn cwyno.

"Ella mai'r peth gora fysa mynd syth i gwely, a trio eto fory," meddai Martha. Mae'n rhaid ei bod hi'n gwybod beth o'dd ar feddwl pawb, achos ei fod o ar ei meddwl hithau hefyd. Diwrnod arall heb fwyd – ond cyn i ni ddechrau pysgota'n iawn a bwyta'r snípur, o'ddan ni wedi manijo am gyfnod, doeddan?

Wrth i ni agosáu at yr adeiladau, sylwais fod pawb yn fwy gwyliadwrus, chos mi oedd Julie yn iawn – o gwmpas fan hyn o'ddan ni wedi gweld yr arth.

"Julie!" galwodd Morgan amdani, wrth i ni fynd i fewn i'r tŷ. Dechreuodd pawb dynnu eu sgidiau-tu-allan, a'u siwtiau eira, a rhoi slipars ymlaen yn barod i setlo fewn.

"Julie?" gwaeddais innau, ond o'dd hi'n amlwg bod 'na neb arall yn y tŷ – o'dd hi'n rhy ddistaw, rhy lonydd. "A i i'w nôl hi o'r lab," medda fi wedyn, gan nad o'n i wedi tynnu amdanaf eto.

"Cer â hwn," meddai Martha, gan roi'r reiffl i fi. Gwenais arni. Yn amlwg, doedd ganddi hi ddim mynadd ailwisgo bob dim eto er mwyn dod efo fi – a do'n i'm yn gweld bai arni – ond o'dd hi'n gwybod faint o gysur fysa'r reiffl yn ei roi i fi wrth i fi frysio o'r naill adeilad i'r llall. Gafaelais ynddo fo'n ocwyrd wrth i fi fynd draw at y labordy.

Stopiais i'r tu allan i'r drws. O'dd o'n gilagored. Do'ddan ni byth yn ei adael o fel'na. Efo blaen y reiffl, gwthiais i'r drws yn agored yn ofalus. Crynodd y gwn yn fy mreichiau.

"Julie?"

Cymerais i un cam i fewn i'r labordy, cyn troi i edrych dros fy ysgwydd. Doedd dim symudiad i'w weld, tu allan na tu fewn. Cerddais i fewn, y reiffl yn dal yn pwyntio'n ei flaen, ond pan welais i'r golwg, llaciodd fy ngafael arno. Doedd yna ddim llawer ar ôl yn y labordy o'dd heb ei ddefnyddio i greu tân, neu offer coginio, neu offer i ddal pysgod, cario pethau, tyllu, hel lludw. Ond o'dd popeth o'dd ar ôl wedi cael ei ddinistrio.

Yn y cefn, lle o'dd y cyfrifiaduron a'r dechnoleg annefnyddiol wedi bod yn ista, o'dd rh'wun – neu ryw beth – wedi'u chwalu nhw'n deilchion. Camais dros ddarnau o wydr, cas plastig un o'r cyfrifiaduron, meicrosgop wedi'i dorri'n ddau ddarn. Fues i bron â chrio wrth weld y map, wedi'i rwygo'n ddarnau a'r rheini wedi'u gwasgaru ar draws bob man. Plygais i lawr i graffu ar un o'r darnau, gan roi'r reiffl dros fy ysgwydd. Doedd na'm ffordd i neud synnwyr o'r sgribls ar y cefn... do'n i'm yn siŵr sgwennu pwy o'dd o, na hyd'noed pa iaith o'dd o. O'dd 'na ran o ddarlun neu sgetsh yn y gongol waelod, ac ar y cefn, o'dd croes fach i gynrychioli snípur. Fel conffeti o 'nghwmpas i, o'dd tagiau tracio, rhai ohonyn nhw efo gwaed arnyn nhw.

Gwaed. Edrychais eto, ac o'dd 'na ddiferion o waed ar rai o weddillion mân y map, ac ar y llawr hefyd. Codais ar fy nhraed, a chlywed ffroeniad uchel y tu ôl i fi.

Yn araf, yn ofalus, trois.

Dyna lle o'dd hi, yr arth, yn sefyll yng nghanol y labordy. Doedd arna i ddim ofn. Mewn ffordd, o'n i wedi disgwyl hyn. O'dd hi'n edrych allan o'i lle'n llwyr yng nghanol y stainless steel a'r offer dynol, a bron i fi deimlo bechod drosti.

O'dd hi'n edrych yn deneuach na'r tro dwytha i ni gwrdd? O'ddan ni wedi bod yn bwyta ei bwyd hi? Y morlo, y pysgod, y snípur. Mi deimlais i'n euog. Edrychodd ei llygaid tywyll i berfeddion fy enaid i, ac mi edrychais innau i fyw ei henaid hithau.

Morloi, pysgod, snípur. Eira, rhew, glasiers. Haul yn c'nesu ei chroen, twll saff yn yr eira lle tyfodd hi i fyny, grŵp o wyddonwyr yn landio ac yn dechrau chwalu ei thirlun, ei chynefin, ei chartref...

Doedd dim rhyfedd ei bod hi'n flin.

Yn araf bach, symudais y reiffl o 'mlaen i, a'i godi i anelu am yr anifail hardd.

"Dwi'n meddwl ei bod hi'n well i chdi fynd," medda fi. Daeth fy llais i allan yn wastad, yn gryf. Chymerodd yr arth ddim sylw o hynny, a chamodd tuag ata i.

Lle o'dd y lleill? Lle o'dd Julie?!

Daeth yr arth amdana i, yn gyflymach nag o'n i'n ei ddisgwyl, a chodi ar ei choesau ôl. O'dd hi'n enfawr. Teimlais i fraich y siwt eira yn rhwygo, gwaed yn diferu. Glaniodd ar ei phedwar eto, a rhuodd nerth ei phen. O'dd y floedd yn fyddarol, a daeth poer ac aer sur ei cheg tuag ata i, ac wrth i fi drio sefyll yn gadarn, gwasgais y sbardun.

Daeth y glec fel taran, ac mi syrthiais i am yn ôl. Syrthiodd yr arth hefyd. O'n i'n difaru'n syth. Ar unwaith, trodd o fod yn elyn, yn fygythiad, i fod yn ffrind, yn gymrawd. Gneud yr un peth â ni o'dd hi, wedi'r cwbwl. 'Mond trio goroesi, ar ynys nad o'dd isho i neb oroesi arni.

Llifodd y gwaed a dechrau pyllu oddi tani, tarth cynnes yn codi oddi ar ei chorff o'dd yn gorwedd fel twmpath o wellt ar ddiwrnod o haf. Estynnais fy llaw a chyffwrdd yn ei blew garw, ei chlustiau bach. Ei phawennau mawr, a'r padiau duon, fel rhai ar bawennau cath, ond yn fwy. Cymaint yn fwy. O'dd 'na waed o amgylch ei cheg?

Codais yn gyflym. Rŵan bod yr arth wedi marw, o'dd y perig drosodd, ond do'n i'n dal ddim yn gwybod lle o'dd Julie. Yn euog, meddyliais am y tro dwytha i ni ei gweld hi, pan o'dd hi'n gofyn am y reiffl, a ninnau'n deud wrthi am aros tu fewn. Ella'i bod hi wedi... Neu ella'i bod hi wedi camu allan, a bod yr arth wedi bod yn disgwyl amdani.

O'dd yn rhaid i fi fynd i nôl y lleill.

Ro'n i ar gyrraedd drws y tŷ, pan agorodd o'r tu fewn, a daeth pawb yn rhuthro allan yn eu siwtiau eira.

"Nia!" gwaeddodd Eigra, a thaflodd ei breichiau amdana i a 'ngwasgu i. "Ti'n ocê!? Glywson ni'r glec!"

"Yndw, ond dwi'm yn gwybod lle ma Julie," medda fi, gan gamu oddi wrthi, a chynnig y reiffl yn ôl. "Cymera hwn os ti'sho, ond..."

"Ond be?" meddai, gan edrych i fyw fy llygaid i – ei llygaid hi'n llawn consýrn. O'dd hi'n f'atgoffa i o'r arth, y ffordd o'dd hi wedi edrych i fewn i'n llygaid i, union yr un ffordd.

"Dwi 'di lladd yr arth."

Gwelais i lygaid pawb yn lledu, a daeth ebychiad uchel gan Morgan.

"Yn y lab o'dd hi, a ma hi 'di'i ddinistrio fo i gyd!"

Dilynodd pawb wrth i fi arwain y ffordd. O'dd y drws yn agored. "O'dd hwn yn gorad yn barod, pan ddosh i fewn gynna," medda fi, fath â rhyw tour guide.

Daeth pawb i fewn, a gweld y gwaed, a'r difrod.

"O, mai God," meddai Eigra yn ddistaw, gan edrych o'i chwmpas. "Ond... lle ma hi, Nia? Lle ma'r arth?"

Dechreuais bwyntio at ei chorff, ond doedd hi ddim yna. O'dd 'na bwll o waed tywyll, trwchus, yn llifo'n araf ar hyd y llawr, ond doedd dim golwg o'r arth. Dim hyd'noed olion pawennau gwaedlyd.

"Lle ma'r reiffl?" gofynnais iddi'n frysiog. "Ma hi yma'n rwla!"

Daeth ebychiad sydyn o gyfeiriad Martha. O'dd hi'n pwyntio at rywbeth tu ôl i'r fainc. "Julie," meddai. Daeth ei llais allan yn rhyfedd, fel tasa'r gair yn mynd yn sownd yn ei gwddw.

Aeth pawb tuag ati, fel darnau bach o haearn yn cael eu denu at fagned. Yn ofalus, er mwyn osgoi'r gwaed. Ond o'dd mwy o waed y tu ôl i'r fainc.

O'dd corff Julie yn gorwedd mewn pwll ohono fo, ac o'dd hanner ei hwyneb wedi diflannu. Dychmygais i geg pwerus yr arth yn brathu drwy groen ei hwyneb, drwy'r cyhyrau, i fewn i'w phenglog. O'dd 'na chydig o'i hymennydd hi'n dangos? Doedd o'm yn teimlo fel 'mod i'n edrych ar r'wun byw, na chwaith ar gorff marw. O'dd o fel taswn i'n edrych ar brop mewn ffilm arswyd.

"Sut 'nest ti fethu hyn?" gofynnodd Martha yn gyhuddgar.

"O'dd 'na arth yn trio'n lladd i," medda fi mewn anghrediniaeth. "Sori os o'n i bach yn ffocin distracted, Martha!"

"Ond lle ma hi, ta?"

Troais i at Morgan pan ofynnon nhw hynny.

"Be ti'n feddwl? Be ti'n trio'i ddeud?" O'n i'n teimlo fy

hun yn mynd yn fwy ac yn fwy blin. Pwy o'ddan nhw i ddod yma a dechrau 'nghyhuddo i? Fi o'dd wedi gorfod wynebu'r arth, ar fy mhen fy hun, eto. Fi o'dd 'di llwyddo i'w lladd hi. I'w hamddiffyn nhw.

"Sut 'nest ti frifo dy fraich fel'na?" gofynnodd Martha. Edrychais i lawr. On i 'di anghofio am hynny yng nghanol bob dim – ma'shwr bod yr adrenalin wedi'n atal i rhag teimlo'r boen – ond mi ddaeth o'i gyd ar unwaith, mwyaf sydyn, fel tasa'r arth ond newydd fy nghrafu i yr eiliad honno.

"Yr arth... yr arth ddaru..." medda fi.

Saib.

"Be am y gylleth, ta?" gofynnodd Morgan yn ddistaw, eu llais fel rhew.

"Pa gylleth?"

"Yr un yn llaw Julie." Edrychais. Edrychodd pawb. Ac, oedd, mi oedd ei chylleth yn ei llaw hi.

"Felly ti'n meddwl..." dechreuodd Eigra, gan ddod i'n amddiffyn i, ond o'dd hi'n methu â gorffen y frawddeg, a newidiodd ei thact. "Be ti'n meddwl sy 'di digwydd, Morgan?"

"Dwi'n meddwl bod Nia wedi cael ffrae efo Julie, neu di'i dal hi wrthi'n chwalu'r lab. Ddylsan ni ddim fod wedi'i gadael hi ar ei phen ei hun. Ella'i bod hi 'di dod amdana chdi, do, Nia?" Trodd Morgan ata i, rŵan, golwg gydymdeimladol ar eu hwyneb. "'Nest ti'i gweld hi'n neud hyn i gyd, a thrio'i stopio hi, ond o'dd ganddi gyllath ac o'dd hi'n flin–"

"Na. NA!" Doedd hyn ddim yn digwydd. "O'dd 'na arth, rhaid i chi goelio fi!" On i'n gwybod 'mod i'n swnio fel cliché, fel rh'wun mewn drama BBC o'dd yn smalio mynd o'i go yn llwyr ac yn dechrau gweld pethau. Ond o'n i'n gwybod na nid hallucination o'dd yr arth. Nesh i gyffwrdd ynddi hi. Dwyt ti ddim i fod i fedru cyffwrdd mewn hallucination!

"Ella na'r reiffl 'nath y difrod 'ma i'w hwyneb hi," meddai Martha gan gyrcydu i edrych ar Julie yn agosach. Sylwais nad o'dd hi'n squeamish, bellach. Mae'n rhaid fod torri a thynnu gyts yr holl bysgod a snípur wedi'i desensitize-io hi. Neu, fel fi, doedd hi ddim yn gweld y corff fel rhywbeth go iawn.

Yn yr hyn o'dd yn weddill o geg Julie, o'dd 'na ambell ddant ar ôl, ond o'dd y rhan fwyaf ohonyn nhw wedi mynd. Wrth ei chlust, o'dd 'na un yn ista'n ei gwallt. Yn sydyn, o'dd o'n wir. Corff go iawn o'dd hwn, corff Julie. Dechreuais i grio, ond nesh i drio dal y dagrau'n ôl. Pam fod neb arall yn crio?

"Nia," meddai Eigra gan afael yn fy llaw, "os mai amddiffyn dy hun o'ddat ti, 'dan ni'n dallt. O'dd Julie wedi dechra mynd, wel, braidd yn rhyfedd, doedd?"

"Eigra, ma'i chorff hi reit yn fanna!" medda fi. O'n i'n methu'n glir â dallt sut o'dd pawb yn ymateb, sut eu bod nhw mor ffocysd arna fi, pan o'dd Julie wedi cael ei lladd – a dim golwg o'r arth.

"Dwi'm yn gwybod be ti'sho fi ddeud," meddai Eigra wrtha i.

"Deud bo' chdi'n coelio fi!" gwaeddais.

Saib.

"Dwi'm yn gwybod os ydw i," meddai hi gan syllu i rywle dros fy ysgwydd.

"O leia sbia arna fi pan ti'n siarad efo fi," poerais. "Sut fedri di ddim coelio dy gariad dy hun? Ti'n cyhuddo fi o... o fod yn..."

"Llofrudd."

Edrychais ar Morgan, o'dd newydd ebychu'r gair.

"Be ddudist ti?" chwyrnais arnyn nhw.

"Be arall ti'n alw fo? Os na dim amddiffyn dy hun o'dda chdi, llofruddiaeth o'dd o."

Felly fel'na o'dd hi'n mynd i fod. Naill ai cyfadda, ar gam, fod Julie wedi dod amdana i efo'r gylleth – ac mai hi o'dd 'di dinistrio popeth – neu gael fy nghyhuddo o lofruddiaeth. O ladd aelod o 'nheulu fy hun.

"Be am i ni fynd i drio ffeindio'r arth 'ma, felly? Neu unrhyw dystiolaeth ohoni?"

Martha annwyl, wastad yr un resymegol.

"Wel, fyswn i'n galw hyn i gyd yn dystiolaeth," medda fi, gan ledu fy mreichiau i drio dirnad yr holl ddifrod, y gwydr a'r gwaed, corff Julie. "Ond ma croeso i chi edrych tu allan."

Edrychais ar Eigra, i weld a o'dd hi'n dechrau 'nghoelio i, ond o'dd hi'n dal i wrthod edrych arna i. Cydiodd yn y reiffl a mynd am y drws, a dilynodd pawb. Doedd gen i'm dewis ond mynd efo nhw. Ar hyd y llawr o'dd 'na lwyth o olion traed gwaedlyd, yn camu ar draws ei gilydd. Gafaelais yn fy mraich, i drio stopio'r gwaed rhag llifo. Glaniodd diferyn ohono fo yn y pwll o waed yr arth.

Tu allan, o'dd yr eira'n binc, y gwaed ar draed pawb yn cymysgu efo'r gwyn. Edrychodd pawb o'u cwmpas yn wyllt, yn amlwg ddim yn siŵr yn union beth o'ddan nhw'n chwilio amdano fo. Daliodd Eigra y reiffl yn dynn yn erbyn ei hysgwydd, yn barod i saethu.

"Sbiwch, mae 'na rwbath yn symud yn fan'cw!" Pwyntiodd Morgan i gyfeiriad y traeth, a dilynodd pawb. Edrychais yn ôl tuag at yr adeiladau. O'dd yr arth yna, yn cuddiad? Do'n i'm isho aros ar fy mhen fy hun i ffeindio allan. Treiglodd diferion o waed allan o'r drws, tuag at y stwnsh pinc o'dd pawb wedi'i greu. 'Ngwaed i? Edrychais i lawr, ac o'dd o'n llifo rhwng fy mysedd.

"Dwi'n meddwl 'mod i'n colli eitha lot o waed yn fan hyn," medda fi. Arhosodd neb i weld o'n i'n ocê, felly dilynais i nhw tuag at y traeth.

Mi oedd 'na rywbeth yn symud, ac allan ar y môr, o'dd 'na oleuadau. Dechreuodd pawb fynd yn gynt, nes eu bod nhw'n rhedeg, ac mi ddilynais innau mor gyflym ag y medrwn i – efo un law yn gafael yn y fraich arall, a'r gwaed yn dripian i lawr fy llawes.

"Eigra," triais i weiddi, ond doedd na'm digon o wynt yn fy sgyfaint. "Eigra!" O'n i bron â dal i fyny efo'r lleill.

Wrth agosáu, o'n i'n medru gweld beth o'dd yn dod tuag atan ni.

Dynion.

Criw o ddynion mewn siwtiau eira, dynion efo pecynnau ar eu cefnau, yn edrych yn barod am antur. Mi gymerodd hi chydig eiliadau i fi sylwi mai'r bobol o'dd i fod i ddod i'n nôl ni o'dd rhein. Y rhai o'dd i fod wedi dod yn yr helicopter erbyn hyn.

"Nia, tyd," clywais lais yn gweiddi, ond o'dd o mor bell i ffwrdd. Sut o'dd o mor bell i ffwrdd, pan o'n i mor agos, rŵan?

O'dd hi'n nosi, o'dd pethau'n mynd yn ddu rownd yr ymylon.

"Nia!" Llais cyfarwydd. Llais dyn?

Glaniais yn drwm ar y rhew. Daeth breichiau cryf i 'nghodi fi i fyny.

"Ma hon 'di brifo!" gwaeddodd y llais.

Pwy o'dd yn fy ngalw i'n 'hon'?

"Paid â phoeni," meddai'r llais wrtha i. "'Dan ni yma, rŵan. 'Dan ni am fynd â chdi adra."

O'dd y tîm dros fis yn hwyr yn ein hachub hi. Achos bod 'na ddim radio, doedd gynnyn nhw'm ffordd i gysylltu efo ni, i holi a o'ddan ni'n iawn, neu i roi gwybod i ni fod y sefyllfa wedi newid.

Bob tro o'dd yr helicopter yn trio agosáu at yr ynys, o'dd 'na rywbeth yn digwydd i'r mecanwaith, ac mi aeth y deialau a'r sgrîns yn hollol wirion. Doedd 'na ddim ffordd iddyn nhw gyrraedd Ynys Safísk.

Yna mi yrron nhw gwch i'n hachub ni, ond eto, o'dd 'na bethau rhyfedd yn digwydd i'r injan bob tro o'ddan nhw'n trio nesáu. Mi ddudon nhw fod yr ymgyrch achub wedi dechrau mynd yn ddrud, a'u bod nhw wedi bron â gwrthod trio eto, ond gan fod yr ymchwil mor werthfawr, bod y noddwyr wedi penderfynu cynnal un alltaith arall.

Daeth y cwch mor agos â phosib, yna mi yrrwyd cwch rhwyfo at y lan. Ar hwnnw o'dd y criw o ddynion yn barod i ddod â ni adra. Pan ddaru nhw'n ffeindio ni, mi erfyniodd y lleill arnyn nhw i fynd i nôl corff Julie, ond o'dd golwg mor ddrwg arnan ni, mynnodd y criw ein bod ni'n mynd yn ôl at y cwch rhwyfo yn syth, gan ddeud y bysan nhw'n nôl y corff wrth fynd yn ôl, eto, am y cyfrifiaduron a'r offer.

Am 'mod i wedi colli gymaint o waed, does gen i ddim cof o hyn, ond mi ges i glywed yr hanes chydig ddyddiau wedyn, yn y sbyty lle ro'n i wedi cael fy airlift-io. Mi glywais i hefyd nad o'ddan nhw wedi llwyddo i ffeindio corff Julie. O'ddan nhw'n medru cadarnhau fod y labordy wedi'i ddinistrio, a bod y drws yn lled agored, bod gwaed ym mhobman, a hoel pawennau arth yn yr eira.

Ai dyna ddigwyddodd iddi, ar ôl i ni gael ein hachub? O'dd hi… wedi cael ei bwyta gan yr arth? Dychmygais i sut fywyd o'dd wedi bod yn aros amdani adra. Ella nad oedd ei thynged ar Safísk mor wahanol i'r hyn o'dd yn mynd i ddigwydd yn y pen draw. Mi gafodd hi brofiad o deulu, un o'dd yn ei charu hi, un na fysa byth wedi'i brifo hi.

Ro'n i'n gorwedd mewn gwely, mewn sbyty yn Norwy. Gwely glân, yn fy stafell fy hun, efo'r gwres ymlaen. Ro'n i'n gwylio diferion yr IV yn disgyn yn rheolaidd. Tu allan i'r ffenast, o'dd hi'n bwrw eira, ond o'n i wedi gweld digon o eira.

Daeth nyrs i fewn i'r stafell.

"Mae gen ti ymwelydd, Nia," meddai'n gwrtais. "Gawn nhw ddod i fewn?"

Nodiais fy mhen. Pwy fysa isho dod i 'ngweld i? O'dd y lleill yn yr un sbyty, yn cael eu bwydo a'u cryfhau? Edrychais i ar y stitshys yn fy mraich, y tri bys ar fy llaw chwith. Nesh i estyn am y bluen eira o gwmpas fy ngwddw, ond doedd na'm byd yna. Mae'n rhaid eu bod nhw wedi tynnu'r gadwyn, a'i chadw hi'n saff yn rhywle. Edrychais ar fy adlewyrchiad yn y ffenast. Gwallt byr, blêr, yn sticio allan ym mhobman. Wyneb cul, llygaid wedi suddo i fewn i 'mochau. Do'n i'm 'di gweld sut olwg o'dd arna i ers wythnosau, a gesh i fraw.

"Dos i fewn," clywais y nyrs yn deud wrth r'wun.

Agorodd y drws.

Cymerais i anadl ddofn, a throi i weld fy ymwelydd.

Hefyd o'r Lolfa:

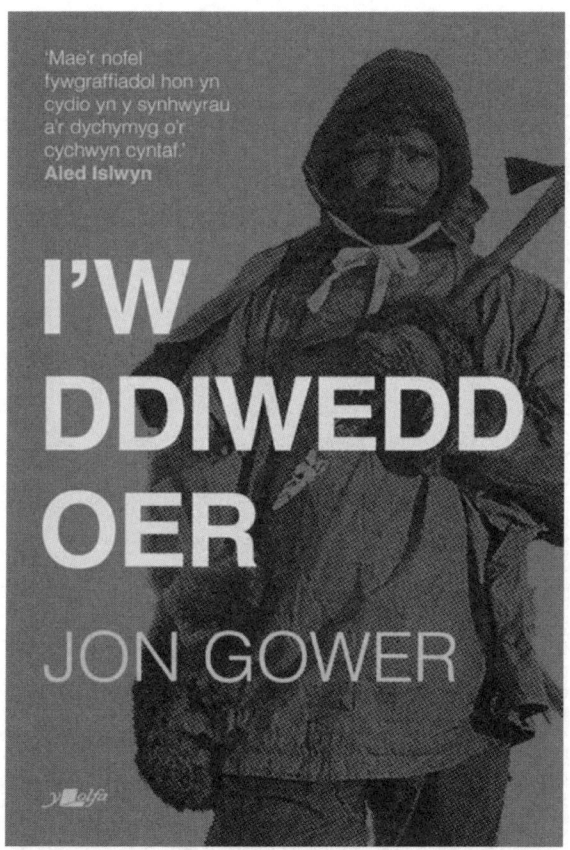

'Mae'r nofel
fywgraffiadol hon yn
cydio yn y synhwyrau
a'r dychymyg o'r
cychwyn cyntaf.'
Aled Islwyn

I'W
DDIWEDD
OER

JON GOWER

y Lolfa

£9.99

£9.99

WYTHNOS RYFEDD GWILYM PUW

NEIL ROSSER

y Lolfa

£9.99

Holwch am bris argraffu!
www.ylolfa.com